캐럴

이장욱 장편소설
캐럴

펴낸날 2021년 6월 1일

지은이 이장욱
펴낸이 이광호
주간 이근혜
편집 박선우 최지인 이민희 조은혜 방원경
펴낸곳 ㈜**문학과지성사**
등록번호 제1993-000098호
주소 04034 서울 마포구 잔다리로7길 18(서교동 377-20)
전화 02)338-7224
팩스 02)323-4180(편집) 02)338-7221(영업)
전자우편 moonji@moonji.com
홈페이지 www.moonji.com

ⓒ 이장욱, 2021. Printed in Seoul, Korea

ISBN 978-89-320-3864-3 03810

캐럴

이장욱 장편소설

문학과지성사

안녕.

노래를 들려줄게.

손가락을 하나하나 잘 빼놓고

어깨를 빙빙 돌려 분리하고

발목도 탈칵,

소리 나게 떼어낸 후

마지막에 남은 입술로

노래를 들려줄게.

즐거운 돌림노래를.

후렴이 있는

끝날 듯 끝나지 않는

서서히 목을 조여오는

당신의 노래를.

차례

0. 밤하늘의 수수께끼
— 존 홀리스, 1655

의미심장하게도 존 홀리스는 성직자이자 수학자였어. 17세기의 케임브리지에서 신학을 공부하고 성직자가 된 사람이 수학자이기도 하다니, 참 이상도 하지.

하지만 그런 게 시대의 공기인지도 모른다. 17세기에 태어났다면 당신이 설령 성직자였다고 하더라도 어쩔 수 없이 수학자가 되었을지도. 아니, 거꾸로인가. 수학자였다고 하더라도 어쩔수 없이 성직자가 되었을지도.

존 홀리스는 우울증을 앓고 있었지만 암호문 해독에 재능이 있었다. 아니, 우울증을 앓고 있었기 때문에 암호문 해독에 재능이 있었는지도 모르지. 세상은 우울한 사람만이 알아낼 수 있는 암호들로 가득하니까. 나는 그렇다고 생각해.

성직자와 우울증과 암호문이라니. 이 조합은 어쩐지 잘 어울린다. 신이란 어쨌든 인간이 잘 모르는 존재의 이름이니까. 인간이 다 이해할 수 있다면 신은 이미 신이 아닐 테니까. 신은 이해할 수 없는 기호라든가 암호문에 가깝고, 수수께끼나 암호가 아니라면 신은 이미 신이 아닐 테니까.

완전히 설명할 수 있는 것에 매혹당해본 적이 있어? 나는 그런 적이 없다. 이상한 일이지. 알 수 없기 때문에 믿음의 대상이 되다니. 다 이해할 수 없기 때문에 믿음이 강해지다니. 사랑도 마찬가지인가. 당신을 온전히 알지 못해서 사랑의 감정이 고양되는 건가. 나에게는 그런 것이 무섭고도 우울한 느낌을 불러일으킨다.

가령 17세기 런던의 밤거리를 걸어가던 존 홀리스에게 이상한 생각이 떠올라. 그는 동행하던 친구에게 가벼운 질문을 던지지. 그건 트릭이 섞인 퀴즈라든가 신비로운 예언 같은 것.

"이봐, 저기 밤하늘을 보게나. 별들이 빛나고 있지? 별들은 온 우주에 무한하게 펼쳐져 있다네. 이상하지 않은가? 별들이 무한하게 펼쳐져 있는데, 어째서 밤하늘은 캄캄할 수 있는 걸까? 무한한 별이 무한한 빛을 발하고 있는데, 어째서 밤하늘은 저토록 어두울 수 있는 걸까?"

이런 썰렁한 퀴즈라든가 수수께끼를 내는 사람이 성직자에 수학자라니, 아무래도 좀 웃기지 않아? 아니, 반대인가. 이런 퀴즈라든가 수수께끼를 내는 사람이 성직자에 수학자이기 때문에, 이 질문은 아름답고 무서운 것인지도.

사실 존 홀리스는 유머러스한 사람이라는 평판을 얻고 있었다. 그는 국왕 앞에서도 가벼운 농담을 던질 수 있는 몇 안 되는 사람 가운데 하나였다. 매사에 여유롭고 너그러운 사람이었기 때문에 가능한 일이었다. 그래서였겠지. 동행하던 친구 역시 존 홀리스의 퀴즈를 싱거운 유머라고 생각했다. 그가 우울증을 앓고 있었다는 사실은 그때도 지금도 거의 알려져 있지 않지만.

그날 이후 존 홀리스는 밤하늘의 빛과 어둠에 대해 오래 생각하게 된다. 어이없게도 자신이 던진 농담 같은 질문에 사로잡힌 것이다. 사로잡힌 사람은 사로잡혀서 다른 것을 생각할 수 없는 사람. 그는 자신의 질문에 갇혀 밤마다 악몽에 시달리기 시작했다.

꿈에서 존 홀리스는 환하게 빛나는 밤하늘을 바라보고 있었다. 밤하늘에는 별들이 무수하게 펼쳐져 있어서 단 한 올의 어둠도 존재하지 않았다. 그는 오로지 별빛만으로 가득한 밤하늘을, 별빛이 모든 것을 삼켜버린 밤하늘을, 멍하니 바라보았다.

꿈속에서 그는 생각했다. 지옥이 있다면 무한한 빛으로 가득한 저 밤하늘과 같지 않겠는가. 무한한 빛으로 가득한 밤하늘이야말로 바로 지옥은 아닌가. 어둠을 완전히 몰아낸 저 밤하늘이 바로……

존 홀리스는 눈을 뜰 수 없었다. 빛이 모든 것을 집어삼켰기 때문이었다. 꿈속의 존 홀리스가 밤하늘을 바라보며 비명을 지르는 순간, 생시의 존 홀리스도 비명을 지르며 깨어났다. 식은 땀이 이마에 맺혀 있었다.

침대에 앉은 채 그는 꿈속의 밤하늘을 떠올렸다. 고개를 천천히 돌려 창밖의 밤하늘을 바라보았다. 다행히도 현실의 밤하늘은 어둡고 깊고 캄캄할 뿐이었다. 별빛이 희미하게 빛나고 있을 뿐이었다. 그는 자신이 던진 질문을 다시 되새겼다. 글자 하나하나를 곰곰 곱씹는 표정으로.

밤하늘의 별들이 무한하다면, 밤하늘은 어떻게 저토록 어두울 수 있는 걸까.

그는 모르고 있었다. 이 질문이 후일 다른 학자에 의해 천문학의 중요한 난제가 된다는 것을. 어쩌면 그는 자신도 모르게 미래를 예견한 것인지도 모른다. 아니, 미래를 이미 겪은 뒤에 기억해낸 것인지도. 무한한 별빛으로 가득한 밤하늘의 악몽과 함께.

존 홀리스의 우울증은 점점 더 심해졌다. 그는 잠을 이루지 못했다. 집 안을 어슬렁거리는 늙은 고양이와 눈을 마주치는 시간이 늘어갔다. 늙고 병든 고양이는 모든 것을 알고 있는 듯한 눈빛으로 존 홀리스를 바라보았다.

불면은 그의 삶을 서서히 갉아먹기 시작했다. 밤이면 옷을 차려입고 혼자 산책을 나갔다. 그렇게라도 하지 않으면 좋지 않은 기분에 사로잡혔다. 무언가가 몸을 잠식하는 불쾌한 기분. 온몸의 혈관 하나하나가 꿈틀거리며 마음대로 움직이는 듯한.

그날도 존 홀리스는 가까스로 자신을 억누른 채 집을 나섰다.

또각또각. 밤거리에 그의 구두 소리만이 낮게 울렸다. 늙은 고양이가 소리 없이 제 주인의 뒤를 따랐다. 골목길에서 담장 위로, 담장 위에서 다른 담장 위로, 담장 위에서 담장 아래로. 모퉁이를 돌아 또 다른 골목으로. 고양이는 주인의 먼 곳에서 홀연히 사라졌다가 홀연히 다시 나타나곤 했지만 존 홀리스는 알아차리지 못했다.

그의 머리 위에는 언제나처럼 밤하늘이 펼쳐져 있었다. 밤하늘을 바라보지 않기 위해 그는 길바닥에 시선을 두고 걸었다. 하늘을 바라볼 용기가 나지 않았다고 해도 좋겠지. 모퉁이를 돌아서 골목으로, 골목을 돌아서 또 다른 골목으로…… 얼마나 시간이 흘렀을까? 그는 담벼락에 적혀 있는 이상한 기호를 만나게 된다.

∝인지도 모르고 ∞인지도 모르지만 아무래도 ∞라고 씌어진 것 같았다. 존 홀리스는 물끄러미 그것을 바라보았다. 저것은 희랍어의 마지막 문자인 오메가(ω)에 가깝구나. 저것은 두 개의 원이 마주 보고 있는 형태를 닮았구나. 우로보로스의 뱀처럼 꼬리에 꼬리를 물고 이어져 끝이 없는……

그렇게 생각하는 순간, 성직자이자 수학자인 존 홀리스는 그 기호로 무한을 표시하기로 결심했다. 직감이라고 해도 좋고 영감이라고 해도 좋겠지. 두 개의 원이 만나서 끝나지 않는 세계를 의미한다는 것. 두 개의 제로가 만나서 무한을 표시한다는 것. 하나의 세계가 끝나는 곳에서 또 하나의 세계가 시작된다는 것. 그렇게 해서 존 홀리스는 처음으로 ∞를 무한의 기호로 쓴 사람이 되었다.

생각해보면 이상한 일이지. 종말을 의미하는 오메가에서 무한의 기호가 탄생하다니. 종말을 의미하는데도 무한을 표시할 수 있다니. 아니, 거꾸로인가. 그것이 종말을 의미하기 *때문에* 무한을 표시할 수 있는지도. 무한은 숫자의 이름이 아니라 반복되는 종말의 이름이기 때문에.

존 홀리스는 87세까지 살았다. 그는 국왕과 친분이 있는 성직자였으며 옥스퍼드 대학의 기하학 교수를 지냈으며 왕립학회의 창설에 지대한 공헌을 했다. 말년에는 존 홀리스 전집이 발간되기까지 했다. 사람들은 그가 모든 것을 이루었다고 생각했다.

하지만 노인이 된 존 홀리스의 우울증은 점점 더 심해졌다. 그가 홀로 여행을 떠난 적이 있다는 사실은 거의 알려져 있지 않다. 테라스에 서서 바깥 풍경을 바라보던 어느 아침, 그는 문득 떠날 때가 되었다는 것을 깨닫는다. 이것이 인생의 마지막 여행이라는 것을 그는 알았다. 간소한 행장을 차린 그는 노구를 이끌고 길을 떠났다.

유럽 전역을 떠돌던 존 홀리스는 안달루시아 지방의 코스타 델 솔에 위치한 숙소에 머물게 된다. 그는 지중해 연안의 이 아름다운 고장이 마음에 들었다. 코스타 델 솔은 '태양의 해변'이라는 뜻으로 지중해에 면한 휴양지였다. 맑고 깨끗한 밤하늘을 볼 수 있는 곳이라는 점이 마음을 끌었다.

코스타 델 솔의 해변에 앉아 그는 밤하늘을 바라보았다. 마침 크리스마스이브였다. 먼 곳에서 어린아이들이 부르는 캐럴이 들려왔다. 끝날 듯 끝날 듯 끝나지 않는 노래였다. 존 홀리스는 그것이 좋았다. 그것이…… 좋았지.

자정이 가까운 시간에 그는 천천히 몸을 일으켜 숙소로 돌아왔다. 해안가의 숙소는 낡고 오래된 건물로, 낡고 오래된 것들만이 줄 수 있는 은은한 향기를 품고 있었다. 그는 삶이 얼마 남지 않았다는 것을 알고 있었다. 이런 곳에서라면 조용히 삶을 마감해도 좋을 텐데…… 그는 중얼거렸다.

그가 묵는 객실 벽에 그림이 한 점 걸려 있었다. 어두운 빛깔의 고양이 한 마리가 밤의 해변에 앉아 이쪽을 바라보는 그림이었다. 고양이의 눈은 관람자의 눈을 향하고 있었다. 눈빛이 형형하게 빛났다. 방의 어느 위치에서 보더라도 고양이의 눈과 마주치는 느낌을 받았다. 고양이가 앉아 있는 밤의 해변에는 희미하게 도형이 그려져 있었다. 8자와 비슷했지만 옆으로 누운 모양이었다.

존 홀리스는 그림을 물끄러미 바라보다가 가만히 수긍했다. 이제 집으로 돌아길 때가 되었다는 것을. 마지막이 가까웠다는

것을. 죽음은 밤하늘처럼 서서히 다가올 것이고, 평화로운 마음
으로 그것을 맞이해야 한다는 것을.

　그리고 또 다른 미래가 시작될 것이다.

선우

안녕. 잘 지내는지.

나는 아직도 밤하늘을 볼 때마다 존 홀리스의 질문을 떠올려. 무섭고 아름다운 퀴즈라고 생각하면서. 아름답고 무서운 수수께끼라고 생각하면서. 런던의 밤거리를 걸어가는 그의 목소리가 들려온다.

이봐, 저기 밤하늘을 보게나. 별들이 빛나고 있지? 17세기와 마찬가지로 21세기에도 별들은 빛나고 있겠지. 그런데 이상하지 않은가? 어째서 밤하늘은 캄캄할 수 있는 걸까? 무한한 별이 무한한 빛을 발하고 있는데, 어떻게 밤하늘은 저토록 캄캄할 수 있는 걸까?

그해 겨울, 눈송이들이 점점이 떨어지는 서울의 밤하늘을 우리는 바라보고 있었지. 붉은 벽돌로 지어진 빌라의 옥상이었어. 밤하늘은 어두웠지만 내리는 눈송이들로 아득하고 화사했다.

기억하는지. 네가 문득 이런 질문을 던졌던 것을. 그냥 심심해서 묻는다는 표정으로.

무한에 하나를 더하면 얼마일까?

너는 밤하늘에 시선을 두고 있었지. 나는 네 곁에 앉아 떨어지는 눈송이들을 바라보고 있었다. 무한에 하나를 더하면? 무한에 하나를 더하면?

……그야, 역시 무한이겠지.

나는 그렇게 답할 수밖에 없었는데. 잠시 뜸을 들인 후 네가 이렇게 물었던 것을 기억해.

그런가. 그럼 무한에 더해진 그 하나는…… 어디로 사라진 거지? 그 하나는……

너는 중얼거리듯 덧붙였다.

……외로울까?

네 입에서 작은 바람이 새어 나오는 느낌이었어. 작은 바람이. 나는 시선을 돌려 너를 바라보았다. 너도 고개를 외로 꼬아 나를 바라보았다.

기억한다. 그때 밤하늘에 점점이 흩날리던 눈송이들의 궤적을. 눈송이들은 캄캄한 하늘을 배경으로 불규칙하게 움직이고 있었다. 그 궤적들을 선으로 그려볼 수 있다면. 그 궤적들을 하나하나 기억할 수 있다면. 그 모든 궤적을 계산해낼 수 있다면.

그러면 우리는 우리의 미래를 알게 될지도 모른다. 먼 과거에서 종말까지. 종말 이후의 먼 미래까지.

옥탑방이 있는 빌라 옥상이었고, 겨울밤이었으며, 연말이었다. 캐럴은 어디서도 들려오지 않았다. 눈송이들은 점성이 없어서 아스팔트 바닥에 닿자마자 금세 녹아버렸다. 한 번도 존재한 적이 없다는 듯이. 결정이고 뭐고 할 겨를도 없이 스르르.

그렇게 사라진 눈송이들의 마음으로, 나는 쓴다. 무한에 더해진 사소한 하나가 되었다고 쓴다. 무한에 더해진 하나가 된 후에는…… 외로운가?

나는 모른다. 무한 이후에는 아무런 계산이 없다. 무한에서 하나를 빼내도 무한은 그냥 무한이다. 둘을 빼내도 셋을 빼내도 무한은 여전히 무한이다. 수억이나 수조를 한꺼번에 빼내도 마찬가지일 것이다. 물의 표면처럼 공기의 흐름처럼 자꾸 변하고 움직이면서도 무한은 여전히 그곳에 있다.

하지만 무한에서 무한을 빼내면 어떨까? 영원의 자리에서 영원을 빼내면 그곳에는 무엇이 남을까? 나는 존 홀리스가 그것을 알아내기 위해 일생을 바쳤다고 생각해. 무한이 스스로를 철거한 자리에 남는 것이 무엇인지 알기 위해서. 무한이 사라진 바로 그곳에서 우리의 몸과 마음이 움직이고 있다는 것을 이해하기 위해서. 무한에서 무한을 뺀 자리에서만…… 우리가 저 캄캄한 밤하늘을 바라볼 수 있다는 것을 깨닫기 위해서.

이제 우리의 이야기를 시작하기로 하자. 두 개의 원이 서로를
바라보고 있는 이야기를.

너와 나와 그의 이야기를. 너와 너의 이야기를.

1999년 서울에서 2019년 서울까지.

무한한 빛을 발하는 밤하늘 아래.

먼저 이야기를 들려줘.

너의 이야기를.

2019년의 서울에서 네가 겪은 이야기를.

조금은 탁하고 갈라진 너의 목소리가 들려온다.

1. 크리스마스 캐럴
— 윤호연, 2019

우리는 누구나 다른 존재가 되고 싶다. 공무원이 드러머가 되고 싶고, 은행원이 이종격투기 선수가 되고 싶고, 모범생이 일진처럼 존나 욕을 해대고 싶은 것이다.

충분히 이해할 만한 일이다. 그런데 반대쪽은 어떨까? 드러머는, 이종격투기 선수는, 일진 멤버는, 뭔가 다른 것이 되고 싶을까? 그럴 것이다. 그들 역시 때로는 자기 삶에서 벗어나고 싶을 테니까. 리듬에서, 주먹다짐에서, 욕설에서 벗어나고 싶을 때가 있을 테니까.

뭔가 다른 존재가 되고 싶다는 것, 그건 사람이라면 누구에게나 조금씩 있는 마음속의 구멍과 비슷하다. 구멍으로 바람은 들게 마련이고, 그런 바람이라도 좀 들어야 숨을 쉴 수 있는 법이니까.

　그런데 이 친구, 밤늦게 전화를 걸어온 이 젊은 친구는 좀 특이했다. 그는 *내가* 되고 싶다고 말했던 것이다. 정확히는 내 와이프를 사랑하여 그녀의 남편이 되고 싶다는 것이다. 그게 자정이 다 된 시간에 전화를 걸어온 낯모를 청년이 다짜고짜 내뱉은 말이라니, 믿어지는가?

　나는 얼마 전에 새로 구입한 벤틀리를 주차장에 세워놓고 막 엘리베이터를 탄 참이었다. 몇 마디를 들은 뒤 나는 웬 미친놈인가 싶어 전화를 끊으려 했다. 당연한 일이다. 그러자 상대는 다급한 목소리로 이렇게 말했다.

　"아, 자, 잠깐만. 나는 댁의 아내, 선우의 전 남친입니다."

　그제야 자기소개를 한 셈이었다. 그 순간 아하, 나는 대략 사태 파악이 되었다. 예의 없는 친구로군. 엘리베이터에서 내리면서 나는 생각했다.

　나를 자극한 것은 그가 내 아내의 엑스라고 자신을 소개했기 때문이 아니었다. 밤늦게 전화를 걸었기 때문도 아니었다.

　댁이라…… 나를 댁이라고 불렀겠다.

　나를 그렇게 부를 수 있는 인간은 세상에 단 하나, 치매를 앓았던 내 부친뿐이다. 부친은 나에게 말했었지. 댁은 뉘시우? 그렇다. 댁이라는 단어는 그 경우에만 가능하다.

　나는 얼굴을 찌푸리는 대신 엷은 웃음을 흘렸다. 이럴 때 흥분하는 것은 하수들이나 하는 짓이다. "아, 그래요. 잠시만 기다려요"라고 상대에게 양해를 구했다. 나는 한 손에 휴대전화와 서류 가방을 들고 다른 한 손으로 도어록의 비밀번호를 눌러 집 안으로 들어갔다.

선우는 없었다. 이 야심한 시간에 또 강변에 나간 건가? 작업실에서 글을 쓰고 있는 건가? 그녀는 올빼미에 잠이 없는 사람이라서 나와는 라이프 스타일이 맞지 않았다. 취침 시간도 기상 시간도 달랐지만 나는 그런 것에 연연하지 않는다. 선우가 쓰는 글은 무슨 소설 같은 것이라고 했지만, 나는 아내의 취미 생활에까지 관여할 만큼 여유가 있는 사람이 아니다.

등 뒤로 조용히 현관문을 닫았다. 철컥. 육중하면서도 부드러운 소리와 함께 센서 등이 부드럽게 켜졌다. 고요한 공간이 눈에 들어왔다. 꽤 널찍하고 중후한 느낌을 주는 거실이다. 얼마 전 이 아파트로 이사 올 때 마음에 들었던 건 74평이라는 크기만은 아니었다. 내 마음을 움직인 건 창밖의 풍경과 거실의 적절한 매칭이었다. 쓸데없이 화려하다거나 들뜬 느낌 같은 게 없었다. 부분적으로 리모델링을 하면서 거실만은 내 취향대로 꾸몄다. 블랙과 화이트 컬러를 베이스로 절제된 분위기를 연출하자 거실의 차분함은 더 내 마음에 들었다. 아파트들 사이로 한강이 보이는 풍경과 잘 어울렸다.

게다가 오늘은 크리스마스이브가 아닌가. 자, 창밖으로는 우편엽서의 그림 속처럼 눈이 내리고 있다. 소담스러운 눈송이가 검은 하늘을 배경으로 친친히 떨어져 내린다. 히공으로 루돌프가 끄는 썰매가 지나가도 이상하지 않을 듯한 분위기랄까. 나는 교회를 다니지만 신을 믿지 않는다. 와이프는 교회를 다니지 않지만 신을 믿는다. 하지만 그게 뭐 대수인가. 잠시 이런 식으로 분위기를 즐기는 건 어떨까요? 경쾌한 캐럴을 들으며 잠시 숨구멍을 틔우는 것도 좋지 않겠어요?라고 사회가 권하는 것이다.

나는 소파에 앉았다. 휴대전화를 귀에 대려다가, 새로 들인 오디오의 리모컨을 들어 파워 버튼을 눌렀다. 바흐의 「평균율」이 낮고 절제된 볼륨으로 흘러나왔다. 모든 음악은 결국 「평균율」로 돌아간다. 음과 음 사이의 간격이 규칙적인 것. 이미 완성되어 있는 것. 제자리를 지키는 것. 기준으로서의 평상심. 그런 것은 내 생활신조이기도 하다.

그런데 지금은? 뭔가 어긋난 느낌이었다. 밤하늘의 별자리들이 잠깐 궤도에서 이탈한 기분이라고 할까. 밤늦게 걸려온 이상한 전화를 받아야 하니 당연한 일이다. 나는 가볍게 한숨을 내쉬면서 휴대전화를 귀에 댔다.

"오래 기다리게 해서 미안합니다. 이제 통화 가능해요."

대꾸는 없었다. 대신 거친 숨소리가 들려왔다. 꽤 흥분한 상태. 전화 저편에서 알코올 기운이 느껴졌다. 눈 내리는 밤의 창밖에 시선을 두고 있자니 조금씩 감이 왔다.

내 전화번호를 어떻게 알았는가 하는 것은 별로 중요하지 않다. 와이프의 엑스라지 않는가. 전화번호쯤이야 어디서든 손쉽게 알아낼 수 있다. 알려고 들면 주민등록번호에 계좌번호까지

다 빼 가는 세상이다. 화를 낼 필요도 없고 흥분할 이유도 없다. 단지 약간의 피로감이 느껴졌을 뿐이다. 까마득한 연하의 와이프를 얻는 데 이 정도의 비용은 치를 가치가 있다고 나는 생각하는 편이다. 다행히 내게는 그럴 만한 능력도 있다.

게다가 이 젊은 친구는 그녀의 엑스라지 않는가. 그녀를 사랑한다지 않는가. 그녀를 도저히 못 잊겠다고 투정을 부린다면 심야의 무례한 전화 정도는 참아줄 수 있다. 그건 취한 청춘의 만용 같은 것이기도 하고, 생각하기에 따라서는 귀엽고 흥미로운 일이기도 하니까.

그런데 문제가 그보다는 심각했다. "여보세요, 말씀하시죠"라고 내가 사무적인 어조로 말하자마자 이 친구, 엉뚱한 말을 내뱉었던 것이다.

"나, 나는 지금 자, 자살할지도 모릅니다."

이런. 나도 모르게 눈살을 찌푸렸다. 말까지 더듬는 것으로 보아 전화를 걸기 전에 꽤 오랫동안 연습을 한 모양이었다. 최대한 자연스럽게 이 말을 하겠노라는 굳은 결심이 그의 혀를 부자연스럽게 만들었을 것이다. 내가 대답이 없자 전화를 끊으려는 것으로 판단했는지 상대의 목소리가 다급해졌다.

"잠깐만요. 정말 자, 자살할지도 모른다니까요."

같은 말을 반복하는 사람을 나는 별로 좋아하지 않는다. 게다가 정말 자살할 사람의 말투도 아니었다. 죽기로 결심한 사람은 잘 알지도 못하는 상대에게 이렇게 매달리지 않는다. 죽을 때는 누구나 완전한 혼자가 되니까. 무언가를 놓아버린 상태가 되니까. 완전히 혼자인데다 모든 것을 놓아버린 사람이 이렇게 매달릴 이유는 없을 테니까.

하마터면 나는 아, 네, 그러시군요, 와이프는 지금 취침 중이니 내일 다시 전화를……이라고 말할 뻔했다. 하지만 나는 그렇게 매정한 사람이 아니다. 대신 적절하고 예의 바른 대답을 해주었다.

"자살 같은 건 안 하는 게 좋을 것 같군요. 크리스마스이브에 어울리는 행동도 아니고."

상대는 침묵했다. 유머를 모르는 친구로군. 나는 생각했다. 휴대전화 저편에서 후우, 작은 한숨 소리가 들렸다. 한숨 소리에 대답이라도 하듯 내가 덧붙였다.

"자살을 하거나 하지 않는 것은 물론 그쪽의 선택이고, 내가 관여할 문제는 아닙니다만."

나는 가급적 정중하고 형식적인 어조를 유지했다. 경멸의 뉘앙스가 드러나지 않도록 특히 유의했다. 그런데 이 친구, 조금은 침착해진 어조로 이렇게 말하는 게 아닌가.

"과, 과연, 그럴까요? 관여할 문제가 아닐까요? 내가 정말 자살을 해버린다면, 당신은 어떻게 될까요?"

응? 이건 뭘 하자는 건가? 쯧쯧. 나도 모르게 혀를 찼다. 휴대전화 저편까지 혀 차는 소리가 전해졌을지도 모른다.

떠난 연인을 못 잊어 자살한 사람의 사연이라면 세상에 차고 넘친다. 그건 그저 동정이 필요한 가십일 뿐이다. 신문의 단신조차 되지 않는다. 그런데 떠난 연인도 아니고 연인의 남편에게 전화를 걸어 이게 무슨 짓인가? 젊은 베르테르의 슬픔이 아니라 폭풍의 언덕이라도 쓰겠다는 것인가? 나약한 자신을 탓할 일이지 대체 누구를 연루시키겠다는 말인가?

하긴 아예 무관할 수야 없을지도 모른다. 적어도 나에게는. 내 이름이 호사가들의 입방아에 오르내리긴 할 것이다. 경제 신문이나 옐로 페이퍼 한 귀퉁이에 단신으로 처리될지도 모른다. '신흥 투자 자문 업체 캐피털 컨설팅의 오너, 자살 사건에 연루' 또는 '투자 자문 업계의 떠오르는 별, 삼각관계에 휘말리다' 뭐 이런 식으로.

그런데 그게 뭐 어쨌다는 건가?

"글쎄, 이런 장난 전화는 크리스마스이브가 아니라 만우절에 하시는 게……"

내 목소리의 톤이 다소 높아졌다. 냉소의 뉘앙스를 감출 수 없었다.

이번에는 상대가 내 말을 잘랐다. 유머는 물론이고 예의도 없는 친구였다. 단호한 어조로 그가 내뱉은 말은 이런 것이었다.

"그래요. 그렇습니다. 오늘은 크리스마스이브입니다. 그렇기 때문에 나는 당신을 당장 만나야 합니다."

만나? 만나자고? 크리스마스이브의 밤에? 대한민국 컨설팅 업계의 총아가, 사랑 때문에 사살하려는 찌질한 청년을? 이건 꽤 우스꽝스러운 상황이 아닌가.

내 입꼬리가 꿈틀거렸다. 그런데 뜻밖에도 그저 불쾌한 느낌만은 아니었다. 창밖에 내리는 포근한 눈송이 때문이었을까? 바흐의 「평균율」 때문이었을까? 다소 갑작스럽고 기이한 감정의 변화가 내게 일어났다고 해도 좋았다.

말하자면 흥미로운 기분이 되었달까. 더 엉뚱하게 말하자면, 크리스마스이브의 밤에 전화를 걸어온 이 젊은 친구를 어쩐지 다 이해할 수 있을 것 같은 너그러운 기분에 휩싸였던 것이다. 마치 오랫동안 친숙했던 사람과 편안하게 대화하는 기분이 되어 나는 소파에 등을 기댔다. 휴대전화를 반대편 귀로 바꿔 들었다. 목소리는 더욱 여유로워졌다.

"글쎄. 내가 그쪽을 만나야 할 이유가 뭐죠? 지금은 늦은 시간이고, 게다가 크리스마스이브에 눈까지 내리고 있지 않습니까? 그리 적절한 만남은 아닌 것 같은데?"

나는 농담조로 물었다. 조금은 장난스러운 기분이 된 게 사실이었다. 유머 없는 친구는 이번에도 역시 진지하기 이를 데 없는 목소리로 말했다.

"당신은 오늘, 주, 죽을지도 모릅니다. 믿어주십시오."

점입가경이군. 이건 협박인가? 이왕 이렇게 된 거 협박이라도 해보자는 것일까? 아니, 그건 아닌 것 같다. 직감에 의지해 말하건대, 이자는 협박 같은 걸 할 만한 위인이 못 된다. 어조 역시 위협이 아니라 간청에 가까웠다. 믿어달라지 않는가? 목소리까지 떨고 있지 않는가?

물론, 그래도 체크가 필요한 말이긴 했다.

"지금, 협박하는 겁니까?"

"아니, 아닙니다. 협박이 아닙니다. 나는 협박 같은 걸 할 만한 위인이 못 됩니다. 나는 간청을, 간청을 하고 있을 뿐입니다. 기회를 주기 위해서."

옹? 이것 봐라? 나는 틈을 주지 않고 되물었다.

"기회? 기회라고 했습니까?"

"그렇습니다. 기회."

젊은 친구는 그렇게 말하더니, 다짜고짜 P대학교 앞의 주점에서 기다리겠다는 말을 남기고 전화를 끊었다. 지금 당장 나와주세요, 부탁입니다. 그게 마지막 멘트였다.

나는 소파에 몸을 묻은 채 통화가 끊어진 휴대전화 화면을 바라보았다. 아직 외투도 벗지 못한 채였다. 어이없는 웃음이 내 얼굴에서 흘러내렸다. 흘러내리는 웃음을 만져볼 수도 있을 것 같은 느낌이었다.

나는 두 팔을 들고 크게 기지개를 켰다. 자아, 오늘은 크리스마스이브다. 크리스마스이브의 밤에 학교 앞 주점에서 나를 기다리겠다는 청년이 있다. 사랑스러운 와이프의 옛 남친이라는 것이다. 이만하면 기억에 남을 만한 크리스마스가 아닌가? 나는 소리를 내지 않고 크게 웃음을 터뜨렸다. 넓디넓은 거실이 더 깊고 고요해졌다.

∞

와이프에게 남친이 있었다는 건 물론 알고 있다. 자신의 모든 걸 바치겠다고 선언한 사람이라고 했다. 웃음이 나왔다. 그런 애절하고 감동적인 신파가 내게도 있었던가? 그랬던 것도 같다. 지금 생각해보면 우스꽝스럽기 짝이 없는 그런 사랑이. 참으로 순진무구하던 시절에.

작년에 우리가 결혼할 당시, 와이프는 대학을 갓 졸업한 상태였다. 해외에서 태어났으며 문학과 철학을 전공하고 미모 상당함. 남친은 당연히 있어야 하고 그것도 한 트럭분은 되어야 했다. 그래서 내가 그녀를 와이프로 맞이한 것이라고 하면 너무 속물적으로 들릴까?

그렇다. 나는 속물이다. 그래서 뭐 어떻다는 말인가? 속물들을 욕하고 고고한 척하면서 자기만족을 얻는 인간들은 널리고 널렸다. 도덕적인 척 윤리적인 척은 다 하면서 뒷구멍으로 못된 짓을 하는 인간들 말이다. 그런 인간들이 더 얄팍하고 이중적이라는 건 뻔한 얘기 아닌가?

나는 그녀가 나와 유사한 종류의 인간이기를 바랐다. 최신 트렌드에 민감하며 고급문화에 박학하되 자신의 욕망을 적절히 포장할 줄 아는 인간. 리버럴한 중도파로서 정부의 복지 정책을 지지하고, 매달 일정액을 아프리카 구호 단체에 기부하는 인간. 하지만 최저임금 인상이 경제에 미칠 부정적 영향을 우려하는 인간. 한국 사회에 만연한 반기업 정서가 얼마나 해로운 것인지에 대해서라면 몇 시간이고 떠들 수 있는, 그런 종류의.

나는 내가 만든 사내 가족 커뮤니티에서 그녀가 다정다감한 막내이자 숨은 권력자 역할을 수행하기를 바랐다. 나는 그녀가 친구들과 어울려 해외 쇼핑을 다녀도 거부감이 없고, 지인들을 초대해 미니 바에 앉아 수다를 떨어도 미소를 잃지 않을 수 있으며, 무엇보다 그녀에게 아우디와 호텔 피트니스 센터와 갤러리아 명품관으로 구성된 일상을 제공할 충분한 재력이 있다.

재수 없다고? 알고 있다. 하지만 당신들의 동의나 공감 여부는 내 관심사가 아니다. 진짜 문제는 내가 제공하려는 인생에 대해 와이프 자신이 별로 호응을 하지 않는다는 데 있다. 내 관심사에는 대개 무심한 데다 사내 가족 커뮤니티에서도 활동하지 않는다. 쇼핑이나 해외여행, 부동산 같은 것에도 관심이 없다.

부자들을 경멸하면서 대리 만족을 얻는 한국인의 종특을 갖췄다면 차라리 스테레오 타입일 텐데 그런 것도 아니다. 어딘지 다른 세상 사람 같은 눈으로 나를 응시할 때는, 이봐요, 나는 그런 쪽으로는 관심이 없으니 포기해요,라고 통보하는 듯한 느낌이랄까. 솔직히 말하면, 바로 그 눈빛이야말로 내가 그녀에게 끌린 이유이기도 하지만.

그런 와이프의 옛 남친이라니, 나로서는 아무래도 호기심이 생길 수밖에. 게다가 이 친구의 목소리에는 묘하게 마음을 끄는 힘이 있었다. 여러모로 어리숙하고 횡설수실하는데도 왠지 모르게 어필하는 데가 있달까. 허점투성이라는 바로 그 이유로 상대에게 친근감이 들게 하는 유형이랄까. 게다가 크리스마스이브의 야심한 시간에 이 친구가 나오라는 곳, 그곳은 내 모교 앞의 주점이었다. 대학 시절 동아리 멤버들과 어울리던 바로 그곳이었다.

이 친구, 뒷조사를 꽤 철저히 한 모양이군.

소파에 앉은 채 나는 중얼거렸다. 하지만 무슨 속셈인 것일까? 그녀를 행복하게 해주지 않으면 가만두지 않겠다는 식의 로맨틱하고 귀여운 위협을 하려는 건 아니겠지? 그녀와 자신이 얼마나 자주 모텔을 돌아다녔는지, 그녀와의 섹스가 얼마나 훌륭했는지, 그런 것을 떠벌리고 싶은 유치한 복수심에 시달리는 건 아니겠지?

나는 그런 치기만만한 이야기를 듣는 데 시간을 허비할 만큼 한가한 사람이 아니다. 연인의 과거까지 독점하려는 미성숙한 남성 호르몬에 지배되는 유형도 아니다. 취하면 아무에게나 플러팅을 해대는 주제에 정작 제 연인의 과거에 집착하는 질 낮은 부류와는 소속이 다르다. 심지어 나는, 어떻게 하면 그녀와 훌륭한 섹스를 할 수 있는지에 대해 강의를 들을 수 있다면 강의료를 지불할 용의도 있는 사람이다. 그것도 꽤 두둑하게.

나? 물론 나에게도 과거가 있고 비밀이 있다. 없을 리가 있겠는가. 하지만 나는 그녀가 나의 과거나 비밀을 알게 되더라도 나를 떠나지 않을 거라는 걸 알고 있다. 여기에는 한 가지 전제가 있긴 하다. 내가 그녀에게 모든 걸 고백할 만큼 어리숙한 인간이 아니라는 것 말이다. 그건 그녀 역시 마찬가지일 것이다. 어리숙한 것을 솔직함이나 진실함으로 착각하는 부류가 아니라는 뜻이다. 그러니까 이보게, 지고지순한 과거 같은 건 자네가 가지게. 나는 현재와 미래만 필요하니까. 그렇게 말해주면 이 친구, 말귀를 알아먹을까?

하지만 그런 추상적인 말이 먹힐 것 같지는 않다. 이 친구는 이미 정상 궤도를 벗어나 있으니까. 옛 애인의 남편에게 전화를 거는 친구가 아닌가? 이런 걸 정상적인 행위라고 할 수는 없지 않은가? 그것도 크리스마스이브의 밤에. 눈이 소담스럽게 내리는, 우편엽서의 그림 속처럼 흘러가는, 이 달콤하고 희귀한 시간에.

나는 집을 나왔다. 차를 몰고 갈까 하다가 택시를 택했다. 대학가의 주점으로 나오라지 않는가. 구질구질한 대학가 술집 대신 서초동의 단골 바로 오라고 하려다가 마음을 바꿔먹은 데는 이유가 있었다.

평소와는 다른 분위기에서 색다른 상대와 한잔하고 싶은 기분도 있었고, 입이 무거운 게 장점이었던 마담이 최근 나에 대해 이러쿵저러쿵 쓸데없는 얘기를 흘린다는 소문도 한몫했다.

이 바닥의 권력자들에게 서비스를 제공하는 것으로 먹고사는 주제에 자기가 권력을 가지고 있다고 착각하는 자들이 얼마나 많은가.

사실 내가 만나는 인간들은 대개 정형화되어 있다. 그들은 수단과 방법을 가리지 않고 이익을 취하는 데 도가 튼 인간들이지만, 그렇기 때문에 편한 인간들이다. 그들은 상대에게 호감을 표시하는 데 익숙하며 상대의 기분이 상하지 않도록 최선을 다한다. 물론 돌아서면 온갖 욕을 다 하고 갖은 음모와 계략을 꾸민다는 건 알고 있다. 상관없다. 돌아서서 하는 말은 중요하지 않다. 중요한 건 공개된 말과 태도다. 증명할 수 없는 진실이 아니라 오픈된 프로세스가 중요한 것이다. 나는 그게 인류 사회의 발전이라고 생각하는 사람이다.

주점은 여전했다. 학교 후문 쪽의 평범한 건물 2층. '태양의 해변'이라는 낭만적인 이름 역시 변하지 않았다. 계단을 올라가며 창밖을 바라보았다. 낯선 간판들이 몇 개 생긴 것 외에는 특별히 바뀐 게 없었다. 몇 년 만인가? 이 거리는 용케 그대로 남아 있군. 나는 중얼거렸다.

문을 열고 들어간 주점 내부도 마찬가지였다. 20평이 채 안되는 실내는 카운터 쪽을 리모델링한 것을 제외하면 별반 달라진 게 없었다. 밥 딜런의 노래가 허공을 떠돌고 있었다. 크리스마스에 밥 딜런이라니, 과연 태양의 해변답군. 나는 쓴웃음을 흘렸다. 아직도 턴테이블을 사용해서 음악을 틀고 있었지만, 낡고 오래된 것 특유의 평화롭고 안정된 느낌은 없었다. 어딘지 어수선한 분위기랄까. 촌스러운 인테리어 탓도 있었다. 호텔도 아닌 주제에 국제 시간을 가리키는 시계가 카운터 위쪽에 다섯 개나 매달려 있었다. 서울, 로스앤젤레스, 상파울루, 런던, 베이징. 시계들은 제각각 다른 시간을 가리키고 있지만, 그것은 모두 같은 순간을 지시하기 위한 것이다. 그런 게 묘하게 시적이라고 느끼던 때도 있었지. 말하자면 나로서는 향수를 자극하는 장식이기도 했다. 오래전 나는 이 주점의 단골이었으니까. 지금 생각하면 이해가 가지 않지만.

자정이 가까운 시각이었는데도 주점에는 손님들이 제법 있었다. 크리스마스이니 당연한 일인지도 모른다. 나는 잠시 문가에 서서 어색한 기분에 휩싸였다. 뭔가 미스 매칭이라는 느낌이 들었다. 대기업 회장이 변두리의 허름한 막걸릿집에 혼자 들어설 때의 어색함이 이럴까. 하긴, 도심의 고급 요정에 들어서는 자취생의 어색함도 매일반이겠지.

젊은 친구는 먼저 와서 나를 기다리고 있었다. 나는 별 어려움 없이 그를 식별해냈다. 이런 주점에 혼자 앉아 있는 사람은 드문 법이니까. 젊은 치 역시 직감으로 나를 알아본 모양이었다. 자리에서 엉거주춤 일어서는 것으로 그는 자신의 위치를 알렸고, 나는 그를 향해 똑바로 걸어갔다. 부석부석한 머릿결에 아무렇게나 걸친 베이지색 파카. 보통의 키에 극히 평범해 보이는 얼굴. 그런 것을 빠르게 훑어보면서.

내 예상을 한 치도 벗어나지 않는 외모였지만, 그래도 너무 올드하지 않나 싶을 정도였다. 마치 90년대에서 튀어나온 것 같은 분위기랄까. 하긴, 이 술집 전체가 그렇기는 하지만.

색깔과 모양이 제각각인 플라스틱 의자들이 눈에 띄었다. 젊은 친구는 창가 쪽에 자리를 잡고 있었다. 창밖으로는 여전히 동화 속 크리스마스 풍경처럼 눈이 내리고 있었다. 대학 시절이라면 약간은 감상에 젖을 만한 풍경이었다. 와이프가 아니라 와이프의 옛 연인과 마주 앉아야 한다는 게 아무래도 이상하긴 했지만 말이다.

자리에 앉기 전에 나는 그에게 손을 내밀었다. 악수나 하자는 뜻이었는데 이 친구, 내 손을 보지 못한 척, 몸을 가누지 못하는 척, 그냥 제자리에 주저앉는 것이 아닌가. 악수를 하고 싶지 않다는 건 알겠으나, 이만한 형식을 갖출 여유도 없는 것일까? 나는 고개를 갸우뚱하면서 소리 나지 않게 의자를 빼고 앉았다. 코트를 벗어 옆자리에 자연스럽게 올려두었다.

경력이든 신입이든, 사원을 뽑을 때 나는 외양을 중시한다. 적당한 긴장감, 섬세한 시선 처리, 말투의 고저장단과 어미 활용, 노련하고 자연스러운 손동작, 그런 것들 말이다. 자기소개서의 정형화된 미사여구나 경력 과시보다 그런 것들이 훨씬 더 중요하다. 말의 내용보다는 유려한 말투나 뉘앙스가, 불필요한 자기 PR이나 과도한 의욕보다 말꼬리의 적절한 높낮이가 중요한 것이다.

그런 것들은 연습한다고 쉽게 얻어지는 게 아니다. 단순한 형식이 아니라, 그 인간의 물질적인 기반을 보여주는 것이기 때문이다. 성장 환경, 기질, 습성 같은 조건반사의 구조들 말이다. 서류가 말하지 않는 것, 직감만이 알아볼 수 있는 것, 그걸 발견해내는 게 오너의 능력이다.

면접을 보러 온 취업지망생을 바라보듯이, 나는 그의 얼굴을 살폈다. 면접 때의 얼굴은 물론 가면일 뿐이다. 면접이 끝나고 문을 열고 나갈 때 스쳐 가는 표정이 더 중요하다. 호프집에서 친구를 만나 회사를 씹을 때의 표정이 더 '진짜'에 가까운 것이다.

하지만 인생은 호프집에서 흘러가는 게 아니다. 친구와 시시덕거리며 보낼 수 있는 종류의 것도 아니다. 진짜 얼굴이 아니라 가면을 쓰고 살아가는 것. 그게 인생의 본질에 좀더 가깝다는 걸 알아야 한다.

가면을 벗고 맨얼굴로 살자고 떠드는 자들은 아직 인생을 이해하지 못한 애송이들일 뿐이다. 가면을 벗으면 거기 있는 것은 진실이나 진심 같은 게 아니라 붉은 피로 물든 살갗이다. 피와 모세혈관과 꿈틀거리는 힘줄로 가득한 *진짜 얼굴* 말이다. 아무도 그런 얼굴로는 살아갈 수가 없다. 상상해보라. 이런 주점 같은 곳에서 피가 뚝뚝 떨어지는 얼굴로 마주 앉아 핏발 선 진실을 안주로 술을 마시는 꼬락서니를.

젊은 친구의 얼굴은 어디선가 본 듯했다. 처음 봤는데도 낯익은 얼굴, 흔하디흔한, 그런 얼굴. 눈썹은 꽤 짙고 눈은 부리부리한 편이었지만 뭉툭한 콧날이 인상을 흐리고 있었다. 피부는 대체로 어둡고 입술은 부르터 있었다. 그리고 예민한 턱선. 말수가 적은 편이지만 한번 건드려주면 금방 자신을 누설하는 유형. 쌍꺼풀은 아마도 피곤 때문에 생긴 듯했다.

하긴, 얼마나 고민하다가 전화를 했을 것인가. 젊은 친구의 얼굴을 살피면서 나는 컨설팅보다는 카운슬링 쪽으로 가닥을 잡았다. 카운슬링과 컨설팅은 비슷해 보이지만 돌고래와 상어처럼 종류가 다르다. 카운슬링은 듣는 일이고, 컨설팅은 말을 하는 일이다. 카운슬링은 상대가 이미 가진 답을 밖으로 끌어내는 일이고, 컨설팅은 답을 만들어주는 일이다. 카운슬링이 상대의 몸속에 숨어 있는 답안을 내장 꺼내듯이 끄집어내 보여주는 일이라면, 컨설팅은 다르다. 거기에는 책임이 따른다. 하다못해 인공장기라도 새로 추천해줘야 하는 것이다.

일을 의뢰받으면, 우선 나는 해야 하는 일이 카운슬링인지 컨설팅인지 판단한다. 그리고 거기에 맞게 태도와 옵션을 조율한다. 돌고래와 상어를 헷갈리는 일은 없다. 의뢰인이 자본주의 시스템에 대한 기초적 이해도 갖고 있지 않다면? 돌고래로는 안 된다. 상어를 택해야 한다.

자기가 살고 있는 체제의 메커니즘은 이해도 못 하면서 욕심만 과도하거나 맹목적 적의를 가진 경우라면? 빨리 손 털고 일어서는 편이 낫다. 돌고래고 상어고 무의미할 확률이 높으니까.

그런데 이번에는…… 좀 애매한 데가 있었다. 와이프의 옛 애인을 만났을 때는 돌고래가 필요한가, 상어가 필요한가? 위로를 해야 하는가, 논쟁을 해야 하는가? 헤드기어를 쓰고 아웃복싱을 해야 하는가, 맨몸으로 이종격투기를 해야 하는가? 답은 하나이면서 동시에 여럿이다. 상황과 상대에 따라 가변적일 수밖에 없다는 뜻이다. 케이스 바이 케이스.

젊은 친구의 얼굴을 보자마자, 나는 일단 카운슬링 쪽으로 진로를 잡았다. 요컨대 '상담'을 해주기로 마음먹은 셈인데, 그건 그의 나이가 어렸기 때문만은 아니었다. 우선 시선 처리가 형편없었다. 상대와 눈을 마주치지 못하는 유형. 자신감이라고는 전혀 없는 스타일에, 노련하다거나 자연스럽다거나 하는 태도와는 거리가 먼 타입. 초식동물처럼 예민하고 순해 보이지만, 돌발적인 발언이나 극단적인 행동으로 상황을 망치는 것도 이런 친구들이다. 내가 채용을 기피하는 유형인 것이다.

이런 친구가 와이프의 옛 남자라니. 약간은 김이 새는 기분이었다. 뭔가 세련된 스타일에 자신만만할 거라고 기대한 건 아니었다. 그런 유형이 아니라는 것쯤은 전화 통화를 할 때 이미 간파했다. '자살' 같은 자극적인 어휘를 발음할 때의 미세한 떨림, 애원도 아니고 협박도 아닌 어정쩡한 어투, 스스로 무슨 말을 어떻게 해야 할지 갈피를 못 잡는 말솜씨.

뻔한 노릇이었다.

애송이.

그 외의 다른 표현은 불필요했다.

문제는 이 친구가 벌써 꽤 취해 있다는 점이었다. 상대가 오기도 전에 혼자 취해버리는 유형. 또는 상대를 대하기 위해 스스로 취해야 하는 유형. 그건 자신감 없는 인간들의 특징이기도 하다. 이윽고 젊은 친구가 입을 열었다. 탁자 위에 시선을 둔 채였다.

"내 이름은……"

"알고 있어요. 아까 얘기했잖소."

"아까요?"

"아까 전화로."

"그랬나요? ……죄송합니다."

젊은 친구는 맥이 풀린 표정으로 시선을 떨궜다. 이미 기 싸움 같은 건 필요 없었다.

"죄송할 건 없어요. 어쩐지 흥미로운 것도 있고."

너그럽고 여유 있는 목소리가 내 입에서 흘러나왔다. 너그럽고 여유롭지 않을 이유가 없지 않은가. 그렇다고 우회할 생각은 없었다. 직진하는 것이 편할 때가 있는 법이니까. 내가 덧붙였다.

"아, 뭐, 흥미라는 건, 그쪽이 내 와이프의 남친이었다니까. 게다가 크리스마스이브의 눈 내리는 밤에 전화를 걸어 나를 만나자고 한 분이니까."

애송이가 고개를 끄덕였다. 그러고는 풀 죽은 표정으로 고개를 숙이며 입을 열었는데, 뜻밖에도 선명한 목소리가 흘러나왔다.

"흥미로운 건 나도 마찬가집니다. 내가 사랑한 사람의 남편을 만나는 자리니까요."

흥미로운 건 마찬가지다? 마찬가지라고? 나는 살짝 눈살을 찌푸리며 그를 바라보았다. 그가 고개를 들며 다시 입을 열었다.

"그런데 어쩐지 그쪽을 어디서 만난 것 같은 느낌이 듭니다. 왜 그런 걸까요?"

이젠 말도 더듬지 않았는데, 내게 실례가 될 만한 호칭을 썼다는 것도 모르는 모양이었다. 방금까지만 해도 나를 '선생님'이라고 불러야 할지 '사장님'이라고 불러야 할지 모르겠다는 표정이었는데, 정작 입에서 튀어나온 건 '그쪽'이었다. '댁'이 아닌 게 다행인 건가. 그쪽이라…… 이것 봐라.

"뭐, 내 얼굴이 좀 흔해 보이기는 하지. 어디서 본 것 같다는 이야기를 많이 듣는 편이니까."

나는 눙치고 들어갔다. 젊은 치가 내 말을 무시하고 카운터 쪽을 바라보며 말했다.

"뭘, 드시겠습니까?"

제법 자연스러운 국면 전환이었다. 나는 그의 앞에 놓여 있는 소주잔을 바라보았다. 이미 한 병을 비운 모양이었다. 역시 술의 힘을 빌린 것이다. 주위를 의식하지 않게 만드는 것. 그게 취기의 유일한 장점이자 치명적인 단점이 아니던가.

나는 대답 대신 카운터 쪽에 시선을 주었다. 카운터에는 꽁지머리를 한 청년이 커다란 헤드셋을 쓴 채 모니터를 들여다보고 있었다. 예전 내가 드나들던 시절의 주인장을 닮은 걸 보니 그의 아들쯤 되는 모양이었다. 턱이 튀어나온 데다 머릿결은 곱슬이며 반쯤 감은 눈은 나른해 보였다. 태평하게 인생을 즐기는 타입이다. 내 직감은 그렇게 말했다. 하지만 의외로 내밀한 스트레스도 많은 유형이지. 경험이 그렇게 덧붙였다.

나와 눈이 마주친 꽁지머리는 헤드셋을 벗어두고 테이블로 다가왔다. 이런 대학가 주점 분위기에는 물론 소주가 어울린다. 하지만 크리스마스가 아닌가. 여기가 태양의 해변이라고 해서, 마주 앉은 상대가 소주를 마신다고 해서, 나까지 따라야 하는 건 아니다.

"위스키 있나? 얼마건 상관없으니까 제일 좋은 걸로 한 병. 그리고 맥주도."

꽁지머리가 나를 멀뚱히 바라보고 서 있더니, 뭐 그 정도쯤이야, 하는 표정으로 고개를 끄덕이고는 멀어져 갔다. 장사고 뭐고 빨리 끝내고 애인한테라도 달려가고 싶어 하는 뒷모습이었다.

"선우는…… 내 애인입니다."

젊은 친구가 입을 열었다. 상투적이고 신파적인 시작이었다. 게다가 이 친구, 시제를 헷갈리고 있지 않는가. 그는 현재형이 아니라 과거형으로 말했어야 했다. 선우는 제 애인이었습니다, 라고 말이다.

시작부터 이런 식이라면 전개가 뻔하다. 그녀가 돈을 보고 당신과 결혼했지만 마음만은 여전히 내 곁에 있다, 아직도 그녀와 나는 서로를 사랑한다, 뭐 그런 주말 드라마 대사 같은 문장이 이어질 게 빤하지 않은가. 상대를 김중배로 만들어서 자기가 이수일이 되려는 설정만큼 유치한 시대착오가 어디 있겠는가.

물론 자기만족을 위한 정신적 코스프레가 필요하다면 장단을 맞춰줄 용의가 없지는 않았다.

"맞아. 자네 애인이었고, 지금도 그럴지 모르지."

내가 말했다. 앞의 말은 사실일지 모르지만, 뒤의 말은 사실이 아니었다.

내가 아는 한, 와이프는 옛사랑을 그리워하는 유형이 아니다. 그녀의 세계는 모호하면서 동시에 단순하다. 안개 속처럼 불투명하지만, 그건 그 세계가 복잡해서가 아니다. 아름다웠던 과거라든가 유토피아적인 미래 같은 환상을 만들어서 과도한 의미를 부여한 뒤에 거기에 얽매이는 성격이 아닌 것이다. 와이프는 어리석은 사람이 아니다.

나는 심플하고 직선적인 시간을 살아가는 이들을 선호한다. 과거에 붙들려 사는 자들, 배배 꼬여서 세상에 불평이나 해대는 자들, 미래의 모호한 위험을 부풀리는 자들, 머릿속에 낭만적 이상을 만들어놓고 그걸로 현실을 재단하고 멋대로 편집하는 자들을 신뢰하지 않는다. 현재 속으로 들어가서 심플하고 직선적으로 살아가는 이들. 내가 신뢰하는 것은 그런 유형이다.

꽁지머리가 글라스와 얼음 통, 그리고 밸런타인 한 병을 탁자에 내려놓았다. 입으로는 여전히 뭐라 뭐라 홍얼거리고 있었는데, 랩이라도 읊는 것처럼 보였다. 내 앞에 놓인 위스키잔에 눈을 두고 이윽고 젊은 친구가 입을 열었다.

"맞습니다, 지금은 내 애인이 아니죠. 그건 나도 알고 있습니다."

뜻밖에 순순한 인정이었다. 잠시 뜸을 들이다가 그가 덧붙였다.

"……나도 주제 파악 정도는 하는 편이니까요."

"주제 파악이라…… 다행이군."

나는 그렇게 대꾸하고는 글라스에 얼음을 넣고 술을 3분의 1가량 부었다. 잔을 들어 단번에 들이켰다. 차가운 액체가 타는 듯한 느낌으로 바뀌어 식도를 내려갔다.

주제 파악.

그건 내가 좋아하는 단어이기도 하다. 얼마 전 내가 속한 MBA 동문회 ─ 그냥 동문회가 아니다. 분기마다 극장 하나를 통째로 빌려 영화도 보고 강의도 듣고 식사도 하는 고급 커뮤니티다 ─ 의 인문학 강의에서도 그런 얘기를 들었다. 강사는 모 보수 신문의 논설위원이었다.

그리스 비극은 언제나 인간의 '운명'에 대해 말하죠. 운명을 다른 말로 하면 '주제 파악'이거든. 주제 파악을 하고 주어진 운명에 순응해야 인간 사회가 유지된다는 뜻예요. 사실 종교가 필요한 것도 그런 이유잖아? 사람은 언제나 자기가 숭배할 존재가 있어야 돼. 주제 파악을 하게 만드는 정신적 서비스업. 그게 바로 종교니까. 그렇게 주제 파악을 한 상태에서만 발전이 가능하다는 거, 그게 포인트죠. 헤헤.

나는 그 강의가 마음에 들었다. 헤헤거리는 웃음소리만 빼고.

나는 엉뚱한 곳을, 그러나 아주 기본적인 곳을 찔러보기로 했다.

"그런데…… 와이프보다 어려 보이시는데?"

"그런가요. 우리는 동갑입니다. 심지어 생일까지 같죠. 그래서……"

예상대로 젊은 친구는 자신을 순순히 누설하기 시작했다. 표정은 심각했고 어조는 달떠 있었으며 밤은 깊어가고 있었다. 나로서는 자못 로맨틱한 밤이라고 할밖에.

간간이 고개를 돌려보니 창밖의 눈은 폭설로 변해가고 있었다. 모든 게 자욱한 느낌이었다. 거리에는 인적이 드물었다. 실내에는 이제 김광석의 노래가 흐르고 있었다. 캐럴은 들리지 않고 죽은 가수의 노래만이 허공을 맴돌았다. 역시 비현실적인 밤이군. 나는 속으로 뇌까렸다.

나는 이따금 짧은 질문을 던지면서 그의 말을 끌어냈다. 그렇군, 어떻게? 그런가? 등등. 약간의 추임새를 넣어주는 것만으로도 그는 예민하게 반응을 보였다. 제 얘기를 구구절절 털어놓았다는 뜻이다.

물론 그게 모두 의미 있는 정보는 아니었다. 핵심은 취하고 쓸데없는 정보는 버린다. 불필요한 정보를 폐기하는 것이야말로 핵심으로 다가가는 지름길이다. 잉여를 제거하지 않고는 인생도 사회도 업그레이드되지 않는다. 그게 자본주의의 냉정함이고, 그게 곧 자본주의의 힘이다.

몇 개의 유도 질문만으로 나는 다음과 같은 핵심 정보를 추출해냈다. 나이 25세, 철학과 4학년. 흔해빠진 어학연수조차 가본 적 없음. 취업은 거의 포기 상태. 기르던 고양이가 얼마 전에 죽어서 절망. 원룸에 살며 생활비가 떨어지면 아르바이트를 전전하다 다시 잉여로 돌아가는 패턴. 운동권은 아니지만 진보 신문 독자에 한때 문학청년. 모친은 다소 이른 나이에 병사. 부친은 재혼해서 지방 소도시에서 소매점을 하며 늙어가는 중.

듣지 않아도 훤히 알 것 같은 유형이었다. 어디에나 널려 있는 허름한 청춘의 스테레오 타입. 원한다면 나는 그의 하루와 그의 과거와 그의 미래까지 다 묘사해줄 수 있다. 어쩌면 그 자신보다도 더 정확하고 더 상세하게.

이제 본론으로 들어갈 때가 되었다고 생각하는 순간, 젊은 친구가 선수를 쳤다.

"나한테 유일한 희망은 그 친구였어요. 그쪽이 와이프라고 부르는."

목소리에 잔뜩 취기가 밴 어조였다. 그런데 어떻게 그런 정보를 알아낸 것일까? 어린 아내를 지칭할 때 내가 꼬박꼬박 와이프라는 단어를 쓴다는 것 말이다. 내 마음을 읽기라도 한 듯 그가 덧붙였다.

"아까 그쪽이 와이프라고 부르지 않았습니까?"

"응? 아까? 그랬던가?"

"그래요. 와이프의 남친이라는 둥, 와이프보다 어려 보인다는 둥."

"아아, 그랬었지."

나는 가벼운 탄식을 내뱉은 뒤 조금 앞질러 나가기로 했다. 주제를 선점하는 것은 대화의 기본이다. 대화든 협상이든 논쟁이든, 주제 선점에서 이미 승부가 갈린다. 상대의 허를 찌르는 것이 중요한 것이다.

"그래서, 섹스는 어땠나?"

말을 뱉고 보니 불필요한 오버처럼 느껴졌다. 진도가 맞지 않는달까. 나 역시 제어장치가 조금은 풀어진 탓이다. 생각보다 빠르게 취해가고 있었다.

물론 취기 때문만은 아니다. 사실을 말하자면, 나는 어쩐지 이 대화를 즐기고 있다는 느낌마저 들었다. 카운슬링에서 컨설팅으로 옮겨 가야 하는 타이밍인데, 내 기분은 다른 쪽으로 움직이고 있었다. 카운슬링이고 컨설팅이고 다 집어치우고, 세상모르는 이 순진한 청춘과 그저 좀 놀아보자는 쪽으로.

꽤나 신선한 감정이었다.

"섹스요?"

"그래, 섹스."

젊은 친구는 위스키가 섞인 맥주잔을 들어 단숨에 비웠다.

"그쪽은······"

상대가 입을 열었다. 나 역시 스트레이트잔을 들어 단번에 마셨다. 시선은 젊은 치를 향한 채였다.

"오늘 죽을지도 모릅니다."

"응? 내가?"

"네, 그쪽이."

"자네가 아니고 내가?"

흐흐. 나는 웃음을 흘렸다. 젊은 친구는 그런 나를 말없이 바라보았다. 나도 웃음을 멈추고 그를 바라보았다. 우리의 눈이 마주쳤다.

그 순간 이상한 느낌이 나를 스쳐 갔다. 그의 시선에서 어딘지 슬픔이라고 할 만한 감정이 전해졌던 것이다.

슬픔? 슬픔이라니.

그런 감정이 세상에 남아 있었던가? 나는 이 순진한 친구의 연인이 아니다. 그 연인의 공식적인 남편이다. 그런 내 앞에서 슬픔이 깃든 눈빛을? 역시 로맨틱한 친구로군. 신선해. 마음에 들어.

하지만 언제나 중요한 것은 감정이 아니라 팩트다. 팩트에 의거하지 않으면 감정 따위는 헛것에 불과하다. 감정에 휩쓸리는 시인을 공적 영역에서 추방해야 한다고 말한 플라톤은 백번 옳았다. 나는 중요한 사실을 환기시켰다.

"죽는다고 한 건 내가 아니라 자네 아닌가? 아마 잊었나 본데."

명백한 팩트 앞에서 상대는 말이 없었다.

"다시 말하지만, 자살 운운한 건 내가 아니라 자네라는 말이야. 아닌가?"

나는 반복해서 말했다. 내 목소리가 약간 높아진 듯했다. 추궁하는 어조였다. 젊은 친구가 고개를 숙였다가 천천히 들면서 입을 열었다.

"그렇습니다. 자살은 내가 하는 것이죠. 그쪽은 그런 데는 관심이 없을 테니까."

당연한 말이었다. 나는 자살 같은 것에 관심이 없다. 서른이 넘으면 죽을 거라는 둥, 예수 그리스도나 짐 모리슨보다 오래 살 필요는 없다는 둥, 그런 치기 어린 대화만큼 식상한 것은 없다. 식상한 말을 하는 자들을 나는 좋아하지 않는다. 대화를 해 봐야 에너지 낭비일 뿐이니까. 나는 대꾸 없이 그의 다음 말을 기다렸다.

잠시 주저하는 듯 술잔을 비우더니 그가 천천히 입을 열었다. 슬픔에 젖은 듯 축축한 목소리였다. 우울증 환자의 표정에 우울증 환자의 목소리. 신선하다고 생각하다가도 결국은 호감을 가질 수 없는 유형.

"그래요. 난 자살 충동을 느낍니다. 자살 말입니다. 그래서 나는 그쪽을 만나야 했습니다. 내가 죽으면…… 그쪽 역시 죽게 된다는 말을 하기 위해서……"

점입가경이었다. 횡설수설도 정도가 지나쳤다. 혹시 이 친구는 지금 너 죽고 나 죽자는 말을 이런 횡설수설로 전하고 싶은 것일까? 자신이 살인을 할지도 모르니 대비라도 해달라는 말인가?

"아니, 그게 아닙니다. 내 말은…… 내가 자살하기 전에 그쪽을 죽이겠다거나, 살해하고 싶다거나, 그런 게 아닙니다. 너 죽고 나 죽자는 얘기가 결코 아닙니다."

"아니면?"

나는 일그러진 미소를 띤 채 반문했다. 웃음이 터져 나오기 직전이었다.

우리의 대화는 점점 코미디에 가까워지고 있었다. 가슴 저미는 비극을 기대하고 있었는데, 알고 보니 그로테스크한 희극인 셈이었다. 아니면 부조리극의 우스꽝스러운 클라이맥스에 접어든 것인지도 몰랐다.

취기가 천천히 몸속에서 피어올랐다. 자, 창밖에는 크리스마스의 폭설이 내리고 있다. 말 그대로 폭력적으로 쏟아지는 눈발이다. 시야가 꽉 막힌 이런 날에도 어디선가 노인들은 죽어가고 아기들은 태어날 것이다. 신도 사라지고 구원도 사라진 세상에 신기한 일이 아닐 수 없다.

그리고 이런 날, 컨설팅 업계의 무서운 신예로 향후 대한민국 재계를 주름잡을 혈기 왕성한 사내는, 지리멸렬한 인생을 보내고 있는 애송이 대학생과 마주 앉아 죽음을 논하고 있는 것이다. 정치도 아니고 경제도 아니고 겨우 죽음이다. 어떤가, 이만하면 크리스마스 코미디로 손색이 없지 않은가? 이오네스코에게 맡겨도 이런 부조리극을 쓰지는 못할 것 같은데?

"그래. 자네나 나나 어차피 죽게 되겠지. 하지만 자네는 자네의 죽음을 선택할 권리가 있고, 나에게는 나의 죽음을 선택할 권리가 있다네. 게다가 나는 건강 관리를 잘하고 있기 때문에……"

내가 거기까지 말했을 때, 상대의 시선이 나를 벗어나 옆쪽으로 향했다. 노인 하나가 바로 옆 테이블에 와 앉았기 때문이었다. 나도 얼결에 입을 닫고 노인 쪽을 바라보았다. 여든은 넘어 보였고, 베이지색 점퍼에 중절모를 쓰고 있었다. 베이지색 점퍼에 중절모라고는 했지만, 몹시 낡고 너저분한 차림이어서 보기에 따라서는 노숙자로 보일 지경이었다.

노인은 모자를 벗어 테이블 위에 올려놓았다. 아주 느린 동작이었기 때문에 주점의 시간이 갑자기 속도를 늦춘 기분이었다. 주위는 어지러운 속도로 돌아가는데 문득 슬로비디오 속으로 들어온 느낌이랄까. 크리스마스의 대학가 주점에 혼자 자리를 차지하고 앉은 팔십 노인이라니, 이건 또 뭔가? 자정이 넘은 시간이니 누굴 기다리는 것도 아닐 테고.

나는 미간을 찌푸리며 노인 쪽을 바라보았다. 가만 보니 평범하면서도 어딘지 낯익은 얼굴이었다. 꼿꼿하면서도 어두운 인상. 차림새와 생김새가 매칭이 되지 않았다. 희극배우가 하나 더 나타난 것 같은 기분. 가장행렬이라든가 벌레스크라든가 그런 공연에 동원된 조연 같은.

젊은 치 역시 노인을 바라보고 있었지만 표정에는 변화가 없었다. 오히려 눈빛이 더 그윽해져 있었다. 시선은 노인 쪽에 둔 채 젊은 치가 입을 열었다. 마치 내가 아니라 노인에게 말을 걸 기라도 하는 듯이.

"우리는 모두…… 언젠가는…… 죽습니다."

나는 혀를 찼다.

"신선한 말은 아니군. 게다가 어르신을 옆 테이블에 두고 할 말도 아니고. 원래 그렇게 상투적이고 예의 없는 말을 선호하나?"

내가 쏘아붙였다. 상대는 대꾸가 없었다. 혈관을 빠르게 흐르는 알코올이 느껴졌다. 정신이 몽롱해져가고 있었다. 젊은 치가 위스키에 뭔가를 탄 게 아닌가 하는 의심마저 들 정도였다. 나는 고개를 흔들었다.

화장실을 다녀오겠다는 표시로 손짓을 하고 자리에서 몸을 일으켰다. 중심을 잡지 못해 비틀거렸다. 젊은 치는 아무래도 상관없다는 듯 표정에 변화가 없었다. 혼자 앉아 있는 노인은 몸을 웅크린 채 고개만 옆으로 돌려 우리 쪽을 바라보고 있었다. 얼결에 보니 눈이 검고 깊었다. 저 눈구멍 속에 눈알은 들어 있을까. 그런 엉뚱한 생각이 들었다. 나는 비척비척 몸을 움직여 화장실로 향했다.

화장실은 불결했다. 오줌을 누면서 작은 거울에 비친 얼굴을 바라보았다. 눈에 쌍꺼풀이 져 있었다. 피곤해 보이시는군요. 젊은 치가 그렇게 말했던가. 짙은 눈썹 아래로 눈두덩이 부어 있었다. 입술은 부르터 있었다. 몸을 추스르면서 거울 속의 사내를 노려보았다.

확실히 잘생긴 얼굴은 아니다. 하지만 문제는 잘생기고 못생기고가 아니다. 독특함이 부족해. 그게 더 불만이었다. 젊은 치는 그 점을 지적했다. 어디서 많이 본 얼굴이라는 식으로. 흔한 인간이라는 뉘앙스로. 후후. 나는 의미를 알 수 없는 웃음을 흘렸지.

자리로 돌아왔을 때는 뜻밖에 작은 소동이 일어나 있었다. 꽁지머리가 노인과 실랑이를 하고 있었다. 그는 노인을 억지로 일으켜 세우려 했다.

"할아버지, 여기서 이러시면 안 된다니까. 안 사요, 안 사."

노인은 꽁지머리에게 팔을 잡힌 채 울상을 짓고 있었다.

"아니, 난 뭘 팔려는 게 아니라…… 술을 마시려는 거라니까."

"아, 저번에도 와서 껌 파셨잖아. 껌만 팔았나? 구걸하느라 손님 다 쫓고 말야."

"아닐세, 잘못 본 거야. 난 그런 사람이 아닐세."

노인은 기어들어가는 목소리로 항변했지만 꽁지머리는 아랑곳없이 노인을 끌어내려 하고 있었다. 노인이 다시 힘겹게 덧붙였다.

"이보게, 내가 젊었을 때 여기 단골이었어. 내가 이 학교를 다녔다니까."

노인을 윽박지르던 꽁지머리가 노인의 얼굴을 들여다보는가 싶더니, 빙글거리며 대꾸했다.

"아, 그러고 보니 어디서 많이 뵌 분이네. 낯이 익어요, 낯이. 근데 이 학교는 개교한 지 백 년도 안 됐거든?"

이젠 무례한 농담으로 노인에게 모욕을 주려는 모양이었다. 더 두고 볼 수가 없었다. 내가 꽁지머리를 제지했다.

"이봐, 이분이 술 드시러 들어왔다고 하잖나."

꽁지머리가 내 쪽을 바라보았다. 이건 뭔데 끼어들어? 그런 표정이었다. 꽁지머리의 험악한 표정을 보자 갑자기 전의가 불타올랐다. 몸속의 알코올이 정수리로 몰려드는 느낌이었다.

"뭘 노려봐? 내가 누군 줄 알아? 이분 술값 내가 낼 테니, 얼른 술 갖다드려!"

내 목소리가 커지자 주위 손님들의 시선이 내 쪽으로 쏠렸다. 순식간에 그들은 소동의 전말이 궁금한 관객들로 변해 있었다.

내 고성을 들은 꽁지머리의 눈에서 붉은빛이 돌았다. 꽁지머리가 몸을 돌려 완연히 내 쪽을 향했다. 이젠 노인이 문제가 아니라는 투였다. 꽁지머리의 손에 아직 따지도 않은 소주병이 들려 있는 게 힐끗 보였다. 정말 휘두르기라도 할 태세였다. 꽁지머리의 입에서 불손한 말이 튀어나왔다.

"아니, 아저씨, 돈이면 다 되는 줄 알아? 어디서 졸부 흉내야, 흉내가?"

요즘 세상에 이렇게 막 나가는 알바가 있다니. 아니, 알바가 아니라 주인인가? 주인의 아들인가? 그런 멍청한 생각이 내 머릿속을 스쳤다. 나는 몸속의 알코올이 시키는 대로 주먹을 불끈

쥐었다.

그 순간 잠자코 사태의 추이를 지켜보던 젊은 친구가 천천히 자리에서 몸을 일으켰다. 그리고 조용하고 낮은 목소리로 꽁지머리를 향해 말했다.

"아아, 형. 이러지 마세요. 이분, 내 손님이야."

젊은 친구의 한마디는 뜻밖에도 효력을 발휘했다. 꽁지머리의 표정이 어이없이 풀려버린 것이다.

"응? 그래? 그럼 진작에 그렇게 말을 했어야지."

꽁지머리의 말에 젊은 친구가 덧붙였다.

"이분, 오늘 특별히 모신 거라고. 내가 자살을 할까 생각 중인데, 이런 소식은 알려드려야 할 것 같아서."

젊은 친구가 말했다. 마치 대출이라도 권유하는 듯 심상한 어조였다. 꽁지머리와 내가 동시에, 멍청한 표정으로, 젊은 치를 바라보았다.

또 그 헛소리를 하고 싶은 모양이군. 아니, 자살은 자기가 하는데 내가 대체 무슨 상관이라는 말인가? 나는 얼굴이 일그러지는 것을 느꼈다. 입을 열어 뭔가 말하려는데 꽁지머리가 선수를 쳤다.

"하하, 이거 죄송합니다. 제가 실례를 했구만요. 너그럽게 이해해주십쇼."

꽁지머리의 말투는 조금 전의 그 험악한 어조가 아니었다. 표정도 완전히 바뀌어 있었다. 내 입에서 욕설이 튀어나오기 직전, 다시 자리를 잡고 앉은 노인이 나지막한 목소리로 뇌까렸다. 나를 향해서였다.

"자네도 참으시게. 자네 말마따나 오늘은 크리스마스가 아닌가."

나는 뭔가 말하려고 했지만, 노인의 말은 이상한 힘으로 내 입을 틀어막았다. 온몸에서 맥이 빠지는 기분이었다. 동시에 취기가 오르는 느낌이었다.

나는 자리에 털썩 주저앉았다. 그렇다. 오늘은 크리스마스인 것이다. 이런 기괴한 소동을 겪어야 하는 크리스마스인 것이다. 한 치 앞이 안 보일 정도의 폭설이 창밖을 점령한, 말도 안 되는 크리스마스.

꽁지머리가 아무 일도 없었다는 듯 카운터로 돌아갔다. 젊은 치도 제자리에 앉았다. 옆 테이블의 노인은 물끄러미 나를 바라보고 있었다. 마음에 들지 않는 시선이었다. 나도 노인을 노려보았다.

뭐? 뭐? 뭐가 더 필요한 거요?

나는 노인을 향해 그렇게 묻듯 시선을 던졌다. 이 소동의 원인을 제공한 당사자가 아닌가? 용서를 빌어도 시원찮을 판에 뭘 빤히 쳐다보는가?

노인은 시선을 돌리지 않았다. 검은 눈구멍은 여전히 깊고 캄캄했지만 표정은 인자한 할아버지의 그것이었다. 이 사람은 한국인이 아닌가. 문득 그런 생각이 들었다. 어디 먼 바깥에서 바라보는 듯한 시선. 모든 걸 이해한다는 듯한 얼굴. 어쩐지 사람을 애 취급하는 듯한.

그 표정이 무슨 동아줄이라도 된 것처럼 나를 결박했다. 나는 얼굴을 일그러뜨린 채 노인을 노려보았다. 노인의 입술이 달싹였다.

어쨌든, 고마우이.

노인의 입은 그렇게 말한 것이 틀림없었다. 뭐가? 뭐가 고맙다는 것인가? 그러자 내 마음을 읽기라도 한 듯 노인의 입이 열렸다. 슬로비디오인 것처럼 목소리가 천천히 흘러나왔다.

자네가 술값까지 내준다고 하지 않았나. 감동일세그려.

노인은 지그시 나를 바라보다가 덧붙였다.

내게는 술값이 없으니, 줄 것이 껌밖에 없구먼. 아주 오래오래 씹으시게.

노인은 점퍼 주머니에 손을 넣더니 정말 노란색 껌 한 통을 꺼냈다. 아주 오래전부터 그 호주머니에 들어 있었을 게 틀림없는, 유통기한이 지나도 한참 지났을 게 확실한, 아무리 질겅질겅 씹어도 단물이 나오지 않을 것 같은, 포장지에 '쥬시후레쉬'라고 적힌 껌이었다.

나는 얼굴을 찌푸린 채 노란 껌을 바라보고 있다가, 주섬주섬 뒷주머니에 손을 넣어 지갑을 꺼냈다. 그래, 돈이 필요하다면 주면 되는 것이다. 매년 자선단체에 기부하는 돈만 해도 얼마인데, 노인 하나 돕는 거야 말 그대로 껌이 아닌가. 그 정도야……

나는 지갑에서 5만 원짜리를 꺼내 검지와 중지 사이에 끼워 노인에게 내밀었다.

자, 받으시오, 이게 필요한 거지? 거지 같은 노인 양반.

나는 속으로 그렇게 말했다. 노인이 고개를 끄덕였다. 그리고 손을 내밀어 순순히 돈을 받았다. 하긴, 자존심 같은 걸 챙길 계제가 아니겠지. 그렇게 생각하는데, 노인이 다시 입을 열었다. 말을 하는 건지 마는 건지 알 수 없을 만큼 웅얼거리는 목소리였다.

그건 그렇고…… 자네는 이 젊은 양반 얘기를 잘 들으시게.

이건 또 뭔가? 또 무슨 헛소리를 하려는 것인가? 노인이 중얼거리듯 말을 이었다.

헛소리가 아니라니까. 실은 오늘 나는 구경을 하러 온 거라네. 아니, 구경만 할 건 아니지. 이 친구가 스스로 못 하면 내가 이 친구를 대신해서 일을 치러줄 수도 있으니까. 히히.

히히? 히히? 나는 깨달았다. 아아, 이건 미친 노인이었구나. 꽁지머리를 말리지 말았어야 했는데. 이런 노인이니까 내쫓으려고 한 거겠지.

나는 내 경솔함을 후회했다. 젊은 친구는 이제 할 말을 다 했다는 표정으로 창밖만 바라보고 있었다. 세상의 모든 것을 다 덮을 것처럼 쏟아지는 폭설만 바라보고 있었다. 폭설에 묻혀가는 도시 쪽에 시선을 둔 채, 노인과 나에게는 관심을 보이지 않았다.

나는 몸속의 알코올을 견딜 수 없었다. 불쾌감이 나를 사로잡았다. 몸을 일으켰다. 더 이상 앉아 있을 이유가 없었다. 수표 몇 장을 탁자 위에 내려놓고 코트를 낚아채듯 집어 들고는 휘적휘적 문 쪽으로 걸어갔다.

아무도 나를 잡지 않았다. 문고리를 잡은 채 멈춰 서서 뒤를 돌아보았다. 꽁지머리는 아무 일도 없었다는 표정으로 모니터에 신경을 쏟고 있었다. 젊은 친구는 시선을 창밖에 둔 채 여전히 움직이지 않았다. 노인만이 내가 휘적휘적 걸어 나가는 모습을 멀거니 바라보고 있었다.

음흉하고 기괴한 노인이군. 게다가 그놈의 히히. 히히라니. 크리스마스에 내가 왜 그런 미친 웃음소리를 들어야 한단 말인가?

문을 열고 비틀거리며 계단을 내려갔다. 아무도 따라 나오지 않았다. 주점을 나오자 눈으로 뒤덮인 세상이었다.

이런 분위기도 오랜만이군. 화이트…… 화이트 크리스마스라는 거지.

나는 비척비척 눈길을 걷기 시작했다. 걷다가, 잠시 멈추어서 주위를 둘러보다가, 다시 걸었다. 폭설 때문인지 행인이 거의 보이지 않았다. 오가는 차량도 드물었다. 택시를 잡아야 하는데. 택시가 없네. 택시를 잡아야 하는데. 택시가 없네. 택시를 잡아야 하는데……

거리는 적막했다. 마치 전염병이 휩쓸고 긴 도시 같았다. 어둠과 눈발만이 이곳의 주인이라는 투였다.

얼마나 걸었을까. 어디선가 나타난 주황색 택시가 미끄러지
듯 내 앞에 정차했다. 이런 폭설 속에서도 운행을 하다니, 대단
하군. 하긴 크리스마스니까 대목이긴 하겠지.

나는 택시에 몸을 싣고 큰 목소리로 "한남동!"을 외쳤다. 속
이 부글거렸다. 크리스마스인데. 크리스마스인데. 와이프의 전
남친이라는 자와 아무짝에도 쓸모없는 대화를 나누고, 기분 나
쁜 노인 때문에 쓸데없이 에너지를 낭비하다니. 이런 미친……

운전기사가 룸미러로 내 쪽을 바라보았다. 내가 뭐라 뭐라 중
얼거린 모양이었다. 하긴 꽤 마시긴 했지. 당신한테 한 말이 아
니라는 뜻으로 나는 손을 휘휘 내저었다. 늙은 운전기사는 주름
이 가득한 얼굴을 다시 전방으로 돌렸지만, 호기심이 동한 듯
룸미러를 힐끗거렸다.

앞이 거의 보이지 않는 눈발을 뚫고 택시는 미친 듯이 달려갔
다. 폭설 속이라고는 도저히 믿을 수 없을 만큼 빠른 속도로.

∞

엘리베이터를 타고 11층을 눌렀다. 아아, 이래서 내가 알코
올과 마약을 좋아하지 않는다니까. 인간을 어디로 튈지 모르도
록 만드니까. 도대체 합리성이라고는 몽땅 개에게 줘버린 꼴이
되는 거지. 그러고 보니 오늘은 정말 개같은 날이군……

현관문을 열고 들어서자 집 안에서 음악 소리가 들렸다. 바흐의 「평균율」이었다. 아까 끄지 않고 나간 모양이었다. 빌어먹을. 무한 재생이라는 건가. 나는 구두를 벗어 던지고 무너지듯 가죽 소파에 몸을 묻었다.

어쨌든 아무 일도 일어나지 않은 것이다. 한심한 청춘과 멍청한 노인네한테 시간을 뺏기고 돌아온 것뿐이다. 소파에 누운 채 바라본 창밖은 눈이 그쳐 있었다. 언제 눈이 내렸느냐는 듯 깨끗했다. 정말 눈이 내리긴 한 것일까 의문이 들 정도로, 밤과 어둠만으로 투명해 보였다.

날씨까지…… 종잡을 수 없군.

그렇게 중얼거리는 순간, 오디오에서 「평균율」이 끝나고 다른 곡이 흘러나오기 시작했다. 캐럴이었다.

창밖을 보라 창밖을 보라
흰 눈이 내린다
창밖을 보라 창밖을 보라
찬 겨울이 왔다
썰매를 타는 어린애들은
해 가는 줄도 모르고
눈길 위에다 썰매를 깔고
즐겁게 달린다
긴긴 해가 다 가고 어둠이 오면

오색 빛이 찬란한 거리거리에 성탄 빛
추운 겨울이 다 가기 전에
마음껏 즐기자
맑고 흰 눈이 새봄 빛 속에
사라지기 전에

왜 이런 노래가 흘러나오지? 와이프가 저장해놓은 곡인가? 크리스마스를 기념해서? 아무려나. 어쨌든 지금 창밖의 어둠과 크리스마스 캐럴은 어울리지 않는다.

나는 소파에서 힘겹게 몸을 일으켰다. 오디오로 다가가 신경질적으로 파워 버튼을 눌렀다. 실내의 소음이 칼로 잘린 듯 사라졌다.

비틀거리며 안방 문을 열고 들어갔다. 이런 이상한 크리스마스라니. 알 수 없는 적의가 몸속에서 피어올랐다. 스위치를 거칠게 눌렀지만 불은 들어오지 않았다. 탈칵, 탈칵, 탈칵. 반복해서 눌러도 실내등은 반응이 없었다. 나는 체중을 실어 침대가 흔들리도록 이불 위에 걸터앉았다. 내가 왜 이런 꼴을 당해야 하는가? 죽는다느니, 죽인다느니, 왜 그런 헛소리를 들어야 한단 말인가? 나는 침대에 누운 아내를 노려보았다. 창밖의 폭설 탓에 방 안에 희끄무레한 빛이 스며들었다.

흐린 빛 속에 드러난 그녀의 얼굴을 바라보는 순간, 나는 인상을 찌푸렸다. 희미한 빛이 만든 그림자 탓인지 얼굴이 낯설게 보였다. 아니, 낯설게 보인 것이 아니라…… 그녀의 얼굴은……
그녀의 얼굴이 아니었다.

아무래도 와이프라고는 할 수 없는 이상한 여자의 얼굴이 거
기 있었다. 얼굴을 온통 뒤덮고 있는 잔주름들…… 검푸르게 죽
어 침침한 피부색…… 퀭하게 살 속으로 파고들어간 눈…… 흐
물흐물 늘어진 목덜미의 살갗……

대체 이건 누군가? 누군데 남의 침대에 누워 있는 건가? 나는
놀라서 벌떡 일어서지는 않았다. 소리를 지르지도 않았다. 얼굴
을 찌푸리고 침대 위의 낯선 사람을 노려보았을 뿐.

확실히 이것은 노파의 얼굴이다. 그런 생각이 들었다. 이것이
죽음이 아니라면 무엇이 죽음이란 말인가? 그렇게 외치는 듯한
얼굴이다. 하지만 동시에, 침대에 누워 있는 이 늙은 사람은 정
확하게…… 내 와이프가 아닌가……

기이한 직감이었지만 동시에 거부할 수 없는 직감이었다. 나
는 얼어붙었다. 아아, 와이프는 어디로 가버린 것인가? 매끄럽
고 부드러우며 탄력이 넘치는 그녀의 얼굴은 어디로 사라진 것
인가? 그녀는 어째서 이런 엉뚱한 존재가 돼버린 것인가? 나는
소리 나지 않게 비명을 질렀다.

몸 안의 세포들이 하나하나 흐트러지는 느낌이었다. 영혼의
뼈마디들이 제각각 움직이려는 듯했다. 거의 해골에 가까운 그
녀의 얼굴이 곧 내 얼굴인 것처럼 느껴졌다. 그때 채 닫히지 않
은 방문 사이로 노랫소리가 들려왔다. 아주 느리고, 부드럽고,

아름다운, 늙은 아이의 목소리였다.

> 창밖을 보라
> 창밖을 보라
> 흰 눈이 내린다
> 창밖을 보라……
> 창밖을 보라……
> 찬 겨울이 왔다……

선우

……썰매를 타는 어린애들은

해 가는 줄도 모르고

눈길 위에다 썰매를 깔고

즐겁게 달린다

긴긴 해가 다 가고 어둠이 오면

오색 빛이 찬란한 거리거리에 성탄 빛

추운 겨울이 다 가기 전에

마음껏 즐기자

맑고 흰 눈이 새봄 빛 속에

사라지기 전에

노래가 들려.

닫히지 않은 방문 사이로 노래가 들려. 커튼 사이로 새벽빛이 스며드네. 방 안은 아늑하다. 아늑하다기보다는 아득한 느낌이라고 해야 하나.

당신은 와이셔츠도 벗지 않은 채 잠들어 있다. 피곤했겠지. 밤늦게 나가서 처음 보는 청년을 만나 긴 대화를 했을 테니까. 신경을 날카롭게 만드는 대화를 오래 했을 테니까. 생각했던 것보다 술을 많이 마셨을 테니까. 실은 감당할 수 없을 정도로 과음을 했을 거야. 술은 밸런타인 21년. 피부로 배어 나오는 알코올의 기운.

악몽을 꾸는지 얼굴 근육이 불규칙하게 움직여. 얼굴 근육은 지금 당신의 명령에 따라 움직이는 것이 아니다. 의지와 무관한 곳에서 의지와 무관한 힘으로 움직이는 그것.

인간이 자신의 의지대로 살아가는 시간이 얼마나 될까. 당신이 생각에 몰두하거나 어떤 목표에 집착할 때, 자신의 몸속에서 일어나는 수많은 움직임을 당신이 상상할 수 있을까. 가령 몸속에서 어지럽게 분열 중인 세포라든가, 몸의 구석구석을 돌아다니는 세균이라든가, 변이를 거듭하며 혈관 속을 돌아다니는 바이러스라든가, 느리지만 끈질기게 자라는 종양이라든가. 그런 것들. 당신과 함께 있지만 당신이 아니면서 당신의 내부에 있는 모든 것. 육체와 마음의 모든 것.

어쩌면 나는 당신에게 그런 존재인지도 몰라. 아내이면서 아내가 아닌 사람. 한국인이면서 한국인이 아닌 사람. 사람이지만 때로 벽으로 느껴지는 사람. 가까운 곳에 있으면서 아주 먼 외계의 존재. 꿈속의 당신을 바라보면서 당신을 향해 중얼거리는 존재.

그래서일까? 알 수 없는 어떤 힘이 당신의 표정을 일그러뜨리고 있네. 알 수 없는 어떤 힘이 영혼을 일그러뜨리고 있네. 오늘의 나쁜 기분 때문일지도 모르지. 잊고 있던 기억이라든가 무의식 때문일지도 몰라. 어쩌면 밤하늘 때문일지도. 밤하늘에서 빛나는 별들 때문일지도.

당신은 지금 악몽 속에서 내 목소리를 듣는다. 악몽 속의 목소리는 깨어난 뒤에는 기억나지 않을 것이다. 그 목소리. 당신의 꿈속으로 다시 돌아올 그 목소리. 사람에게는 자꾸 돌아오는 것들이 있잖아. 그런 것들을 잘 보아야 해. 예전에 어디서 본 것 같은 장면. 경험한 듯한 일. 처음 보는데 익숙한 얼굴. 끔찍한데 이미 알고 있는 악몽 같은 것. 밤마다 반복되는 그것.

이제 길고 지루하고 이상한 이야기를 해줄게. 당신이 만난 청년이 어떻게 당신을 찾아왔는지에 대한 이야기를. 밤하늘에 별빛들이 하나둘 늘어가는 밤의 텅 빈 거리를 걸어서, 어떻게 당신을 찾아왔는지에 대한 이야기를. 어떻게 미래를 기억하게 되었는지에 대한 이야기를.

그의 이름은 도현도.

도현도의 도는 도토리와 도마뱀의 도.

도자기와 도가니의 도.

도레미파솔라시도의 도.

도에서 시작해서 도로 끝나는 도.

앞에서 시작해도 뒤에서 시작해도 똑같은 도.

도는 이미 미래를 기억하는 도.

흔하고 유치한 말놀이와 같이.

슬프고 잔인한 돌림노래와 같이.

2. 코스타 델 솔의 아침
— 도현도, 1999

눈을 떴을 때 도는 기묘한 느낌이 들었다. 천장의 무늬가 낯설었다. 아, 모텔이었지. 모텔에서 밤을 보냈지. 도는 생각했다. 어제는 많이 마셨지. 술을 마시면 꼭 악몽을 꾼다. 악몽은 언제나 현실보다 생생해.

꿈속에서도 누군가를 만나 술을 마셨는데. 상대가 자꾸 술을 권해서 마신 것뿐인데. 하지만 많이 마셨다. 많이 떠든 것도 같다. 상대는 중년의 얼굴이었는데. 아이의 얼굴이었다가, 노인의 얼굴이었다가, 결국 죽은 사람의 얼굴이었지. 어쩐지 어색하고…… 기분이 좋지 않고…… 함께 있고 싶지 않았다. 그런데도 내가 먼저 자리를 털고 일어설 수는 없었지. 그 사람은 말이 많았고…… 자꾸 뭔가 가르치려 들고…… 여러모로 재수가 없었는데.

하지만 어떤 부드러운 힘이 어깨를 지그시 누르는 것 같았다. 자리를 뜨지 않고 그 사람과 앉아서 긴 밤을 보냈다. 무슨 얘기를 했는지는 잘 기억나지 않았다. 마지막에는 내가 시비를 걸었던가. 시비에 휘말렸던가. 뭔가 소동이 있었던 것 같은데. 악몽이란 대개 이런 식이지.

도는 천장을 바라보며 멍하니 생각에 잠겼다. 생각 끝자락에…… 도는 이불 속에서 무언가가 만져진다는 것을 깨달았다. 아직 꿈인가. 꿈이 아닌가. 도는 손끝에 신경을 집중했다. 부드러운…… 털이 있는…… 낯선 생물이다. 도는 숨을 죽이고 상체를 일으켰다. 가만히 앉아 있다가 이불을 천천히 걷어냈다.

검은빛의 무언가가 둥글게 몸을 말고 있었다.

도는 불에 덴 듯 벌떡 일어나 침대에서 내려왔다. 비명을 지르지는 않았다. 이건 뭔가 하는 표정으로 침대를 바라보았다. 고양이다. 작고 어린 고양이다. 검은 고양이다. 살아 있나? 죽었나?

고양이는 꼼짝도 하지 않고 고개를 몸에 묻고 있었다. 물컹한 느낌이 도의 옆구리에 남아 있었다. 고양이는 잠든 듯했다. 몸이 미세하게 부풀어 올랐다가 가라앉기를 반복했다. 도는 두근거리는 가슴을 진정시키고 고양이의 몸에 손끝을 대보았다. 가만히 숨을 쉴 뿐 반응이 없었다. 도는 어젯밤 모텔에 올라오면서 본 고양이를 기억해냈다.

2층 계단을 올라와 이 방으로 향할 때였나. 문 앞에 검은 물체가 앉아 있었다. 여기는 내 자리니까 침입하지 말라는 듯 완강한 포즈였다. 작은 고양이. 검은 고양이. 작고 검은 고양이.

그러니까 이것은 어젯밤의 그 고양이가 틀림없었다. 문을 여닫는 틈에 들어온 것 같았다. 그렇게밖에 생각할 수 없었다. 주위를 둘러보았다. 실내의 조악한 인테리어가 눈에 들어왔다. 벽지는 동그라미가 반복적으로 그려진 패턴이었고 가구들은 싸구려 합성수지로 마감한 것들이었다. 벽에는 커다란 사진 액자가 걸려 있었다. 서양 어딘가의 평화로운 해변을 찍은 복제품이었다. 그 아래에는 비스듬한 글씨로 *Costa del Sol*이라고 적혀 있었다.

신장개업한 변두리 모텔에 잘 어울리는 인테리어. 새것으로 가득하지만 모든 게 모조품 같은. 현실이 아니라 달력 사진에 가까운. 생경하게 현실적이어서 비현실적인 분위기. 화학약품 냄새가 도의 코에 스며들었다.

방 안의 모든 사물이 어제와 다른 느낌이었다. 밤사이에 누군가 실내의 모든 것을 바꾸어놓은 듯했다. 벽지와 탁자가, 탁자와 의자가, 텔레비전과 침대가, 어제의 것이 아닌 듯했다.

지난밤 희미한 어둠 속에서 모든 사물은 생기를 띠고 있었다. 지금 도의 눈에 보이는 사물들은 무의미하며 무미건조한 것처럼 보였다. 도는 이런 기분을 언젠가 느껴본 것 같다고 생각했다. 그는 의자에 걸쳐둔 옷을 주섬주섬 주워 입었다.

모텔 골목을 나와 거리를 걸었다. 차가운 바람이 목덜미로 파고들었다. 거리의 눈은 쌓이지 않고 녹아버린 뒤였다.

도는 사거리 쪽으로 걷다가 처음 눈에 뜨인 해장국집으로 들어갔다. 낡고 허름한 식당이었다. 해장국과 콩나물국밥과 추어탕 등속의 메뉴표가 벽에 붙어 있었다. 벽에는 군데군데 신문지들로 덧댄 흔적이 남아 있었다. 2000년대가 코앞인데, 20세기가 저물어가는데, 아직도 이렇게 낡고 허름한 분위기라니. 하긴 이런 분위기가 향수를 자극하기도 하지. 무언가 사람을 편안하게 만드는 데가 있다. 마치 전생처럼.

도는 곁에 놓인 조간신문의 헤드라인을 살폈다. 한 해를 정리하는 기사들이 눈에 띄었다. 베네수엘라에서는 홍수와 산사태로 5만 명이 사망했고, 터키에서는 리히터 규모 7.0의 강진으로 1만 3천 명이 죽었다. 대만에도 8백 명 이상의 사망자를 낸 지진이 덮쳤다. 유럽은? 살인적인 폭풍으로 수백 명이 죽었다고 했다. 노스트라다무스가 다시 호명되고 휴거가 멀지 않았다고 외치는 이들이 나타났다. 정말 종말은 올 것인가. 세기말은 또 어떤 악몽을 보여줄 것인가.

도 역시 알고 있었다. 이제 21세기가 오면 병원의 디지털 기기들이 00을 2000이 아니라 1900으로 인식하게 된다고 했다. 기계 오작동으로 환자들의 생명이 위험해진다고 했다. 병실마다 여기저기서 비명 소리가 터져 나온다. 다급한 의료진들이 복도를 뛰어다닌다. 병원뿐이 아니다. 금융기관도 혼란에 빠진다. 모든 계좌의 기록들이 믿을 수 없게 된다. 숫자들이 증발한다. 무의미한 기호로 변환된다. 내 돈 네 돈을 구분할 수 없고 내 것 네 것을 나눌 수 없게 된다. 모든 것이 어리둥절해진다. 자본주의니 사유재산제도니 하는 것들이 한순간에 종말을 고할지도 모른다. 로봇이 등장하고 낯선 지배 세력이 나타나고 새로운 공산주의가 시작될지도 모른다. 도의 머릿속에서 세기말은 스스로 움직이며 질주했는데, 이런 상상이 의외의 쾌감을 안겨준다는 것을 도는 깨달았다.

그렇게 해서 모든 것이 새로 시작된다면…… 도는 희망이란 그런 것일지도 모르겠다고 생각했다. 모든 것이 제로 베이스에서 다시 시작될 수 있다, 모든 것을 파괴하고 원점부터 다시 구성할 수 있다, 기성 질서를 모두 갈아엎고 새판을 깔 수 있다…… 도는 희미하게 웃고 있었다. 하지만 자신이 그렇게 웃고 있다는 것은 깨닫지 못한 채였다.

점심을 먹기에는 아직 이른 시간이었다. 식당은 텅 비어 있었다. 날이 추워서 반투명한 유리창에 뿌옇게 성에가 끼어 있었다. 입자들이 촘촘해서 바깥이 거의 보이지 않았다. 창 너머의 풍경까지 얼어 있는 느낌이었다. 행인들이 지나갈 때마다 유리창에 맺힌 성에가 함께 움직이는 것처럼 보였다.

이것은 차가운 아침이다. 허름한 식당에서 맞이하는 차가운 아침이다. 지금 이 순간의 느낌이 10년이나 20년 후의 어느 아침에 문득 떠오를지도 모른다. 지금 이 느낌이 갑자기 손에 잡힐 듯이 느껴질지도 모른다. 그리고 그리워하겠지. 지난날은 대개 그리워지는 법이니까.

주인 남자는 오십대 후반이나 육십대 초반쯤으로 보였다. 팔의 근육 같은 것이 아직 탄탄해 보였다. 얼굴의 주름은 깊었지만 긴 머리카락을 모아 뒤로 묶고 있는 품이 한때 다른 시절이 있었음을 알려주고 있었다. 하지만 음식을 만드는 사람이 저런 머리를 하고 있어도 괜찮은가. 저 사람은 전직 로커인가. 전직 복서인가. 도는 눈을 게슴츠레하게 뜨고 생각했다.

도가 주문한 콩나물국밥은 금방 나왔다. 잘게 썬 파가 맑은 국물 위를 떠돌고 있었다. 계란 노른자의 살짝 익은 표면이 흔들렸다. 도는 국물과 콩나물 건더기를 입에 밀어 넣었다. 뜨거운 것이 식도를 타고 위장으로 내려가자, 도는 이런 것이 바로 삶이라는 생각이 들었다. 날이 추워야 사는 게 사는 것 같구나. 하지만 대체 뭐가 삶이라는 말인가. 배고프면 배를 채우는 것이 삶인가. 추우면 뜨거운 것을 배 속에 밀어 넣는 것이 삶인가.

도는 무의미하고 우스꽝스러운 생각을 하는 자신이 익숙하다고 생각했다. 어쩐지 슬픈 느낌으로, 도는 국밥을 입에 밀어 넣었다. 사람들은 자기 자리에서 계속 일을 하고 말을 하고 잠을 자고 사랑을 하고 있다. 지구는 천천히 회전하면서 우주 공간을 무서운 속도로 이동 중이다. 그런 행성 위에서 사람들은 잠을 자고 잠에서 깨어나 어제와 비슷한 하루를 보낸다. 식당

주인은 음식을 만들고 손님은 음식을 주문하고 잘게 썬 파들은 뚝배기에 담긴 국물 위를 떠돌고…… 그렇게 계속 존재하고 있다니.

도는 우물우물 깍두기를 씹었다. 그때 주방 쪽에 서 있던 주인이 도를 힐끗 바라보면서 입을 열었다.

"그래도 날이 추워야 사는 게 사는 것 같지. 안 그래?"

주인 남자는 그렇게 말하더니, 고개를 다시 아래쪽으로 향하고는 뭔가를 썰기 시작했다. 도는 동의 표시로 고개를 끄덕여주었다. 남자가 다시 고개를 들었을 때 도는 그의 왼쪽 눈이 탁해 보인다는 것을 깨달았다. 흰 눈동자가 도를 향하고 있었다.

백내장이 심한가. 근데 저 사람은 왜 아침부터 반말일까.

도는 또 생각했다.

날이 추워야 사는 게 사는 것 같다니. 그럼 날이 더우면 사는 게 아닌가? 여름의 삶은 삶이 아닌가? 사람들은 이것저것 갖다 붙여서 잘도 의미를 만들지.

어쨌든 12월이니까. 연말이니까. 맞는 말일 것이다. 날이 추워야 사는 게 사는 것 같을 것이다. 겨울의 생활이 삶에 가까울 것이다. 도는 생각했다. 방금 자신이 똑같은 말을 중얼거렸다는 사실은 떠오르지 않았다.

뚝배기를 밀어놓자마자 도는 담배를 꺼내 불을 붙였다. 밥을 먹었으니 담배를 피우는 것이 아니라 담배를 피우기 위해 밥을 먹었다는 투였다. 도는 숨을 들이마시고 담배 연기를 폐에 담았다가 천천히 내뿜었다. 연기는 식당 안의 허공에 잠시 머물다가 사라졌는데, 그때 공기 중에 떠 있던 연기의 입자들이 정교하게 흩어지는 모양을 도는 보지 못했다. 도의 머릿속은 다른 생각으로 가득했다. 한때 연인이었으나 이제 연인이 아닌 선우…… 한때 연인이었으나 이제는 곁에 없는 선우……

그것은 그러니까…… 나에 대한 생각이었다.

선우

그 시절의 어느 새벽을 기억한다.

나는 생생하게 깨어 있었지. 고개를 돌려 너의 옆얼굴을 바라보았는데. 너는 잠들어 있었다. 깊이 잠든 얼굴. 긴 하루를 보내고 마침내 평화로운 시간을 맞이한 사람의.

어째서 잠은 이토록 불공평한가. 어째서 누구는 잠을 누리고 누구는 그렇지 못한가. 밤은 너의 친구. 너의 보호막. 너의 은신처.

너는 조용히 숨을 몰아쉬고 있었다. 희미하지만 맑은 새벽빛이 창으로 스며들어 네 얼굴을 비추고 있었다. 물속에 잠긴 듯 일렁이는 얼굴, 해변으로 밀려왔다가 사라지는 빛의 잔물결들. 잠의 물속으로 가라앉았는데도 조금씩 파동을 이루는 마음의 근육들.

어떤 근육은 작은 기쁨을, 어떤 근육은 사소한 슬픔을, 어떤 근육은 깊은 망각을 표현하고 있다. 나는 그것들을 해독할 수 없다. 하지만 누군가의 얼굴에서 그것들이 일렁이는 모양을 사랑할 수는 있다.

너의 이름은 도현도. 도현도의 도는 도토리와 도마뱀의 도. 도자기와 도가니의 도. 도레미파솔라시도의 도. 도에서 시작해서…… 도로 끝나는 도.

너는 알까? 나는 꿈속에 대해서는 아무것도 상상하지 못한다. 꿈은 내가 경험해보지 못한 것이다. 경험해보지 않은 것을 상상하는 일은 힘에 겹다. 수많은 희로애락이 영혼을 지나간다는 것.

너는 수많은 꿈을 꾸고 수많은 꿈을 기억하지 못하겠지. 대부분이 휘발되어버릴 테니까. 나에게는 그것이 놀랍게 느껴진다. 너는 외부가 없는 표정을 하고 있다. 완전한 무방비에 가까워. 목에 칼을 들이대고 이마에 총을 겨눈다고 해도 잠든 너는 쉽게 깨어나지 않을 것 같다. 목젖에 댄 칼에 천천히 힘을 주거나, 방아쇠에 얹은 손가락을 움직이려는 순간이 되어서야, 불현듯 눈을 뜰 것이다.

나는 그런 잠을 선망해왔다. 나에게 결여되어 있는 것이 바로 그것이기 때문에.

기억하는지. 너와 그런 대화를 나눈 적이 있다. 교정의 한적한 벤치에 앉은 밤이었다. 방학 중이었던가. 학교는 텅 비어 있고 밤하늘의 별들만이 점점이 떠 있던 밤. 조용하고 맑은 밤. 마음의 모래들이 깨끗한 평면을 이루고 있는 밤. 낮은 파도가 쓸려 왔다가 쓸려 가는 밤의 해변처럼.

너는 자신의 모든 것을 말하고 싶어 하는 소년 같았다. 얼굴이 발그레했다. 사랑하는 사람에게는 모든 것을 다 말해야 한다고 믿는 사람처럼. 너는 자신의 어린 시절에 대해, 이르게 세상을 뜬 모친에 대해, 재혼해서 지방 도시에 살고 있는 부친에 대해, 대학에 와서 겪은 환멸에 대해, 조용한 목소리로 말했다. 스스로에게 몰입한 사람답게 평소보다 조금은 높은 톤이었다. 상대가 자신의 말을 주의 깊게 듣고 있다는 것을 느끼면서, 자신의 마음이 일렁이는 상태라는 것을 실감하면서, 지상에서 5센티미터쯤은 붕 뜬 기분으로, 너는 말을 하고 있었다.

그래도 여전히 스스로를 절제하는 느낌이었지. '환멸' '절망' '도피' 같은 감상적인 단어를 쓰면서도 과장하지 않으려고 노력한다는 인상을 나는 받았다. 그것이 좋았다. 나는 너에게 귀를 기울이고 간간이 고개를 끄덕였다. 잠시 침묵 후에 네가 말했다.

어느 먼 후일에 선우 씨를 만났어.

나를? 어느 먼 후일에?

응. 선우 씨를. 어느 먼 후일에.

나는 소리 없이 웃었던가. 먼 후일에 나를 만났다니. 이런 건 비문인가 아닌가. 과거형을 써서 미래에 대해 말하는 놀이라면 나도 가끔씩 하는 것이다. 또는 지난날을 미래형으로 말하는 장난이라면. 나는 내일 학교에 갔어…… 10년 후의 겨울에는 너와 사랑을 했다…… 오래전 그날, 우리는 다시 만날 거야…… 운운.

나 역시 그런 것을 좋아해. 하지만 너는 웃음기 없는 표정으로 말을 이었지.

어느 먼 후일에 선우 씨를 만났는데, 선우 씨가 처음 보는 사람인 거야. 그게 이상해서 자꾸 물어봤지. 선우 씨 선우 씨. 나는 오늘 선우 씨를 처음 봐요. 그런데 왜 벌써 헤어진 것처럼 그리운 걸까. 왜 벌써 날 떠난 것처럼 슬픈 걸까. 선우 씨가 이미 다른 누군가와 사랑을 하는 것처럼 쓸쓸해.

너의 억양에는 부드러운 리듬이 있었다. 나는 나도 모르게 그 리듬에 몸을 맡기곤 했다. 리듬은 언제나 내 몸을 내 몸이 아니도록 만드는 것. 그것은 자꾸 어딘가로 나를 끌고 가는 것.

선우 씨, 러시아에서 사는 한국 사람을 고려인이라고 부른다던가. 그렇다고 했잖아요. 오래전에 한국을 떠나 간도로 간 선조가 있었고 그 선조의 자손이 다시 자손을 낳고 그 자손이 또 자손을 낳아서 어느 날 선우 씨가 태어났다고 했잖아. 러시아에서 살다가 러시아에서 자라다가 러시아의 소수민족으로 살다가 성인이 되기 전에 한국으로 왔다고. 그러니까 나에게 선우 씨가 낯설고 이국적인 건 당연한 건가. 그게 당연한 건가.

내가 네게 해준 말을 너는 반복했다. 나의 내력에 대해서. 나의 과거에 대해서. 나의 꿈과 장래희망에 대해서. 너는 자꾸 반복했다. 그래서였을까. 내 입에서는 엉뚱한 말이 새어 나왔다.

나는 꿈을 꾸지 않아. 한 번도 꿈이란 걸 꿔본 적이 없어.

응? 꿈을 꿔본 적이 없어?

네가 반문했다. 나는 고개를 끄덕였고 너는 웃었다.

좋겠다.

너는 가볍게 반응했다. 당연한 일이지. 로맨틱한 상상 정도로 받아들였을 테니까. 곧 진지한 목소리로 네가 덧붙였다.

좋을 거야, 꿈이 없으면.

꿈이 없으면 뭐가 좋을까. 나는 속으로 반문했다. 너는 골똘히 생각하는 표정이었다. 꿈 없는 잠에 대해서 상상하는 것 같았다. 꿈이라는 것이 완전히 사라진 잠에 대해서. 그런 삶에 대해서.

네가 말을 이었다.

꿈이 없으면 좋겠네. 꿈이 없으면 꿈속에서 길을 잃지도 않고 길을 헤매지도 않겠지. 꿈이 없으면 절벽에서 떨어지지도 않고 물에 빠져 숨이 막히지도 않겠다. 꿈이 없으면 친구의 칼에 찔리지도 않고 사랑하는 사람이 끔찍한 말을 하지도 않을 거야. 꿈이 없으면 아침에 깨어났는데 죽은 고양이가 옆에 있지도 않을 거고.

나는 고개를 끄덕였다. 네가 나를 물끄러미 바라보았다. 말 그대로 물끄러미. 재미있는 농담을 들었는데 웃기에는 어쩐지

머쓱하다고 생각하는 사람처럼. 정말 그래본 적이 없어요? 하고 묻는 사람으로서. 의아한 표정으로.

나에게는 당연한 사실이 누군가에게는 싱거운 농담이나 허튼소리처럼 느껴진다는 것을 알고 있다. 내가 사람들에게 반응하고 사람들이 나에게 반응할 때 주파수가 조금씩 어긋난다는 것 역시 알고 있다. 나는 그런 것을 당연한 것으로 받아들이려고 노력해. 우리는 서로 다른 사람이고, 서로 다르기 때문에 이렇게 대화하고 있는 것이라고.

그렇다. 나는 꿈에서 물에 빠져 허우적거리지도 않고, 꿈에서 아이나 노인이 되지도 않고, 꿈에서 악마나 괴물에 쫓기지도 않는다. 꿈에서 싫어하는 사람을 마주치지도 않고, 누군가를 살해한 뒤 눈물을 흘리지도 않아. 나는 나도 모르게 비명을 지르며 깨어나지 않지. 꿈이라는 것을, 잠꼬대라는 것을, 나는 겪어본 적이 없기 때문에.

그걸 누군가에게 고백한 것은 처음이었다. 혼잣말을 하듯 네가 입을 열었다.

꿈을 꾸지 않으면…… 아침에 눈을 떴을 때 모든 게 가뿐하지 않나.

나는 대답하지 않았다.

그런가. 꿈을 꾸지 않고 깨어나면 모든 게 가뿐한가. 꿈을 많이 꾸면 피로감을 느끼나. 몸이 무거운가. 몸무게가 늘어나나.

나로서는 알 수 없는 일이다. 네가 다시 말했다. 뭔가 결론을 내리는 듯한 어조였다.

꿈 없는 잠이라면…… 그런 잠에서 깨어나면…… 금방 태어
난 느낌에 가까울 거야. 신선한 느낌이겠지. 의식도 없고 무의식
도 없는 세계에서 돌아온 거니까. 머리가 맑은 백지 같을지도.

그렇게 말하고 너는 침묵했다. 밤이었고, 교정의 밤하늘은 맑
았고, 맑았지만 별들은 점점이 늘어나고 있었다. 갓 태어난 고
양이처럼 시간이 흘러갔어. 교정에 앉아 있던 그 밤의 시간은
민무늬여서 아무것도 담고 있지 않았지. 무늬도 없고 깊이도 없
이 투명하고 신선한 세계처럼.

∞

너에게 말하지 않은 것이 있다.

나는 꿈을 꾸지 않을 뿐만 아니라 잠도 자지 않는다. 잠을 자
고 싶은데 잠이 안 온다는 뜻이 아니야. 잠을 적게 잔다는 말도
아니다. 나는 잠을 자본 적이 없어. 불면이 아니라 비면이라고
해야 하나. 그럴지도 모르지. 나는 비면증자. 잠 없는 밤을 살아
가는 사람. 밤은 나에게 단지 캄캄한 낮과 같아서.

뇌에 치명적인 상처가 있었던 건 아닐까? 뇌하수체의 호르몬
이상일까? 치료가 가능할까? 아니 치료 같은 게 필요하기는 할
까? 이런 질문들에 대답하려고 노력하지는 않았다. 해답을 찾
아서 증상을 교정해야 한다고도 생각하지 않았다. 대체 왜 그래

야 한다는 말인가?

잠은 나에게 불필요한 무엇, 불순물인 무엇, 나를 무능하게 만드는 무엇일 뿐이다. 죽은 사람처럼 누워서 그렇게 오랜 시간을 보낸다는 것을 나는 이해하지 못한다. 밤마다 매일 정기적으로 의식을 잃고 가짜 이미지 속을 헤매고 자기도 모르게 눈동자를 굴리고 때로는 갑자기 비명까지 지르다니.

그런 일이 당연하게 느껴지다니. 그런 것을 수십억의 인류가 매일, 각자, 혼자서, 밤마다 행하고 있다니. 나에게 그것은 납득하기 어려운 신비로 느껴진다.

호기심이 없었던 것은 아니다. 딱 한 번 진단을 받아본 적이 있다. 의사를 찾아간 것이다. 실제 '증상'을 말하지는 않았다. 태어나서 한 번도 잠을 자본 적이 없다고 말할 수는 없으니까. 그건 환자가 아니라 연구 대상이 된다는 뜻이니까.

대신 나는 심한 불면증이 있고 간헐적으로 편두통과 어지럼증이 있다고 말했다. 수면제와 진통제를 처방해주겠다는 의사의 말에 나는 뇌 검사를 받아보고 싶다고 말했다. 뇌에 이상이 있을지 모르겠다고 덧붙였다. 의사는 순순히 고개를 끄덕였다.

불면이나 편두통 정도로 굳이 뇌파 검사나 MRI를 권하지는 않습니다만……

그는 말을 흐렸다. 검사 후 아무런 이상도 찾아내지 못한 의사는 친절하게 말해주었다.

스트레스 때문일 거예요. 릴랙스를 좀 하세요 릴랙스를. 매사에 너무 조급해하지 마시고. 이렇게 생각을 하세요. 스트레스를 아예 없앨 수는 없다. 그건 조절이 필요한 것이다. 적당한 스트레스는 인생의 활력소다. 인생에는 적절한 수준의 긴장이 필요하기 때문에, 긴장과 스트레스가 아예 없으면 오히려 그게 문제다. 그러니까 나는 정상이다. 나는 정상이다. 나는 정상이다…… 그런 식으로. 일종의 자기암시랄까, 자기최면이랄까. 그런 것을 좀 해보세요. 물론 자기암시나 자기최면만 갖고 되는 일은 세상에 없으니까 약도 지어드릴게. 2주 후에 다시 오시고.

나는 2주 후에 병원을 찾지 않았다. 그럴 필요를 느끼지 못했으니까.

점점이 별이 빛나는 밤하늘을 바라보며 자문할 때가 있다. 이것은 축복인가 저주인가. 질병인가 능력인가. 산술적으로 나는 남들에 비해 하루 일곱 시간이나 여덟 시간 정도를 더 살아 있는 셈이지만, 이것을 '더 살아 있다'고 말해도 좋은 것일까?

잠을 잘 때도 인간의 뇌가 일을 한다는 것은 알고 있다. 꿈을 꾸고, 낮의 정보를 처리하고, 자각하지 못한 욕망을 해소하고, 몸 안을 떠도는 마음의 독소들을 처리하며, 의외의 아이디어를 자신도 모르게 떠올린다.

그래도 드러나지 않고 영혼의 밑바닥에 쌓여 있는 것이 있다. 그것을 무의식이라고 부르는 사람도 있다. 하지만 그것이 정말 무의식일까. 반대는 아닐까. 영혼의 바닥에는 사람이 알 수 없는 덩어리가 있다. 먼저 있다. 원래 있다. 그 덩어리의 표면은 미세하게 끓고 있다. 이름도 없고 색깔도 없고 판단도 없다.

거기서 안전한 내용들만을 모아 빚으면 의식이라는 것이 만들어진다. 용암 속에서 차갑게 식은 돌들이 떠오르듯이. 그 돌들을 순서대로 놓아 사람이 걸을 수 있는 자갈길이나 징검다리를 만든다. 어떤 돌들은 언어가 되고 어떤 돌들은 습관이 되고 어떤 돌들은 예의가 된다. 사람들은 그렇게 굳은 돌 위를 걷다가 자신만의 작은 돌들을 줍는다.

그 작은 돌들을 개성이라고 부르기도 하고, 어떤 돌들을 추억이라고 부르기도 한다. 수석을 모으듯 마음의 장식장에 안전하게 보관한다. 사람들이 자기 자신이라고 믿는 것은 아마도……그런 장식장에 가까운 것이겠지.

그리고 이런 대화를 나누기 시작할 것이다. 너의 장식장은 아름답구나. 너의 장식장은 멋져. 너의 장식장은 소박하고 선량해. 그런데 너의 장식장은 왜 그렇게 끔찍한 모양이니?

다행이라고 해야 할까? 나에게는 장식장이 없고 징검다리가 없다. 의식과 무의식의 구분이 없다. 영혼의 그림자도 어둠도 없다. 어쩌면 그건 빛으로 가득한 밤하늘과 같은 것일까? 그럴지도 모른다. 빛으로 충만한 밤하늘이야말로, 잠보다 아름답고 꿈보다 무서운 것이니까.

3. 미래의 연인을 기억하기
—도현도, 1999

먼저 해파리에 대해 말해야 할 것 같다. 그래야 한다고 생각해. 무엇보다도 해파리에 대해서. 흐물흐물 물속을 유영하는 해파리에 대해서. 도와 내가 만난 것은 어쩌면 해파리 때문이었는지도 모르니까.

1999년이었고, 봄이었고, 세기말이었다. IMF라는 낯선 이름이 사람들의 입에 오르내리더니 어느 날 문득 나라 전체를 휩쓸고 지나간 뒤였다. 사람들은 그런 국제기구가 있다는 것을 처음 알았고 거기서 빌린 돈을 갚기 위해 긴축을 견뎌야 한다는 것도 처음 알았다. 국고가 바닥을 보였다고 했다. 1인당 국민소득의 3분의 1이 날아갔다고 했다. 공기업들은 민간에 매각되었으며 거대 기업들의 부도 소식이 줄을 이었다. 원 달러 환율이

급등하고 주식이 무차별적으로 투매되었으며 부가가치세가 빠르게 올랐다. 중소기업이 하루에 수십 개씩 문을 닫고 실직자들이 쏟아져 나왔다. 이른바 '보이지 않는 손'이 끊임없이 사람들을 거리로 내몰았다. 자살자들이 기하급수적으로 늘어났다. 사람들은 영문도 모른 채 금붙이를 모아 은행에 가져갔다. 마치 그것으로 외화를 사면 나랏빚을 갚을 수 있다는 듯이.

그해 봄, 도는 나를 알지 못했고 나도 도를 알지 못했다. 서로를 알지 못했으므로 우리는 서로를 그리워하지 않았다. 그것을 다행이라고 생각한다. 나를 모르던 시절의 도는 외롭지 않았을 테니까. 나를 모르던 시절의 도는 비관적이지 않았을 테니까. 나를 모르던 시절의 도는…… 조금 더 평화로운 꿈을 꾸었을 테니까. 이제 그 시절의 이야기를 해보자. 마치 전생 같은, 그 시절의 이야기를.

어느 밤, 동아리 모임이 끝난 후 도는 만취 상태로 귀가했다. 술에 약한 도로서는 드문 일이었다. 맥주조차 한두 잔을 마시면 고개를 기울인 채 맥없이 졸기 일쑤였다. 가급적 술자리는 피하곤 했는데 그날은 무슨 바람이 불었던 걸까.

학교 분위기는 말이 아니었다. 이제 막 개강을 했는데도 활기 같은 것은 없었다. 학과는 폐과를 면했지만 곧 인문기초과학부로 편입될 예정이라고 했다. 자연대학과 인문대학이 통합된다고 했다. 과학철학이 대세가 될 거라고 했다. 누구나 불안한 느낌에 사로잡혀 있었다. 20세기가 끝나가고 있었는데 21세기가 오리라는 느낌은 들지 않았다.

도는 집에 들어서자마자 가방을 던져두고 침대에 쓰러졌다. 고양이 한 마리가 조심스럽게 도의 머리맡으로 다가왔다. 작은 몸에 노란 얼룩무늬, 그리고 왼쪽 목에 깊이 팬 상처가 있는 녀석이었다.

이름은 람페. 람페는 고양이의 이름. 고양이는 주인의 어깨를 발로 툭툭 건드려보았지만 반응이 없었다. 람페는 앞발을 모으고 그 위에 고개를 얹은 채 물끄러미 도를 바라보았다.

그 밤에, 도는 꿈을 꾸었다. 어지러운 꿈이었다. 알코올에 젖은 뇌세포들이 엉켜서 기이한 이미지들을 만들어냈다. 도는 파도가 치는 해변에 앉아 노래를 부르고 있었다. 노래는 음정이 맞지 않았다. 바람이 불어 노래가 흩날리는 느낌이었다. 노래를 멈출 수도 없었다. 도가 노래를 부르는 것이 아니라 노래가 도를 부르는 것 같았다. 도는 자기도 모르게 입을 벙긋거리며 바다를 바라보았는데, 람페가 수평선 쪽에서 도를 향해 달려오고 있었다. 무서운 속도로 달려오던 람페는 거대한 파도로 변하더니 순식간에 도를 삼켜버렸다. 몸이 물속으로 빨려 들어갔다. 거품이 도를 감쌌다. 물속에서 하나의 거품이 되었다고 느끼는 순간, 아, 여긴 어디지?

도는 물속에 빠진 채 허우적거렸다. 숨이 막히지는 않았다. 심지어 조금은 편안한 느낌마저 들었다. 도는 물 아래로 서서히 가라앉았다. 이윽고 가라앉기를 멈추고 부유하는 느낌이 들었다. 주위를 둘러보았다. 물속 저편에서 희고 빛나는 것이 보였다. 희고 빛나는 것은 하나가 아니었다. 희고 빛나고 점점이 흩어지는 것들이 셀 수 없이 많았다.

해파리, 해파리들이었다. 흐물흐물 물속을 유영하는 해파리들. 모자처럼 생긴 작고 부드러운 것들. 그것들이 물속을 떠다니고 있었다. 해파리들은 반투명해서 거의 액체에 가까워 보였는데, 꿈속에서도 도는 저것은 생물이다, 생물이라고 표현할 수밖에 없는 살아 있는 것들이다, 그렇게 중얼거렸다. 해파리들은 생물로서 생생하게 물속을 유영하고 있었다.

머리 위쪽에서 햇빛이 쏟아졌다. 빛이 수면에 부딪혀 산란했다. 해파리들은 흩어지는 빛을 머금고 이동을 시작했다. 불규칙하지만 부드러운 동작으로, 예측 불가능하지만 일정한 방향으로, 동시에 움직이기 시작했다. 여기는 수면에서 얼마나 가까운 곳인가. 도는 중얼거리며 고개를 들었다. 눈부신 빛이 머리 위에 가득했다. 빛은 해파리들 하나하나를 향해 핀 조명처럼 쏟아지고 있었다.

빛에 감싸인 해파리들을 도는 바라보았다. 기이한 풍경이 눈에 들어왔다. 해파리들은 작아졌다가 서서히 부풀어 올랐다. 부풀어 오른 해파리는 다시 작아지고 부풀어 오르기를 반복했다. 도는 직감으로 깨달았다. 저것들은 지금 분열하고 있구나. 자가 생식을 하고 있구나. 해파리가 해파리를 낳고, 해파리가 성장하고, 그 해파리가 또 어린 해파리를 낳고, 늙은 해파리가 서서히 죽어가고 있구나. 늙은 해파리는 어린 해파리로 변했다가 빠르게 늙은 뒤에 다시 어린 해파리로 부활하고 있구나. 그렇게 하는 것을 반복하고 있구나……

물속은 투명하고 얇은 해파리들로 점점 부풀어 오르는 느낌이었다. 해파리들과 도의 거리가 점점 가까워졌다. 해파리들이 도를 향해 다가오는 것인지, 도가 해파리들을 향해 다가가고 있는 것인지 알 수 없었다. 자신이 이미 해파리의 하나인지도 모른다는 생각이 들었다. 도는 공포에 질린 채 입을 열었다. 처음에는 작게 중얼거리다가 점점 목소리가 커지더니 나중에는 거의 비명을 지르는 느낌이었다. 해파리에게도 입이 있나. 해파리에게도 밤하늘이 있나. 해파리에게도 죽음이 있나. 해파리에게도……

도는 제 목소리에 화들짝 놀라 눈을 떴다. 커튼 사이로 스며든 햇빛이 핀 조명처럼 도의 얼굴을 비추고 있었다. 바다가 사라지고 해파리도 사라진 뒤였다. 천장 가운데 위태롭게 매달려 있는 낡은 형광등이 눈에 들어왔다.

꿈속에서도 이 모든 것이 꿈이라는 것을 알고 있었다. 하지만 무섭고 아름다웠지. 도는 얼굴을 찌푸린 채 천장을 바라보며 중얼거렸다. 아름답고 끔찍했어. 하지만 도는 자신의 말이 어쩐지 이질적으로 느껴졌다. 솜을 뭉쳐 뇌를 채운 듯 머리가 둔한 느낌이었다.

도는 몸을 일으켰다. 주방과 화장실이 딸린 원룸이라고 하지만 반지하인데다 좁고 낡아 여기저기가 헐어 있었다. 제법 넓은 창으로 햇볕이 든다는 걸 제외하면 옹색한 느낌이었다. 누런 벽지도 마음에 들지 않았다. 라스콜니코프가 이런 빛깔의 방에서 살았었지. 라스콜니코프뿐 아니라 그가 살해한 노파의 집도 이렇게 누런빛이었는데. 신경질적이고, 선병질적이고, 신경쇠약에 걸리기 딱 좋은. 어쩐지 관 같은.

도는 얼마 전에 읽은 러시아 소설을 떠올리고 있었다. 하지만 머릿속의 솜뭉치들 탓에 마치 다른 사람의 머리로 생각하는 느낌이었다. 어젯밤에 술을 많이 마시긴 한 모양이네. 도는 중얼거렸다. 알코올 기운 때문인가. 뇌인지 심장인지에서 불안감이 피어오르고 있었다. 피가 아니라 불안이 혈관을 돌아다니는 기분이었다.

도는 조금만 술을 마셔도 꾸벅꾸벅 졸고는 했다. 어제 태양의 해변에서도 마찬가지였다. 불분명한 실루엣과 불분명한 소음 속에서 고개를 깊이 숙인 채 졸았던 게 틀림없었다. 술자리가 평소보다 소란스러웠지만, 도는 꾸벅꾸벅 졸며 출렁이는 강물에 몸을 맡기고 있었다.

오랜만에 만난 선후배들이 있었고 친구들이 있었고 모두 복학생들이었으며 남자들뿐이었다. '해변전우회'라는 이름의 복학생 동아리로, 해병전우회를 빗댄 이름이었다. 영어 회화도 공부하고 취업 정보도 나누고 하는 게 목적이라지만, 실제로는 술을 마시는 게 일이었다.

신세 한탄과 시답잖은 농담과 대학에 대한 불만과 어설픈 정치 논쟁들이 오갔던 것은 어렴풋이 기억이 났다. 도는 머릿속을 더듬었다. 기억은 토막토막 끊겼다가 토막토막 이어졌다. 제대한 지 얼마 안 된 선배는 아직 민간에 적응이 안 된다고 말했다. 누군가는 대학 시절보다 병장 시절이 더 편했다고 덧붙였다. 사회에서도 이마에 계급장 붙이고 다니면 좋겠다는 농담이 나왔다.

인간 사회에는 어차피 위계질서가 있을 수밖에 없잖아, 둘만 모여도 자연스럽게 위아래가 생기는 거니까. 위계가 있어야 질서가 생기고 일이 잘 돌아가거든.

누가 그렇게 말하자 다른 누군가가, 에이, 지금이 조선 시대냐 새꺄, 이제 21세기야, 21세기! 하고 제동을 걸었다.

아니, 근데 신입생들이 인사를 안 하더라니까. 요즘 애들은 예의도 모르고 버릇이 없다.

누군가 그렇게 투덜거렸고 또 다른 누군가가 대꾸했다.

'요즘 애들' 어쩌고저쩌고 하면서 욕하는 걸 요즘은 꼰대라고 하던데.

꼰대? 꼰대가 뭐야?

모두들 처음 듣는 단어였다. 처음 듣는데도 괜히 웃음이 터졌다.

그런 대화가 오가다 누군가가 진지한 어조로 말했다.

공무원 시험 때 군필자에게 부여하던 가산점이 위헌 판결을 받았다면서?

천리안 하이텔 게시판 분위기에 대해서 다른 누군가가 설명을 덧붙였다. 분노한 남성들의 성토가 이어지고 있다고 했다. 대한민국 70만 군인의 사기가 땅에 떨어졌다고, 이래서 남북통일이 되겠느냐고, 온라인뿐 아니라 술자리에서도 헌법재판소를 성토하는 목소리가 이어지고 있다고, 역차별이라고 누군가 목청을 높였다. 여자도 군대에 가야 한다는 농담도 들렸다. 하하, 여자들이 군대 가면 남자보다 나을걸? 아니, 군대가 뭐 좋다고 남자 여자를 다 보내냐. 여자고 남자고 간에 모병제 하면 다 해결된다니까. 원하는 사람이 돈 벌러 가면 되는 거거든. 아니 그러려면 일단 통일이 돼야……

무슨 말도 안 되는 공상들을…… 누군가 비아냥거렸지만 곧 다른 목소리에 묻혀버렸다. 말들의 물결이 도의 잠결을 흘러갔다.

도는 공무원이 될 생각이 없었기 때문에 가산점이니 뭐니 하는 판결에는 관심이 없었다. 상명하복과 위계질서로 움직이는 집단이라면 어디든 들어가고 싶지 않다…… 반쯤 잠든 도의 머릿속에 그런 생각이 희미하게 떠올랐다가 사라졌을 뿐이었다.

∞

도는 김성준에게 전화를 걸었다. 태양이 꼭짓점에 올라가 있는 시간이었다. 바깥은 백열등 수만 개를 한꺼번에 켜놓은 느낌이겠지. 하지만 도의 방은 어두웠고 머릿속은 솜으로 채운 듯

답답한 기분이었다. 김이 전화를 받자 도가 말했다.

"어제 내가 좀 많이 마셨지? 또 졸았네."

"응? 어제?"

"응, 어제. 태양의 해변에서 말야."

"나는 안 갔잖아. 꿈꿨냐?"

김은 자신이 어제 그 자리에 없었다고 대꾸했다.

"너, 있었던 것 같은데. 아닌가?"

도는 고개를 갸우뚱 기울였다. 모임의 부회장인데 모임에 안 나왔다고? 그럴 리가. 본 것 같은데. 하지만 정확하게 기억나지는 않았다. 자리에 나온 이들이 열 명이 넘었던 데다가 중간에 오거나 빠져나가는 사람도 많았으니 헷갈릴 법도 했다. 게다가 도는 모임이 파할 때까지 졸면서 시간을 보냈다. 그래도 그렇지, 다른 누구도 아닌 김성준인데…… 도는 의아했다.

김성준은 몸이 컸고 실없는 느낌을 주었다. 어떤 모임에든 빠지지 않고 어떤 화제에나 끼어들었지만 대화를 할 때마다 포인트가 어긋난다는 느낌을 주는 친구였다.

"너 이 새끼, 치매구나? 하하."

김이 수화기 저편에서 말을 이었다.

"우리 할아버지가 치매거든. 그래서 내가 잘 알지. 사람들이 오해를 하는데, 치매도 인지 기능이 문제지 감정은 똑같다구. 기분 나쁠 땐 나쁘고 좋을 땐 좋고. 자존심 중요하고. 우리나라도 앞으로는 치매 관리가 중요한데……"

김의 할아버지 얘기가 길게 이어질 것 같았다. 도는 싱겁게 웃음을 흘리며 대꾸했다.

"알았다. 끊자. 수업 때 보자고."

도는 수화기를 내려놓았다.

도가 두번째로 전화를 건 것은 박시형이었다. 호탕하고 유쾌한 목소리가 수화기 저편에서 들려왔다.

"어, 잘 잤냐? 일어난 거야?"

뭔가 쾌적한 느낌을 주는 목소리였다. 신선한 공기를 마시는 기분이랄까. 답답한 원룸에 처박혀 있다가 그를 만나면 바깥바람을 맞는 기분이 되곤 했다.

박은 도와 동향이었다. 서해안에 면한 소도시에서 안면을 트고 자랐고 같은 중학교와 고등학교를 다녔다. 박은 담배를 피우고 술을 마시고 본드를 불었지만 공부를 곧잘 했다. 술을 마시고 본드를 불고 땡땡이를 치더라도 성적이 받쳐준다면 어떤 경우에든 대략 눙치고 들어갈 수 있다. 박은 그걸 알고 있었다. 게다가 박의 아버지는 지역 유지였고 학교 입장에서는 든든한 '빽'이기도 했다.

도와 박이 절친이라고는 할 수 없었다. 도와 박은 '노는 물'이 달랐다. 박의 아버지는 생활용품들을 들여와 국내에 공급하는 수입 유통업체의 대표였다. 수도권 브랜드와 긴밀한 관계를 맺고 있어서 지역 내 동종 업계에서는 1위 업체라고 했다.

도는 박의 아버지를 본 적이 있었다. 고등학생 때였다. 그는 키가 작았지만 단단한 체구에 동작이 크고 목소리가 높았다. 일찍 오너가 되어 주위를 신경 쓰지 않고 살아온 사람 특유의 거침없음 같은 게 있었다. 사람을 부리는 데 익숙해 보였다.

박은 여러 면에서 그런 아버지를 닮아 어디서든 사람들을 몰고 다녔다. 리더가 되는 데 익숙했다. 그의 장점은 좌중에 어색한 침묵이 맴돌 때 재빨리 화제를 내놓는다는 것이었고, 단점은 그 화제가 그리 흥미롭지는 않다는 점이었다.

도가 전화를 걸자 박은 다짜고짜 이렇게 물었다.

"근데 선우가 누구냐?"

"선우?"

도는 무슨 말이냐고 되물었다.

"아, 역시 잠꼬대였군. 술자리에서 졸면서 잠꼬대까지 하다니. 역시 넌 희귀하다. 하하."

박의 설명은 이랬다. 도가 술자리에서 꾸벅꾸벅 졸았으며, 우스꽝스럽게도 그 와중에 잠꼬대까지 했으며, 선우라는 이름을 여러 차례 불렀다는 것이다. 헤어진 애인을 부르는 것처럼 구슬픈 느낌이었다고 박은 덧붙였다. 술자리에 있던 친구들이 킬킬거리며 놀리기 시작하자 그제야 부스스 몸을 일으켰다고도 했다.

"선우가 누군지 생각나면 얘기해주고."

박은 몇 번 더 추근거린 후에야 수화기를 내려놓았다.

도는 선우라는 이름을 곧 잊었다. 알지 못하는 이름은 의미가 없는 이름이다. 사람의 뇌는 의미가 없는 것을 오래 저장하지 않는다. 뇌는 유의미하다고 판단된 정보들만 모아 기록한다. 기억은 그렇게 끊임없이 재구성된다. 기록되지 못한 것들은 플라스마처럼 몸과 마음을 떠돈다. 그것들은 해파리처럼 유영하면서 의식의 주변을 맴돈다. 그러다가 자신도 모르는 순간에 툭, 입을 뚫고 튀어나오는 것이다.

∞

도가 다시 선우라는 이름을 듣게 된 것은 근대철학 시간이었다. 칸트를 전공했다는 강사의 얼굴은 피로로 찌들어 있었다. 강의를 한다기보다는 그냥 준비한 문장을 읽는 느낌이었다. 단조롭고 리듬이 없었다.

강사는 허공을 바라보며 말했다. 교실이 아니라 무슨 무중력 공간에서 말하는 사람 같았다. 지루하고 재미없는 강의로 정평이 나 있었는데, 이상하게도 수강생은 언제나 정원을 채웠다.

어렵고 재미없는데, 매력이 있어. 뭐지?

글쎄. 지루하고 알 듯 모를 듯한데 어느 순간 이해가 돼버리는 기분?

맞아. 멍하니 듣고 있다 보면 이상하게 중독이 된다니까.

학생들은 그렇게 평했다. 심지어 몇몇은 그 수업에 애정을 표하기까지 했다. 도 역시 그중 하나였다.

도는 강사를 바라보았다. 작은 키, 흰색 와이셔츠에 검은 양복바지, 둥글고 특징 없는 얼굴선, 유순하지만 조금은 탁한 눈빛. 일본 만화에 나오는 샐러리맨 같은 인상. 평생 똑같은 일을 하다 죽어도 아쉬워하지 않을 것 같은 얼굴. 재미도 흥미도 의욕도 없는 인생을 잘도 참아낼 것 같은 표정. 하지만 어느 순간에는 갑자기 살인을 저질러도 잘 어울릴 것 같은……

도는 강사를 물끄러미 바라보았다. 강사의 입이 기계처럼 움직였다. 오늘의 주제는 스피노자였다. 이 세계의 바깥에는 아무것도 없으며 신은 단지 이 세계 자체일 뿐이라는 스피노자의 생각에 대해, 17세기 유럽에서 그런 생각을 말하는 것이 얼마나 불온한 것이었는지에 대해, 결국 교회에서 파문을 당한 후 안경렌즈를 매만지며 보낸 말년에 대해…… 강사는 단조롭게 설명했다. 시선은 역시 허공을 향해 있었다. 학생들이 반응을 하든 말든, 강의를 듣든 말든, 졸든 말든, 자신과는 아무런 관계가 없다는 투였다.

17세기란 참으로 한심하고 피곤하구나.

도는 생각했다. 그렇게 당연한 말을 한다고 파문을 하다니. 당연하게도 이 세계 밖에는 아무것도 없다. 세계는 세계 자체로 그냥 존재하고 있을 뿐이다. 여기에는 미리 정해져 있는 선악이 없고 옳고 그름이 없으며 의미나 무의미도 없다. 선악이니 도덕이니 하는 것이 아니라 인간에게 좋고 나쁜 것이 있을 뿐이다.

뻔한 얘기 아닌가. 그렇게 생각하자 천천히 졸음이 몰려왔다.

"스피노자의 해파리를 아십니까?"

도가 졸음을 참고 있을 때, 강사가 엉뚱한 이야기를 꺼냈다. 스피노자의 해파리? 스피노자의 해파리라고? 도는 강사의 입을 바라보았다.

"스피노자가 편지에서 이상한 생물을 언급한 적이 있어요. 이름을 특정한 건 아니지만, 오늘날 학자들은 그걸 베니크라게로 추정하고 있습니다."

강사는 말을 멈추고 학생들을 둘러보았다. 학생들의 반응을 살피는 것 같지는 않았다. 그냥 기계적인 동작이었다. 단조로운 어조로 그는 말을 이었다.

"베니크라게는 지중해 해저 동굴에 사는 해파리의 한 종류라고 해요. 몸길이는 1센티미터도 안 됩니다. 초소형…… 초소형 해파리랄까."

강사는 여기가 핵심이라는 듯이 고개를 왼쪽으로 기울였다. 그의 시선이 다시 허공을 향했다.

"그런데 이 해파리는 죽기 직전에 다시 어린 개체가 된다고 합니다. 성장을 다시 시작하는 것입니다. 사람으로 따지면 노인이 아이가 되는 셈인데…… 말하자면 하나의 개체가 생멸을 반복하면서 아이덴티티를 이어간다고 할까…… 존재가 끊임없이 계속되는…… 아무래도 약간은…… 불쾌한 생물이라고도 할 수 있겠죠."

도는 강사의 입꼬리가 살짝 비틀리는 것을 보았다. 정말 불쾌해서 짓는 듯한 표정이었다. 해파리는 해파리일 뿐인데 왜 불쾌하다는 건지 강사는 명확하게 설명하지 않았다. 생멸을 반복하면서 존재를 이어가는 불사의 존재는 불쾌한 것일까? 도는 고개를 갸웃했지만 질문할 타이밍을 놓치고 말았다.

강사는 스피노자의 외로운 말년에 대해 말하다가 철학자들의 비극적인 생애에 대한 이야기로 넘어갔다. 자살한 철학자들, 정신병원에서 죽어간 철학자들, 정치적·종교적 박해를 당한 철학자들, 질병과 회한 속에서 말년을 보낸 철학자들. 그런 여담들이 옛날이야기처럼 덧붙여졌다. 도는 철학자들의 운명보다는 베니크라게라는 해파리 쪽에 관심이 쏠렸지만 그 생물은 더 이상 언급되지 않았다.

기묘하다면 기묘하다고 할 수 있는 이야기였다. 부드럽게 물속을 흘러가는 생물들, 반투명하고 거의 액체에 가까워 보이는 생물들. 그 생물들로 가득한 바닷속. 그 심연의 이미지가 도의 머리에 떠올랐다. 아아, 매혹적인 풍경이다. 어쩐지 친근한 느낌이 들 정도로…… 도는 그렇게 생각했다.

수업을 끝낼 즈음 강사는 출석을 부르기 시작했다. 강사는 언제나 '님'이라는 존칭을 붙여서 학생들을 호명했다. 님? 님이라고? 한용운의 님인가? 처음에 몇몇 학생은 그렇게 비아냥거렸다. 하지만 시간이 얼마간 지나자 자연스러운 호칭으로 느껴졌다. 이름이 나열되는 어느 순간, 도의 귀가 반짝 켜졌다.

"선우정 님."

강사의 시선은 앞쪽 구석 자리에 앉아 손을 든 학생을 향해 있었다.

"선씨인가요?"

"아닙니다, 선우가 성입니다."

짧은 대답이 들려왔다. 중성적인 목소리였고, 억양이 없어서 특이한 어조였다. 도는 뭔가 호감이 가는 이름이라고 생각했다. 맨 뒷줄에 앉은 도의 자리에서는 얼굴이 보이지 않았다. 단발에 키가 작은 듯했지만 뒷모습만으로는 알 수 없었다. 선우라……선우리……

그렇게 중얼거리는 순간, 도의 마음에 묘한 일렁임이 지나가고 있었다. 그것은 마음에 일어나는 작은 파동 같은 것으로, 미세하게 움직이는 물의 표면을 닮은 것이기도 했다. 도는 그것을 자각하지 못했다.

"선…… 우정이 아니라 선우…… 정이군요."

강사가 그렇게 말했고, 도는 그것을 속으로 반복했다.

선…… 우정이 아니라 선우…… 정이군요.

선우 정.

선우.

선우.

이 이름을 어디서 들어보았던가? 아니, 이름이 아니라 성이라고 했지.

102

도는 중얼거렸다. 온화한 햇살이 창문으로 스며드는 오후의 강의실이었다. 창밖으로 작은 숲과 강당 건물이 보였다. 강의실 창으로 스며드는 이 희미한 햇살을 오래 잊을 수 없으리라는 것을, 도는 아직 알지 못했다.

∞

도는 이렇다 할 연애를 해본 적이 없었다. 연애를 하고 싶다는 생각조차 해보지 않았다. 친구들은 도를 이해하지 못했다. 말이 되냐. 연애를 하고 싶다는 생각이 안 든다니. 고자냐. 남자새끼가.

친구들은 도를 놀렸지만 도는 그들이 더 이상하게 느껴졌다. 연애는 하고 싶은 사람이 하면 되는 것이다. 하고 싶지 않은 사람은 하지 않으면 되는 것이다. 당연하지 않은가?

도는 사람들에게 쉽게 호감을 느끼는 편이었다. 세상에는 나쁜 사람들만큼이나 좋은 사람들도 많다. 도는 그것을 알고 있었다. 하지만 호감을 넘어서 한 사람에게 빠져든 경험은 별로 떠오르지 않았다. 중학생 때 선생님을 심각하게 좋아해본 적도 없고 아이돌에 열광해본 적도 없으며 심지어 프로야구 스타를 응원해본 적도 없다. 짝사랑을 해본 적도 없고 여친을 사귀려고 노력하지도 않았다.

물론 호감을 가졌던 국어 교사에게 감사 편지를 쓰기도 했고 텔레비전에 나온 핑클의 안무를 유심히 바라보기도 했으며 프로야구 중계방송을 9회 말까지 끈기 있게 시청한 적도 있다. 하지만 그런 것들은 해도 좋고 안 해도 좋은 것으로, 뭐랄까, 마음을 매료시킨다……고는 말할 수 없었다.

그런 생각을 하기는 했다. 혼자가 아니라면 좋겠다. 부드럽고 멋진 미소를 지을 줄 아는 친구가 있으면 좋겠다. 낮에는 열심히 공부를 하거나 알바를 하고 밤이 되면 잠들기 전에 정기적으로 통화를 하는 연인이 있었으면. 그날 일들에 대해 나지막한 목소리로 대화를 나눌 수 있었으면, 길을 걸어가다가 첫눈이 내리면 곧바로 전화를 걸어서 창밖을 봐, 눈이 내리고 있어, 첫눈이,라고 말할 상대가 있었으면……이라고.

하지만 도는 굳이……라고도 생각했다. 부드럽고 멋진 미소를 짓는 사람에게는 어쩐지 거리감과 자괴감이 느껴진다. 잠들기 전 피곤한 시간에 왜 전화 통화 같은 것을 한다는 말인가. 첫눈이 내린다고 해서 눈송이가 떨어져요, 눈송이 하나하나가 하나씩의 세상 같아, 같은 간지러운 말을 하고 있으면 자신도 모르게 얼굴이 달아오르고 표정이 일그러지지 않을까.

그런데 참으로 기이한 일이다……라고 도는 또 중얼거렸다. 선우라는 이름이 머릿속에서 떠나지 않네. 수업 때 얼굴을 유심히 본 것도 아닌데. 얼굴이 잘 떠오르지도 않는데. 잘 모르는 사람이 머릿속에서 떠나지 않을 수 있나.

수업이 끝나고 교실을 나오면서 옆모습을 물끄러미 바라보기는 했다. 저 사람, 어딘가 외국인 같다. 외국인은 멋있지. 외국인은 멋있다. 외국인은 멋있나. 그런 생각이 머리를 스쳐 갔다. 그런데도 어딘지 낯이 익어서 어디서 보았더라, 어디서 보았더라, 중얼거렸던 것을 도는 기억하고 있었다.

도는 선우라는 사람을 이미 알고 있었던 것처럼 느껴졌다. 그와 오래전부터 친근하게 지내온 것처럼 느껴졌다. 술에 취해 졸다가 선우라는 이름을 부른 적이 있다는 생각은 떠오르지 않았다. 단지 작은 의문이 들었을 뿐이다.

선우는 성이고 이름은 정인데, 나는 왜 선우를 이름이라고 생각하고 있지? 선우라는 이름이 이렇게 낯익을 수 있나?

선우

낯익을 수 있다. 그렇다고 생각해.

세상의 모든 애인은 옛 애인이지요. 러시아의 시인은 그렇게 말했다. 하지만 거꾸로 말해도 좋을 거야. 세상의 모든 애인은 미래의 애인이라고. 우리의 사랑은 언제나 미래의 사랑이라고.

너는 고백하듯 말했다.

선우 씨는 그런 사람 같았어요. 누가 길을 물으면 투명 인간처럼 스쳐 지나가거나, 무뚝뚝하게 손을 들어 어디 북극 같은 곳을 가리킬 것 같은.

너는 신중하게 단어를 고르며 부연했다.

불친절하다는 뜻이 아녜요. 뭔가 차원이 안 맞는다고 해야 하나. 사람보다는 뭐랄까, 눈사람에 가깝다고 해야 하나. 눈사람이지만 건조하다고 해야 하나. 어쨌든 나한테는 낯설고 신선한 느낌이었어요 그게.

물론 나는 눈사람이 아니고 아무래도 녹지 않는다. 북극에 가 본 적도 없고 투명 인간도 아니다. 누가 내게 길을 물으면 최선을 다해 설명하고 결국 상대가 불편해할 만큼 친절해진다. 그런 나 자신을 혐오하기 때문일까, 나이 든 남자들이 반말로 길을 물으면 정말 투명 인간처럼 지나가버리지. 나는 그런 것을 적절한 수위에서 조절할 능력이 없다.

눈사람의 손을 잡고 걸어가면서도 너는 불평하지 않았다. 네 손을 잡고 걸어갈 때 나는 내 손이 조금씩 녹아간다고 느꼈다. 손이 조금씩 녹아서 손금이 닳는 느낌이었다. 너의 손은 내 손이 아니라 다른 사람의 손인데. 다른 사람의 손이라서 이 손은 따뜻하구나. 심리적으로가 아니라 온전히 물리적으로.

체온을 잰다면 너와 나는 둘 다 비정상으로 나올 것이다. 너의 손은 정상보다 높은 온도이고 나의 손은 정상보다 낮은 온도일 것이다. 실은 체온뿐이 아니지. 너의 어조는 대개 다정하고 나의 말투는 대개 차갑다. 너의 목소리는 부드럽고 나의 목소리는 건조하다. 너의 표정은 온화하고 나의 표정은 딱딱해. 너는 모든 면에서 이 세계에 가깝고 나는 어딘지 조금 어긋나 있는 사람.

따뜻한 것은 차가워지는 쪽으로 움직이고 차가운 것은 따뜻해지는 쪽으로 움직인다. 따뜻한 것과 차가운 것은 서로 스며드다. 내 손의 냉기는 조금씩 잦아들겠지. 너의 열기는 조금씩 식어가겠지. 언젠가는 평형에 이를 것이다. 평형에 이르면 마음의 움직임도 조용히 멈출 것이다. 연인이라고 해서 엔트로피의 법칙 같은 게 언제나 통하는 건 아니겠지만.

기억하는지. 시내의 대형 서점에서 만나 신간들을 구경하고 돌아오던 길이었어. 인터넷 서점이라는 게 생겼다는 얘기는 들었지만 한 번도 이용해본 적이 없었다. 너는 서점에서 크로포트킨과 로자 룩셈부르크의 책을 골랐다. 무정부주의자와 사회주의자에게 끌린다고 너는 말했지.

나는 신간 소설을 한 권 골랐다. 주인공이 사랑하는 이를 잃고 이국의 여행지를 헤매는 이야기였어. 이야기는 시시해 보였지만 표지에 그려진 밤하늘의 이미지가 내 시선을 끌었지. 나는 무언가에 사로잡힌 듯 그 책을 손에 들었다.

버스에 나란히 앉은 채 창밖을 바라볼 때였어. 너는 책을 다 읽고 서로 바꾸어 보자고 했다. 나는 좋다고 했다. 거리에는 어스름이 깔리고 있었어. 어스름의 시간은 늘 우리를 알 수 없는 감정으로 이끌지. 저기 보이는 것이 개인지 늑대인지 구분할 수 없는 시간. 행인들에게서 그림자가 사라지는 시간. 가로등과 네온사인이 점등되는 시간.

창밖에 시선을 둔 채 옆자리의 네가 낮은 목소리로 말했어. 중얼거리듯 말하는데도 선명하게 귀에 스며드는 목소리. 외부의 소음과는 다른 주파수의 목소리.

선우 씨, 예컨대 내가 버스를 타고 간다? 눈을 감고 있다가 조용히 눈을 떠요. 이제부터 나는 17세기에서 막 20세기에 도착한 사람이 되는 거야. 20세기 서울이 미래 도시로 보이기 시작해요. 조선 시대 사람의 눈으로 낯선 공간을 바라보는 거지. 빌딩들 네온사인들 자동차들을. 나는 진심으로 감탄하고. 그러면 버스를 타고 가는 게 흥미로운 게임이나 영화처럼 느껴지기 시작하는 거예요.

나는 너를 물끄러미 바라보았다. 너는 말을 이었다.

나는 또 케임브리지나 파리 같은 데서 온 외국인이다? 나는 서양인이고, 눈에 보이는 모든 사람이 동양인이라는 걸 깨달아요. 동양인에 대한 편견이 있으니까 서양인으로서 나는 흥미를 느껴. 이건 거칠고 무질서하게 급조된 도시구나. 과거가 없는 도시구나. 그런 생각을 하면서 서울의 거리를 걷는 거야. 불규칙하고 울긋불긋한 골목길을. 자극적이고 과시적인 네온사인 아래를. 입간판이 어지럽게 서 있고 홍등이 걸린 디스토피아풍의 유흥가를.

너는 그런 것을 '재미있는 놀이'라고 표현했다. 나는 창밖의 거리를 바라보았다. 어둠은 사물들을 집어삼키고 버스는 방금 전과는 다른 세상을 향해 달려갔다. 개인지 늑대인지 모를 동물이 사람들 사이를 천천히 걷고 있는 모습이 보였다. 눈송이 하나가 허공에 긴 궤적을 만들었다.

알고 있다. 너는 너 자신을 다른 존재로 느끼고 싶어 하지. 공무원이 드러머가 되고 싶고, 은행원이 이종격투기 선수가 되고 싶고, 모범생이 일진이 되고 싶은 것처럼. 다른 존재가 되어 세상을 바라본다는 것. 낯설게 바라보고 신선하게 느낀다는 것. 그런 뒤에는 다시 익숙하고 안온한 일상으로 돌아오겠지.

나는 그렇게 하지 못한다. 왜냐하면 처음부터 바깥에서 온 존재였기 때문에. 그것이 이곳에서의 삶의 조건이었기 때문에. 가령 나는 나 자신이 소형 동물이라고 느껴. 길고양이라든가 유기견인지도 모르지만 실은 작은 늑대인지도 모르지. 개인지 늑대인지 모를 동물은 어스름의 시간에 친근감을 느낀다.

네가 나를 바라보며 말했다. 진지한 표정이었다.

선우 씨. 그런 이야기 알아요? 북극에 가까운 어느 나라에 외로운 소년이 있어. 그 소년이 사랑하는 소녀가 있지. 소녀는 차가운 뱀파이어야. 뱀파이어 소녀는 피를 먹고 살아야 하고. 그래서 살인을 해야 해.

나는 침묵했다. 도는 고개를 갸웃거리며 말을 이었다.

이런 이야기를 읽은 것 같은데…… 어디서 읽었는지 기억이 안 나. 서점에서도 찾을 수가 없고, 하이텔에 질문을 올려도 아무도 몰라. 혹시 선우 씨는 알아요?

나는 모른다. 뱀파이어 소녀의 사랑 이야기 같은 것은.

아마도 도는 아직 씌어지지 않은 이야기를 떠올리고 있는지도 모른다. 1999년의 세기말에는 아직 씌어지지 않은, 소녀와 소년의 쓸쓸한 사랑 이야기를.

4. 렛 미 인
—— 도현도, 1999

그때 도는 궁지에 몰려 있었다.

라이프 사이클이라는 것이 있다면 인생의 최저 고도는 바로 지금이다……라는 생각이 들 정도였다. 도는 이렇게 표현했다. 어느 날 문득 정신을 차리고 보니 이상한 일들이 일어나고 있었다고. 어느 날 잠에서 깨어 일어나 보니……라고. 그저 잠깐 잠들었다가 깨어난 것 같은데……라고. 그렇게 말해놓고도 도는 방금 자기가 한 말을 믿을 수 없는지 고개를 흔들었다.

불행은 예의 바르게 찾아오는 손님이 아니다. 무뢰한이나 불한당처럼 무리 지어 온다. 도둑 든 집에 강도 들듯 온다. 아픈 몸에 다른 병이 덮치듯 온다. 예전과 다른 세계로 흘러들어왔다는 걸 깨닫기까지는 오랜 시간이 걸리지 않는다. 문득 정신을 차리고 주위를 두리번거리며 중얼거린다. 여기가 어디지? 여기는 다른 세계구나. 몸속 깊은 곳 어디서 통증이 느껴져. 아주 물리적으로.

그건 아이스크림 가게에서 여러 종류의 아이스크림을 골라 한꺼번에 입에 넣는 느낌일지도 모른다. 아이스크림 속에는 미세한 유리 조각들이 가득 들어 있다. 유리 조각들은 혈관을 돌아다니다가 내장에 하나씩 박힌다. 이윽고 내장 깊은 곳에서 통증이 시작된다……

어느 날 람페가 죽었다. 도가 현관문을 열고 들어가면 체셔 고양이처럼 스르르 나타나 반겨주던 녀석이었다. 며칠씩 집을 비우고 밖으로 나돌기도 하지만 비가 내리는 날에는 귀신같이 돌아와 라면 박스 속으로 숨어들던 녀석이었다. 박스 속에 있나 싶다가도 문득 사라지고, 또 사라졌나 생각하면 어느새 박스 속에 들어가 있었다. 수행이라도 하듯 움직이지 않았다.

어느 날 잠에서 깨어났을 때 도는 기묘한 느낌을 받았다. 옆자리에서 뭔가가 만져졌다. 간혹 람페가 이불 속으로 들어오는 일이 있었다. 녀석이 또……라고 생각했지만 무언가 평소와 달랐다. 도는 천천히 상체를 일으켰다. 조심스럽게 이불을 들췄다. 역시 람페였다. 람페가 곁에 누워 있었다. 도는 직감했다. 이것은 평소의 람페가 아니다. 이것은…… 딱딱한 람페이다.

예전에도 람페는 죽은 것처럼 움직이지 않을 때가 있었다. 영혼이 빠져나간 것처럼 꼼짝도 하지 않았다. 손으로 툭 건드리면 그제야 민활하게 움직였다. 이 녀석이 장난을…… 하고 투덜거렸지만 도는 좋았다. 그게 좋았다. 나이가 들어 조금씩 활기가 떨어지는 것 같기는 했지만, 끝이 가까웠다고 생각하지는 않았는데.

람페가 죽었다.

죽었다 람페가.

그런 문장이 도의 머릿속에 떠올랐다. 명백한 사실이었다. 사실이란 이렇게 다짜고짜 침입하는 것인가.

불길한 감각이 서서히 도의 몸에 스며들었다. 이 감각에 슬픔 같은 이름을 붙이는 것은 시간이 한참 흐른 뒤일 것이다. 감정은 이름을 얻기 전에 이미 작동하는 것이다. 깨닫기 전에 육신을 잠식하는 것이다.

그리고 그것은 외부의 힘에 의해 갑자기 차단당하기도 한다. 툭, 전선이 끊기는 것처럼.

삐익 삐익 삐익.

초인종 소리가 도의 귀를 파고들었다. 공격적인 소음이었다. 전자음이 집 안을 점령했다. 람페가 죽었다. 죽은 것은 람페다. 람페는 죽었는데…… 초인종이 울리고 있다. 둘 사이에 마치 필연적인 인과관계가 있기라도 한 것처럼.

방문자는 초인종을 연속으로 누르고 있었다. 층간 소음 때문에 화가 난 아래층 사람이거나 범죄자를 잡으러 온 경찰관이 아니라면 이런 식으로 초인종을 누를 리 없다.

하지만 이곳은 지하층인데. 여기가 맨 아래층인데. 아래는 아무것도 없으니 층간 소음 때문일 리는 없는데. 나는 범죄를 저지른 적도 없는데.

도는 람페의 식은 몸을 물끄러미 내려다보면서 생각했다. 죽음은 나를 들여보내주지 않는다. 잠시 들어갔다 돌아오려고 해도 그럴 수 없다. 람페는 닫혔다. 완전히 닫힌 것이다. 폐쇄된 것이다.

람페가 죽었는데 누가 초인종을 누르고 있구나. 람페가 죽었는데 누가 초인종을 이렇게 신경질적으로 누르고 있구나. 도는 천천히 몸을 일으켰다. 몸과 마음에서 감각이 무디어지고 있었다. 무표정한 얼굴이었다. 도는 현관 쪽으로 걸어가 도어록을 풀었다.

한 남자가 서 있었다.

모르는 사람이었다.

중년. 작은 키, 짧고 두툼한 목, 불그스레하고 피로해 보이는 얼굴. 잘 다려 입었지만 싸구려임에 틀림없는 베이지색 점퍼. 손에 든 검은색 서류 가방. 어느 모로 보나 자신의 업무에 열의가 없는 공무원의 인상착의. 그것도 월요일 오후의 공무원에 가까운.

남자는 멀뚱하게 도를 바라보고 있었다. 도가 먼저 뭔가를 말해야 한다는 듯한 표정이었다. 도는 현관문을 연 채 가만히 서 있었다. 우편물인가. 람페는 죽었고, 람페가 죽었는데, 우편물은 배달되는가. 하지만 우편물을 배달하는 사람은 이런 차림이 아닌데……

방문자는 아무것도 내밀지 않았다. 멀뚱히 도를 바라보고 있을 뿐이었다. 도 역시 게슴츠레하게 눈을 뜨고 방문자를 바라보았다. 지금 집 안에 람페의 시신이 있다는 것을…… 죽은 람페의 몸이 차갑게 식어가고 있다는 것을…… 이 사람에게 말하고 싶다. 그런 충동을 느끼며 도는 입을 열었다.

"무슨…… 일이시죠?"

문 앞의 남자는 그제야 얼굴 근육을 꿈틀거렸다. 웃음을 지어보려고 애쓰는 표정이었다. 오래전에 은퇴한 개그맨이 십수 년만에 옛 개그를 재연해보려고 안간힘을 쓰는 표정. 미소를 지으려고 애를 쓰고는 있지만, 어떻게 근육을 움직여야 미소라는 것을 지을 수 있는지 도대체 모르겠다는 표정.

도가 기묘한 느낌을 받은 것은 그 순간이었다. 이 방문자를 어디선가 보았다는 생각이 들었다. 군대 시절의 하사관과 비슷한가. 아니 고등학교 시절 독일어 교사와 비슷한가. 동사무소에서 보았던가.

도는 깨달았다. 먼 후일의 어느 날, 나는 이 사람을 본 적이 있다……라고. 이 사람을 어느 먼 후일에 본 적이 있다……라고.

뜬금없는 문장이 떠올라 도는 당황스러웠다. 드디어 뇌가 이상해진 모양이군. 도는 조금 웃었다.

남자는 도의 얼굴을 스쳐 간 웃음을 본 모양이었다. 고개를 갸우뚱하게 기울이며 그가 입을 열었다.

"도, 도현도 씨지요?"

"네? 누구요?"

도는 반문했다. 방문자가 다시 입을 열었다.

"도, 현도 씨 아닙니까?"

"그런데요?"

"도현도 씨가 맞군요."

방문자는 그렇게 말하며 한숨을 쉬었다. 겨우 찾았다는 표정이었다. 서류철을 확인하더니 방문자가 다시 물었다.

"윤호연 씨를 아시지요?"

"네? 누구요?"

"윤, 호연 씨 말입니다."

"윤호연? 윤호연? 모르는데요?"

도는 그렇게 대답했는데, 거의 동시에, 자신이 이 사람을 알고 있을지도 모른다는 데 생각이 미쳤다.

통지서.

통지서에서 본 이름이었다. 두어 달 전부터 그런 통지서가 배달되었다. 1층 현관의 철제 우편함에 넣어져 있었다. 도는 주의 깊게 통지서를 살펴보았다. 발신인은 '반도신용정보'라고 되어 있었다. *신용회복사업부/채권추심*이라는 빨간 글자가 찍혀 있었다. 수신자는 도*도로 되어 있었다.

타인의 우편물을 함부로 개봉할 경우 형법상 비밀침해죄에 의거, 처벌을 받을 수 있습니다.

고딕체 문장이 통지서 아래쪽에 작은 글씨로 적혀 있었다. 하지만 도는 우편물을 개봉했다. 이것은 '함부로' 개봉하는 것이 아니다. 내 주소지로 배달된 것이니까.

통지서는 무슨 공공요금 고지서처럼 한쪽 끝을 잡고 벗겨내게 되어 있었다. 형법상 비밀침해죄고 뭐고 오배송된 우편물은 일단 발송자 책임이 아닌가. 그나저나 *채권추심*이라니 그게 뭘까.

내용은 간단했다. 도＊도라는 사람은 8억 원의 채무를 지고 있으며, 이를 모월 모일까지 채권자들에게 변제하지 않으면 안 된다. 그런 내용이었다. 채권자들은 무슨 은행과 증권, 캐피털 등으로 돼 있었고, 연대채무자의 이름과 함께 열세 자리의 관리번호가 기재되어 있었다. 아래에는 '채권의 존재 여부 확인 방법'이라는 안내 문구가 붙어 있었는데, 채권추심에 이의가 있는 경우 어디 어디로 연락하라는 내용이었다.

도는 인상을 찌푸린 채 통지서를 반송함에 넣었다. 잘못 배달된 우편물이 틀림없었다. 8억 원의 채무라니, 대체 무슨 헛소리란 말인가. 신종 사기 수법인가. 나는 도＊도가 아니라 도현도이다.

며칠 뒤 통지서는 다시 날아왔다. 발송일만 달라졌을 뿐 동일한 우편물이 동일한 수신자에게 배송된 것이다. 주소도 여기가 맞는데. 도＊도는 누구인가? 전에 살던 사람인가? 설마 나를 말하는 건가? 그럴 리가. 도는 통지서를 다시 반송함에 넣었다.

반송함의 통지서가 사라지기 무섭게 새로운 통지서가 우편함에 꽂혀 있었다. 다시 반송함에 넣어도 하루가 멀다 하고 그것은 날아왔다. 어느 날부터인가는 반송함에 넣은 통지서조차 수거해 가지 않았다. 도는 통지서들을 모아 한꺼번에 쓰레기통에 버렸다.

그때 그 통지서에 도와 함께 적혀 있던 연대채무자의 이름이 윤*연이었다. 하지만 도가 아는 사람 중에 윤*연이라는 사람은 없었다. 가급적 친절하고 정중한 목소리로 도는 방문자에게 말했다.

"잘못 찾아오신 게 틀림없어요. 도 뭐라는 사람은 여기 없습니다."

방문자는 "그래요? 그렇습니까? 그런가요?" 하면서 서류철을 확인했다.

"아아 도 모 씨가 여기 없다? 여기 살지 않는다? 이상하네. 그럼, 자기는 누구예요?"

"네? 자기요?"

"네, 자기."

남자는 도의 얼굴을 물끄러미 바라보고 있었다. 자기는 누구예요……라니? 자기는……이라니? 도는 미간을 찌푸리며 방문자를 마주 보다가 "저는 도현도인데요"라고 퉁명스럽게 대꾸했다. 남자는 도의 얼굴을 바라보다가 고개를 갸우뚱하게 기울였다.

　이럴 때는 인내심을 발휘하는 것이 중요하다. 도는 마음을 고쳐먹고 차분하게 말을 이었다.

　"뭔가 착오가 있을 거예요. 다시 확실히 알아보세요. 통지서가 잘못돼 있습니다."

　"자기 이름은 도현도인데, 통지서가 잘못돼 있다? 그게 무슨 말입니까?"

　방문자는 그렇게 말하며 도를 물끄러미 바라보다가 무언가 확인하려는 듯 서류철을 뒤졌다. 그러다 다시 도를 향해 무표정한 얼굴로 입을 열었다.

　"주민등록번호 뒷자리가…… 이 번호가 맞지 않습니까?"

　방문자는 서류에 적힌 숫자를 가리켰다. 도는 고개를 갸우뚱하게 기울여 숫자를 확인했다.

　"아…… 주민등록번호는…… 맞군요. 하지만 나는 이 통지서에 씌어져 있는 도 모라는 사람이 아닙니다. 내 이름은……"

　그러자 방문자가 사무적인 어조로 말을 끊었다. 뭔가 확신하는 표정이었다.

　"도 모가 아니다? 도 씨가 흔한 성은 아니지 않습니까? 현도라는 이름도 뭐 흔하다고는 할 수 없을 텐데요. 우리 쪽의 착오는 전혀 없습니다만, 체크는 필요할 것 같군요. 체크. 체크를 하고 다시 오지요."

　방문자는 그렇게 말하고는 굼뜬 자세로 몸을 돌려 계단을 올라갔다. 그의 구부정한 등이 반지하 계단을 올라가 사라질 때까지 도는 현관문 손잡이를 잡고 서 있었다. 방문자의 그림자가 계단에서 완전히 사라지자, 문득 그런 생각이 들었다. 지금이 세기말이기 때문인가? 2000년이 되면 기계들이 오작동을 일으킬 거라고 했다. 숫자를 인식하는 데 오류가 생길 거라고 했다. 그걸 Y2K라고 하던가? 2000이라는 숫자의 오류 때문에 수많은 착오가 일어난다는? 하지만 21세기는 아직 안 왔는데……

방문자가 떠나간 뒤 도는 방으로 돌아왔다. 채권추심인 때문인지, 통지서 때문인지, 마음이 차갑게 식어 있었다. 도는 이 모든 것에 아무런 의미가 없으며, 지금 중요한 것은 람페의 죽음뿐이라는 생각이 들었다. 람페가 죽었다…… 죽은 것은 람페다…… 람페가 죽어버렸다……

도는 자신의 감정적 반응이 매우 느리다는 데 생각이 미쳤다. 시간이 지난 뒤 알 수 없는 순간에 갑자기 눈물이 터져 나올지도 모른다. 심장 쪽 어딘가에서 솟아올라 제어할 수 없이 쏟아져 나올지도 모른다. 하지만 지금은 아니다. 지금은……

문득 도의 입에서 기묘한 말이 튀어나왔다.

무한에 하나를 더하면 얼마지?

도는 자신의 입에서 튀어나온 엉뚱한 말의 맥락을 알 수 없었다.

바보 같은 질문이야. 무한에 하나를 더하면 얼마냐고? 무한에 하나를 더하면, 무한에 하나를 더하면, 그야 당연히……

무한이지.

도는 고개를 흔들었다.

오후에는 람페의 장례를 치러야겠다는 생각이 들었다. 고개를 갸우뚱하게 기울이며 도는 또 중얼거렸다.

그나저나…… 윤 모라는 사람은 대체 누구지? 윤호연이라고 했던가? 윤호연……?

5. 마네키네코의 아침
── 윤호연, 2019

윤호연은 아침에 눈을 뜨자마자 창밖을 바라보았다. 멀리 산의 능선이 보이고 그 위로 탁 트인 하늘이 펼쳐져 있었다. 비가 내린 탓에 대기는 맑고 깨끗해 보였다. 어제만 해도 미세먼지가 극성이었는데…… 여기는…… 그렇지, 호텔이었지. 윤은 침대에 누운 채 생각했다.

어제가 결혼기념일이었다. 아내와 집 근처 호텔 레스토랑에서 저녁 식사를 한 후 스위트룸에 묵었다. 오픈한 지 얼마 안 된 부티크 호텔로 시설이나 서비스가 최상급이어서 가끔 들르곤 했다. 1년 전 결혼식을 올린 곳도 이곳이었다. 예식홀 첫 고객이었다고, 매니저가 미소 띤 얼굴로 말한 것을 윤은 기억해냈다.

그나저나 이 사람은 또 어딜 간 건가. 피트니스 센터에 간 건가? 조찬 모임이 있다고 했던가? 어제 얼핏 듣긴 한 것 같은데…… 사람이 잠이 없어 잠이.

곁에 그녀가 없었다. 몸을 일으키려는데 윤의 손끝에 낯선 것이 만져졌다. 이불 속에 뭔가가 있었다. 매끄럽고 차고 딱딱한 무엇이.

윤은 상체를 일으키면서 천천히 이불을 걷었다. 커다란 눈의 고양이였다. 앞발 하나를 귀밑까지 든 채 윤을 물끄러미 바라보고 있는 고양이. 매끄럽고 흰 도자기 재질에 검은 목줄을 한 고양이 인형. 마네키네코.

이게 왜 여기 있는 거지? 윤은 마네키네코를 바라보며 중얼거렸다. 단순한 인형이 아니다. 일본에서 특별히 주문한 수공예품으로, 윤이 결혼 1주년을 맞아 아내에게 선물한 것이다. 물론 아내가 갖고 싶다고 해서였지만.

아내에게는 결혼 전부터 키우던 고양이가 있었다. 작은 몸에 노란 얼룩무늬가 있는, 치즈태비라고 하던가, 길에서 흔히 보는 고양이였다. 이왕 키울 거면 러시안블루라든가 페르시안친칠라 같은 종류가 어떤가 하고 얘기해보았지만, 그녀는 아무런 대답도 하지 않았다.

치즈태비는 결혼 후 곧 죽었다. 명을 다한 거라고 했다. 이후 아내는 다시는 '생물'을 키우지 않겠다고 말했다. 담담한 어조였다. 윤도 고개를 끄덕였다. 생물에는 아이도 포함되나 하는 의문이 스쳐 갔지만 묻지는 않았다. 결혼기념일을 맞아 고급 마네키네코를 선물로 준비한 데는 그런 이유도 있었다.

이 네코상, 보면 볼수록 묘하군. 죽은 고양이가 손을 흔드는 것 같아.

그렇게 중얼거리며 윤은 미간을 찌푸렸다. 마네키네코를 협탁에 올려놓고 천천히 몸을 일으켰다. 바삭한 질감의 이불보가 몸에서 흘러내렸다.

어제는 과음했다. 과음했군. 과음은 좋지 않지. 윤은 손가락으로 이마 여기저기를 가볍게 눌러주었다. 희미한 두통이 머릿속을 돌아다니고 있었다. 아내와 저녁 식사를 한 후 호텔 근처의 바에서 박을 만나 술을 마셨다. 긴급한 일이어서 어쩔 수 없었다. 아내는 선선히 다녀오라고 말했다. 이유도 묻지 않았다. 아내의 손에는 책 한 권이 들려 있었다. '렛 미 인'이라고 씌어져 있었다. 뱀파이어가 나오는 소설이라고 했던가. 이 사람은 밤새 소설을 읽겠군. 윤은 생각했다.

대학 동기이자 비즈니스 파트너인 박과의 자리는 언제나 뒤끝이 개운치 않았다. 사실 그는 단순한 대학 친구가 아니었다. 박은 윤의 주요 고객 중 하나로 꽤 규모가 있는 유통업체를 운영하고 있었다.

처음에는 노무 관리 분야 컨설팅을 의뢰받고 리포트를 해주는 정도였다. 쉽게 말해서 고용 유연성을 강화하기 위한 방안을 마련해주는 일이었다.

하지만 어느 결에 윤호연은 박과 동업자 관계를 맺게 되었다. 박의 신규 사업에 윤도 투자를 한 것인데, 그게 실수였다.

주로 소형 전자제품을 만들어 납품하는 공장이었다. 이젠 중국이나 베트남 쪽도 인건비가 그리 싸지 않다고. 차라리 한국에서 외국인들을 쓰는 게 나아. 운송비만 빠져도 큰 차이가 없다니까. 박은 그렇게 말했다. 하지만 윤의 관심을 끈 것은 생산 아이템이나 판로가 아니었다. 공장이 위치한 입지였다. 향후 개발과 함께 막대한 차익을 얻을 것이 확실시되는 곳이었다. 아이템은 소멸해도 땅은 소멸하지 않는다.

발을 너무 깊이 들인 거지. 윤은 생각했다. 박이 새로 인수한 공장 쪽에서 이런저런 트러블이 생겼다. 인수 이후 기존 인력을 정리하는 과정에서 생기는 갈등이야 계산에 넣었던 바였다. 하지만 외국인 노동자들이 고용 승계뿐 아니라 산업재해와 보상 문제로 집단행동을 하리라고는 생각하지 못했다. 이제는 언론에까지 회사 이름이 오르내리고 있었다.

윤은 천천히 가운을 걸쳤다. 창밖의 구름은 한가로워 보였다. 맑아 보여도 초미세먼지 수치는 꽤 높을 것이다. 옛날에는 미세먼지니 뭐니 하는 게 없었던 것 같은데, 언제부터 이런 걸 걱정했는지…… 윤은 맥없이 그런 생각을 하며 객실을 돌아보았다.

객실 안의 사물들이 어제와 다른 느낌이었다. 밤사이에 누군가 실내 분위기를 바꾸어놓은 듯했다. 어젯밤에는 블랙 톤의 세련된 인테리어로 보였다. 간접 조명만으로도 은은한 분위기를 연출한다고 생각했는데, 지금 보니 생경할 만큼 차갑고 건조한 느낌뿐이었다.

윤은 욕실의 널찍한 유리 부스로 들어가 샤워기를 틀었다. 샴푸를 하고 바디워시를 몸에 칠했다. 겨드랑이와 사타구니를 닦고 손가락과 발가락 사이사이를 문질렀다. 거품을 씻어내고도 윤은 한참을 그대로 서 있었다. 수전에서 쏟아져 나온 뜨거운 물이 윤의 살갗을 붉게 만들었다. 윤은 제 피부의 빛깔이 붉게 변하는 모양을 바라보았다. 실없는 웃음이 흘러나왔다. 몸이 있다는 건 대체 무언가. 이렇게 몸이 붉어진다는 건 무언가. 지금 유일한 진실은 붉게 달아오르는 몸이 있다는 것뿐 아닌가. 인간은 어디까지 단순해질 수 있나.

사실 어디까지든 큰 차이는 없었다. 누구나 이상한 것에 의미를 부여하며 살아간다. 돈이니 인정이니 성취니 온갖 이름을 붙여가면서.

인생 전체로 보았을 때 행복과 불행의 총량이나 비율은 대략 정해져 있다. 일정한 수준에서 정해진 뒤에는 더 이상 늘거나 줄지 않는다. 행복도 그렇고 불행도 마찬가지다. 인풋 아웃풋의 관점에서 그걸 잘 조율하는 게 삶의 지혜지. 재벌이든 노숙자든 마찬가지다. 그게 윤의 생각이었다.

윤은 유리 부스에서 나와 욕실의 거울을 바라보았다. 김서림 방지제가 뿌려진 거울이 윤의 알몸을 선명하게 비추어주었다. 사십대지만 누가 봐도 삼십대 후반 정도로밖에 보지 않을 것이다. 윤은 적절한 운동과 적절한 식이요법으로 이루어진 자신의 일상에 만족감을 느끼고 있었다. 물론 일이 잘 풀릴 때에 한에서……라는 전제가 필요하긴 하지만.

몸을 돌리려는 순간, 윤은 뭔가 비현실적인 느낌에 사로잡혔다. 거울 속의 자신이 자기를 바라보는 것 같았다. 거울 속의 얼굴이 살짝 미소를 지은 것 같기도 했다. 거울 속에 또 다른 세계가 존재해서 이쪽 세계로 신호를 보내오는 것 같은……

평행우주 따위…… 삼류 상업 영화에나 나올 소재가 아닌가. 가짜가 진짜 같고 진짜가 가짜 같은데 실은 그렇게 생각하는 나 자신이 헛것이었고…… 20년 전에는 「매트릭스」 같은 영화도 있었지. 요즘은 아무리 상업 영화라고 해도 이런 상투적인 모티프는 쓰지 않겠지만…… 윤은 싱겁게 웃음을 흘렸다.

∞

윤은 호텔 23층의 중식당에 들렀다. 메뉴를 고르고 지난번에 키핑해둔 마오타이를 주문했다. 요즘에는 점심에도 간단히 한 잔씩 걸치곤 했다. 실은 끊을 수가 없었다. 대학 때만 해도 술에 약했었는데. 조금만 마셔도 새처럼 꾸벅꾸벅 졸았는데.

그런데 이제는 중독자의 인생을 살고 있다. 그게 인간이라는 동물의 신비다. 한번 익숙해지자 몸이 그것에 맞추어지는 것이 느껴졌다.

인간이라는 동물은…… 무엇에든 익숙해진다. 악조건에도 익숙해지는 게 인간이다. 권력도 그렇고 복종도 그렇다. 폭언이나 폭력조차 한번 습관이 되면 관계의 디폴트로 받아들인다. 공기처럼 당연한 것으로 여기게 된다. 누군가의 호의나 애정도 공기처럼 익숙해지고 나면 당연한 것으로 여긴다. 공기가 희박해지고 나서야 그곳에 공기가 있었다는 것을 깨닫는다. 무엇에든 과잉 적응한다, 인간은.

당신, 알코올중독인가.

며칠 전 아내는 그렇게 물었다. 걱정하는 표정은 아니었다. 그녀는 아무것도 걱정하는 것이 없는 사람 같았다. 어디 알래스카나 그린란드쯤에서 지내면 잘 어울릴 듯한…… 시베리아 소도시의 뒷골목에 서 있는 눈사람에 가까운…… 그런 느낌.

눈사람은 물론 술을 즐기지 않는다. 그것이 서운하지는 않았다. 윤은 야심한 시간이면 홈 바에 음악을 틀어두고 혼자 술을 마시곤 했다. 「평균율」, 무반주 첼로 모음곡, 「골드베르크 변주곡」. 그런 오래된 클래식과 함께. 바흐가 아니면 음악이 아니라는 듯이.

점심을 먹기에는 조금 이른 시간이었기 때문에 중식당에는 손님이 별로 없었다. 대리석 베이스의 인테리어가 정적이면서도 중후한 실내 분위기를 만들고 있었다. 윤은 창가 자리에 앉아 창문에 내려앉은 먼지를 바라보았다. 먼지가 잔뜩 끼어 있는 호텔 유리창이라니. 오픈한 지 얼마 되지도 않았는데 관리가 이 모양인가.

윤은 불만스럽게 느껴졌지만 그런 것으로 컴플레인을 걸지는 않을 것이다. 무의미한 일에 에너지를 쏟지 않는 것, 그건 생각보다 중요한 생활 테크닉이기도 하다.

창문에는 먼지뿐 아니라 성에가 촘촘하게 끼어 있었다. 바깥이 흐릿했다. 까마득한 아래쪽으로 도심 건물들이 조그맣게 보였다. 행인들이 오가는 모습이 마치 벌레가 꼬물거리는 것 같았다. 몇 해 전에는 국민을 벌레에 비유한 행정 관료가 있었지. 벌레가 아니라 쥐 새끼였던가.

누구나 그랬듯 윤 역시 혀를 찼다. 하지만 그 관료가 어떤 생각으로 그런 말을 했는지는 이해할 것 같았다. 이런 고층 호텔의 레스토랑에서 까마득히 저 아래를 바라보면 정말 그런 생각이 든다. 사람들이 벌레라든가 미물처럼 보인다. 그 행정 관료는 진심이었을 것이다. 자신은 벌레나 쥐 새끼가 아니라 그것들을 내려다보는 자니까.

가벼운 전채에 이어 불도장이 나왔다. 점심 메뉴로는 그만이다. 함께 제공된 해삼찜도 나쁘지 않았다. 해삼의 한쪽 귀퉁이를 나이프로 잘라 입에 넣었다. 어향 소스의 향기와 함께 쫄깃하면서도 부드러운 살이 씹혔다. 윤은 입을 우물거리며 창밖을 바라보았다. 이것은 겨울비가 지나간 뒤의 차가운 아침이다. 역시 날이 추워야 사는 게 사는 것 같구나. 하지만 대체 뭐가 삶이란 말인가. 배고프면 배를 채우고 추우면 뜨거운 것을 배 속에 밀어 넣는 것이 삶인가. 그런 직접적이고 단순한 감각만 남아 있다면 그것을 삶이라고 부를 수 있을까.

윤은 입을 우물거리며 통유리창 틈에 끼어 있는 성에를 바라보았다. 성에 입자들이 유리 표면에 촘촘하게 붙어서 꼬물꼬물 움직이는 것처럼 보였다. 그 순간 윤은 언젠가 이런 느낌을 받았던 것 같은 생각이 들었다. 오래된 과거가 문득 자신의 몸에 스며드는 기분이었다.

윤은 허탈한 웃음을 흘렸다. 이런 걸 회한이라고 하나. 회한이라니. 늙고 병든 뒤에 인생을 돌아보는 자들의 감정. 그런 감상에 빠지는 것 자체가 바로 패배의 증거다. 옛 음악을 들으며 회한에 잠기거나 과거를 미화하며 정신 승리나 하는 자들.

윤이 창밖을 바라보며 생각에 잠겨 있을 때, 나비넥타이를 맨 중년의 지배인이 다가왔다. 낯이 익기는 했지만 이름은 기억나지 않았다. 어쩐 일인지 지배인은 명찰도 달고 있지 않았다. 지배인은 적절하면서도 자연스러운 각도로 상체를 숙이고는 윤의 잔에 차를 따랐다. 고개를 까딱여 사의를 표하자 지배인은 정중한 어조로 말했다.

"선생님, 날이 추우니 이 용정차를 좀더 드십시오. 그래도 날이 이렇게 추워야 사는 게 좀 사는 것 같지요. 안 그렇습니까?"

윤은 희미한 미소로 대답을 대신했다. 지배인 역시 부드러운 미소를 지은 채 천천히 등을 돌려 멀어져 갔다.

선생님? 선생님이라고? 선생님이라.

낯선 호칭이다. 이것도 고객 서비스인가. 선생님이라는 호칭이 나쁘지는 않지. 뭔가 소박하면서도 기품이 느껴지니까. 사장님은 얼마나 천박한가. 고객님이라든가 손님 역시 진부하고 답답하기는 마찬가지다. 하긴, 서울의 어떤 외국계 호텔에서는 내방객들을 '서sir'라고 부른다고 했다. 우스꽝스러운 일이다.

그나저나 날이 추워야 사는 게 사는 것 같다니. 그럼 날이 더우면 사는 게 아닌가? 여름의 삶은 삶이 아닌가? 윤은 맥없이 그런 생각을 했지만 그 문장들은 머릿속에서 사라졌다.

자, 이제 연말이다…… 곧 2020년이다…… 20세기에 2020년을 상상하면 무슨 SF적인 이미지만 떠올랐는데. 인공지능 로봇이 서빙을 하고…… 하늘에는 호버크래프트가 날아다니고…… 늙고 부유한 노인들이 캡슐 속에서 영생을 기다리고……

그런 세계는 오지 않았다. 여전히 인공지능은 멍청한 대답만 늘어놓고, 출퇴근 시간에는 교통 정체 때문에 온 도심이 몸살을 앓고, 교통사고와 폭행과 시위와 살인이 일어나고, 실업과 차별과 빈부 격차와 미세먼지와 전염병과 또……

이젠 어느 당에 국가 경제를 맡기든 경기는 크게 달라지지 않을 것이다. 하강 수축 기조를 기본으로 소폭 등락을 거듭할 뿐 급격하게 좋아지지 않을 것이다. 확장과 팽창의 시대는 갔다. 한국 자본주의는 이제 축소 조정만 남은 것이다. 거기에 적응해야 한다. 늙은 자들은 병들어 회한에 젖은 채 우울해지고 젊은 자들은 경쟁과 생존 투쟁 속에서 우울해질 것이다. 거기에 적응해야 한다.

그래서 나 같은 컨설턴트가 필요한 것이기도 하지. 윤은 중얼거렸다. 하지만 내 운도 이제 얼마 남지 않은 모양이야. 윤은 다소 자조적인 표정이 되었다. 용정차는 향이 좀 강했다. 반주 탓에 취기가 올라왔다. 그나저나…… 이 사람은 대체…… 왜 전화를 안 받는 거야. 윤은 휴대전화의 화면을 물끄러미 바라보았다.

6. 21세기 로망스
―― 윤호연, 2019

윤은 애초에 자신이 왜 이 사람과 결혼을 하게 되었는지 의아할 때가 있었다. 굳이 결혼을 해야 한다고 생각하지 않았는데, 시간이 지나고 보니 이렇게 되어 있었다.

아내는 물론 매력적인 사람이다. 키가 작고 몸 전체의 사이즈도 작은 편. 약간 감긴 듯한 두 눈은 이국적인 느낌을 주고 전체적으로 다소 중성적인 인상. 말이 없지만 입을 열면 간결하게 의사 표현을 하고 감정에 좌우되지 않는다. 냉철하다기보다는 뭐랄까, 창문 너머로 보이는 겨울 풍경처럼 무심했다. 아니면 북구 도시의 뒷골목에 서 있는 눈사람과 비슷할지도.

윤은 그런 것들에 끌렸다. 왜 그런 것에 끌렸을까? 윤은 자문했다. 답이 나오지 않았다. 이유는 알 수 없지만, 이유를 알 수 있다면 애초에 매혹되지 않는다. 그녀에게는 집안이랄 것도 없고 재산 같은 것도 없다. 러시아의 한 소도시에서 태어나 유년을 그곳에서 보냈다고 했다. 눈사람 같고 외국인 같은 느낌을 주는 것은 그 때문이었다. 처음 그녀를 만난 사람들은 잠시 머뭇거리다가, 한국어 할 줄 아시나요? 하고 조심스럽게 묻기까지 했다.

너무 오래 혼자 살아서 좀 이상한 느낌을 받을지도 몰라요.

그녀는 윤에게 그렇게 말한 적이 있다. 사무적인 어조였다.

나는 잠이 없는 편이라 밤에 잡다한 일을 해요.

밤에? 잡다한 일을? 무슨 일인데요?

음. 이런저런.

이런저런?

이런저런. 영화도 보고 번역도 하고 픽션을 써서 온라인에 올리기도 하고.

번역을? 픽션을?

네. 번역을. 픽션을.

픽션이라면 어떤?

호러이기도 하고 판타지나 로맨스이기도 하고 아무것도 아니기도 해요. 뱀파이어도 나오고 유령도 나오고 시간 여행도 하고. 뭐 그냥 취미니까. 그러면서 대학 시절을 보냈으니까.

웹소설이라고 하던가? 그런 걸?

그건 아니고, 그냥 이런저런 픽션을 써서 블로그에 올려요.

그녀는 잠깐 생각하다가 덧붙였다.

그런데 블로그에 올리면 웹소설인가 아닌가.

싱거운 말을 하면서도 그녀는 웃지 않았다. 번역을 하기는 하지만 좋아하는 영화에 자막을 입히는 정도라고 했다. 픽션을 쓰기는 하지만 직업적인 작가가 될 생각은 없다고도 했다. 뭐든 그냥 내키는 대로 쓰고 내키는 대로 업로드하는 것뿐이라는 것이다.

일종의 취미구나. 좋네요. 결혼한 후에도 계속?

윤은 남의 말을 하듯 물었다.

그때도 쓰고 싶으면 쓰겠지만 미래는 알 수 없는 거니까……

그런 대화가 오간 뒤 침묵.

그런 건 의지의 문제가 아니라 공기의 문제가 아닐까, 하고 그녀가 알쏭달쏭한 말을 덧붙인 것은 한참이 지난 뒤였다.

윤은 좋은 일이라고 생각했다. 번역을 한다거나 픽션을 쓴다거나, 그런 취미들은 여러모로 정서 안정에 도움이 된다. 업으로 삼지만 않으면.

소설이니 예술이니 철학이니 하는 것을 삶에서 지운 지는 오래되었다. 그런 뜬구름 잡는 것들이 무슨 소용이란 말인가. 아무리 거창한 의미를 갖다 붙인다 해도 기껏해야 정신적 자기만족일 뿐이고 여가 활동이나 문화생활일 뿐이다. 있으면 좋지만 없어도 무방한 것들. 사람들의 생활이나 밥줄에는 하등 도움이 되지 않는 것들.

물론 윤도 알고 있었다. 사회의 경제적 수준이 향상될수록 여가 활동이나 문화생활 영역이 넓어진다. 사회의 생산성이 향상될수록 문화 부문에서 일하는 사람들이 늘어난다. 생산은 기계와 로봇이 담당하고 인간 노동은 점점 줄어든다. 인간의 노동만이 잉여가치를 생산한다는 주장은 헛소리로 판명되었다. 거꾸로 인간은 조금씩 잉여 그 자체가 되어갈 것이다. 국가 지원에 의지하는 분야는 점점 늘어가겠지. 마르크스가 예언한 게 결국 그것 아닌가. 노동은 조금씩만 하고 나머지는 문화생활을 하면서 인생을 보내는 것. 낮에는 공무원이고 밤에는 시인. 그게 이상 사회고 그게 공산 사회 아닌가. 진정한 공산 사회는 사회주의가 아니라 자본주의가 만들어가겠지. 윤은 그런 생각을 하면서 그녀의 얼굴을 바라보았다.

∞

윤은 대학 시절 연애를 한 적이 있지만, 그때를 제외하고는 줄곧 혼자였다. 이런저런 일에 치였고 이성에게 흥미가 생기지 않았다. 연애라든가 결혼 같은 것은 하고 싶은 사람이 하면 되는 것이다. 하고 싶지 않은 사람은 하지 않으면 되는 것이다. 당연하지 않은가? 윤은 자신이 후자라고 생각했다. 파트너는 원한다면 언제든 구할 수 있다. 가사 도우미와 섹스 파트너를 위해 결혼 같은 계약 관계를 맺을 필요는 없다…… 그게 윤의 기본적인 생각이었다.

물론 주위 사람들에게 여러 차례 사람을 소개받기도 했다. 그 가운데는 아나운서나 리포터도 있었고 변호사도 있었으며 필라테스 강사도 있었다. 하지만 함께 살고 싶다고 생각하게 만든 상대는 없었다. 조건의 문제도 아니었고 환경의 문제도 아니었다. 굳이 따지자면 어떤 *상태*의 문제랄까.

상태? 상태라면 어떤 상태?

윤은 그걸 설명할 수 없었다. 심각하게 여기지도 않았다. 실은 문제라는 생각조차 하지 않았다. 요즘에는 비혼이 흔하지 않나. 사실 결혼 같은 제도는 대단히 인위적이고 부자연스러운 것이다. 그런 관계가 필수인 시대는 오래전에 지나갔다. 아니, 더 단순하게 말할 수도 있겠지. 누군가와 같이 사는 것이 번거롭게 느껴진다고.

주위 사람들은 이해하지 못했다. 말도 안 돼. 당신 같은 사람이 왜? 윤은 대답하지 않았다. 윤에게는 평균적인 남자들과 비교할 수 없는 재력과 권력이 있다. 소규모 컨설팅 업체지만 어쨌든 작은 세계의 오너이고 권력자다. 윤은 그것을 굳이 드러내려 하지 않았으며 감추려고도 하지 않았다.

진짜 권력자들은 권력을 과시하지 않는다. 그들은 그냥 그들의 자리에 있을 뿐이다. 그러면 주위가 저절로 움직인다. 권력은 권력자가 휘두르는 강제력의 이름이 아니라, 그가 주변 세계에 부여하는 보이지 않는 리듬의 이름이다. 리듬이라고? 그렇다. 주위를 밀물과 썰물처럼 규칙적으로 움직이게 만드는 리듬. 윤은 그것을 자각하고 있었다.

결혼도 마찬가지였다. 누군가를 만났을 때, 윤은 상대가 나를 사랑하는 게 아니라 돈이나 권력을 사랑하는 것 같다고 의심하는 유형이 아니었다. 그런 생각은 유치한 낭만주의에 불과하다. 재력도 권력도 매력의 일종이다. 구분되지 않는 것을 구분하는 건 소모적이다. 노골적인 사기가 아니라면, 진짜 사랑과 가짜 사랑이 따로 있지 않다. 그것들은 뒤섞여 있고 나뉘지 않는다.

소수 사이코패스를 제외한다면, 인간은 대개 거기서 거기다. 누구나 적당히 선량하고 적당히 사악하다. 사소한 정도 차이가 있을 뿐이다. 성선설이니 성악설이니 하는 건 중세 철학자들의 언어유희일 뿐. 누구나 적당히 이기적이며 적당히 이타적이다. 끊임없이 자신을 정당화하고 남의 인정을 갈구하고 그것으로 자기만족을 얻으면서 살아간다.

이런 것이 윤의 인간관이었다. 주위 사람들은 그런 윤의 생각을 냉소적이라고 평했지만 윤은 상관없다고 생각했다. 인간의 본질이니 실존이니 존재니 하는 헛소리들이 무슨 소용인가. 그런 헛소리들보다 중요한 것은 이런 것이다. 제도와 체계와 매뉴얼, 권력과 계급과 노동의 메커니즘. 그런 것을 작동시키기 위한 시스템의 구축……

∞

하지만 그녀를 만난 뒤 윤은 마음의 변화를 느꼈다. 마음의 표면이 가만히 일렁였다. 일렁이는 것을 어쩌지 못하고 그것을 물끄러미 바라보았다. 낯설고 당혹스러운 감정 상태였다. 이런 것은 내 경험 목록에 포함되어 있지 않은데…… 윤은 생각했다.

윤은 감정의 변화에 인색했다. 누가 마음에 든다거나 마음에 들지 않는다거나 하는 감정들을 가급적 배제했다. 주관적인 감정에 과도한 의미를 부여하는 것은 비합리적이며 에너지 낭비일 뿐이다. 직원이라면 업무 능력만을, 친구라면 유의미한 정보를 제공하는지 여부만을 판단의 기준으로 삼았다. 좋은 사람이니 나쁜 사람이니 하는 개념은 무시했다. 이런 태도가 인간에 대해 비관적이기 때문인지 낙관적이기 때문인지 알 수 없었다.

그녀를 처음 만난 것은 비즈니스 미팅에서였다. 의뢰인은 프랜차이즈 식당을 운영하는 업체의 오너로 전국에 백여 개에 달하는 분점을 거느리고 있었다. 그 가운데 열 군데는 직접 운영하고 나머지는 계약 관계로 연결돼 있었다.

자영업 분야는 과잉 공급 탓에 완연한 사양길이었다. 하지만 그렇기 때문에 오히려 컨설팅 수요가 많았다. 조기 퇴직자가 늘수록 자영업자도 늘어났다. 어떻게든 살아남으려고 발버둥 치는 이들이 많았다. 그들이 윤의 고객이 되었다.

윤은 잠시 생명을 연장할 수 있는 방향을 제시했다. 하지만 결과는 대개 신통치 않았다. 그건 윤의 컨설팅에 문제가 있어서가 아니라, 애초에 그곳이 피바다였기 때문이다. 서로 피를 흘리며 경쟁하다가 함께 죽어가는 곳.

윤은 평소처럼 비관적 전망을 기초로 의뢰인에게 연착륙 방안을 제시했다. 의뢰인은 육십대 중반에 자수성가한 실용주의자였다. 실용주의자라면 말이 통한다. 하지만 여전히 의욕 과잉 상태여서 윤의 연착륙 방안에 만족하지 못하는 표정이었다. 연착륙의 핵심 조건은 성장률에 대한 욕심과 기대를 줄이는 것이다. 분모를 줄여야 결과값이 증가한다. 이건 초등학교 산수다. 의뢰인은 산수에 능하지 않았다.

선우는 그 의뢰인의 비서였다. 그녀는 자료와 일정 문제로 몇 차례 연락을 하게 되면서 윤과 안면을 텄다. 대체로 무표정한 얼굴에 업무에 충실한 유형이었다. 불필요한 행동이나 말은 일절 없었다. 친절하지도 불친절하지도 않은 느낌. 자연스러우면서도 공기처럼 자기 존재를 드러내지 않는 사람. 하지만 그렇기 때문에 반드시 필요한 사람. 윤은 그녀에게 그런 느낌을 받았다. 그리고 바로 그 점이 마음에 들었다.

윤의 루틴은 단순했다. 아침에 출근을 한다. 사무실에 들어가자마자 옷을 벗어 두고 회전의자에 앉아 오늘의 일정을 확인한다. 직접 커피를 내려 손에 들고는 통유리창 밖의 도시를 바라본다. 텅 빈 시간을 보낸다. 그리고 잠시 후 일을 시작한다. 그

뿐이다.

그런데 마음속에 작은 바다가 들어선 느낌이었다. 수면이 일
렁였다. 잔잔한 파도가 밀려왔다가 멀어지는 게 느껴졌다. 나는
스무 살짜리 어린애가 아니다. 겪을 것은 모두 겪었다. 내 삶에
무엇이 필요하고 무엇이 불필요한지 잘 알고 있다. 감정의 일렁
임 같은 것에 휘둘릴 생각도 의지도 나에게는 없다. 소모적인
감정을 줄이고 적절히 컨트롤하는 것이야말로 지혜로운 삶이
아닌가. 기업 환경을 읽고 진단하는 컨설팅의 포인트가 바로 그
것이다. 불확실성과 외부 변수를 최대한 제어할 것. 그런데 이
건 무슨 꼴인가.

우스꽝스러운 기분이었다. 이런 감정은 확실히 영혼의 폭풍
우나 내면의 불길 같은 것은 아니다. 해변에 밀려왔다가 천천히
멀어지는 작은 파도라든가, 맑은 밤하늘에서 조금씩 늘어나는
별빛 같은 것에 가깝다. 아주 오래전에 그를 지나간 뒤에 영영
사라졌다고 느꼈던 감정.

윤이 그녀에게 접근한 것은 아니었다. 윤은 그냥 그 자리에
있었다. 그녀 역시 그냥 그 자리에 있었다. 윤과 마찬가지로 그
녀 역시 감정의 변화에 민감한 편은 아닌 것 같았다. 누군가에
게 쉽게 호감을 느끼지 않는 만큼 적의도 잘 느끼지 않는 유형.
단지 피해야 할 사람과 접근 가능한 사람만을 본능적으로 구분
하는.

한번은 그녀가 윤의 회사를 방문한 적이 있었다. 그녀는 높낮

이가 없는 목소리로 업무와 관련된 자료를 브리핑하고 윤에게 자료를 건넸다. 정갈한 단발. 소박하고 정적이며 어딘지 차가운 표정. 건조하고 중성적인 목소리. 브리핑의 내용은 들어오지 않고 그녀의 담담한 억양만이 윤의 귀로 흘러들어왔다가 빠져나갔다.

이런 적이 없었는데. 이 목소리를 어디서 들었더라. 분명 들어본 것 같은 목소리인데. 선우? 선우라…… 어쩐지 낯익은 이름이야…… 흔한 이름이어서 그렇겠지.

윤은 펜을 입에 물고 그녀를 물끄러미 바라보았다. 기억나는 것은 없었다. 선우…… 그냥 흔한 이름이어서가 아니다…… 아주 오래전에 정겹던…… 그런 이름이다. 멍하니 그녀를 바라보던 윤이 문득 질문을 던졌다.

어디서…… 저를 만난 적이 있던가요?

그녀는 윤을 바라보다가 간결하고 건조하게 답했다.

제가 기억하는 한 처음 뵙습니다.

윤은 잠시 침묵하다가 자료 쪽으로 시선을 돌리며 얼버무렸다.

그래요. 그렇군요. 그렇지요. 어쩐지 처음 본 것 같지 않아서.

말은 그렇게 했지만, 이렇게 강한 기시감에 사로잡혀본 적은 없었다. 낭패감이 마음속에 차올랐다. 기시감이라니. 데자뷔라니. 그런 건 뇌 구조의 약점 때문에 발생하는 게 아닌가.

인간은 처음 보는 대상을 대할 때 익숙한 프레임에 가두려고 한다. 머릿속에 완결돼 있는 체계를 적용해 대상을 장악하려 한다. 뇌가 편하게 느끼는 단어들로 대상을 덮어씌우는 것이다. 그것에 실패하면 본능적으로 거부감을 느끼고 '불편하다'라고 판단해버린다. 그런 것이 인간이다.

윤은 생각했다. 처음 보았으니까 나는 이 사람에 대해서 아무것도 모른다. 당연한 일이다. 일단 모른다는 것을 전제로 상대를 파악해야 한다. 비즈니스 파트너뿐 아니라 신입 사원 면접을 볼 때도 윤은 그런 자세를 견지했다. 면접 때의 얼굴은 가면일 뿐이다. 면접이 끝나고 문을 열고 나갈 때 문득 스쳐 가는 표정이 더 중요하다. 실은 호프집에서 친구를 만나 회사를 씹을 때의 표정이 더 '진짜'에 가까울 것이다. 물론 인생은 호프집에서 흘러가는 게 아니지만……

의뢰인은 그녀에 대해 이렇게 평했다. 어떤 일을 맡겨도 밤을 새워 완성해 옵니다. 거의 기계 같아요. 적재적소에서 적절한 말을 할 줄 알고 명민한 기억력을 갖고 있지요. 인풋과 아웃풋이 갈리는 지점을 정확히 파악합니다. 단점이라면, 무뚝뚝하고 어딘지 다른 세상에 사는 사람 같다고 할까……

의뢰인은 말끝을 흐렸다. 윤은 가만히 듣고 있다가 입을 열었다.

그게 단점인가요? 무뚝뚝하고 어딘지 다른 세상에 사는 사람 같다는 것이?

아, 꼭 단점이라기보다는……

윤이 말을 끊었다.

장점과 단점은 아주 가깝고 서로 뒤바뀌기 쉽죠.

의뢰인은 윤이 무슨 말을 하는지 이해하지 못한 듯했다.

제 말씀은 뭐, 일단 일을 잘한다는 겁니다. 밤을 새워서라도 일을 해 오는데 결과물이 깔끔해요.

의뢰인은 그렇게 정리했고 윤은 고개를 끄덕였다. 대화는 끊겼다.

윤은 한남동 집으로 돌아온 후에도 루틴을 지켰다. 샤워를 하고 바흐의 「평균율」을 켜두고 위스키잔을 든 채 소파에 앉아 창밖을 바라본다. 기하학적으로 도열해 있는 빌딩들이 보인다. 가로등과 자동차 후미등 들이 점점이 선을 이루고 있다. 무감각한 풍경이다. 그렇게 잠시 텅 빈 시간을 보낸 뒤에 내셔널지오그래픽 채널을 보다가 비틀스 공연 실황을 보다가 다큐멘터리 「우주의 신비」를 보다가……

윤은 텔레비전을 뮤트로 해버렸다. 무엇에도 집중할 수가 없구나. 저런 것들이 왜 다 재미가 없나. 그러다 윤은 생각났다는 듯 자리에서 일어섰다. 책장으로 가서 오래전에 읽던 소설 한 권을 뽑아 들었다.

그 소설은 연인을 잃은 사람의 이야기였다. 주인공은 연인이 떠난 뒤 예전에 연인과 여행했던 곳으로 여행을 떠난다. 이국의 여행지에 도착해서 홀로 밤하늘을 바라본다. 지루한 풍경 묘사에 지루한 내면 묘사가 겹쳐 있었다. 익숙한 분위기에 익숙한 스토리였다. 사랑을 잃은 사람의 고독한 여로형 스토리는 질릴

만큼 차고 넘치니까.

그런데 소설 마지막에 주인공은 이상한 광경을 보게 된다. 도시에서 멀고 외진 곳이었으므로 밤하늘에는 별들이 촘촘히 빛나고 있다. 그런데 어느 순간 하늘의 별들이 점점 늘어나는 것처럼 보인다. 은하수일까. 하지만 은하수가 저렇게 넓고 환한가. 주인공은 중얼거린다. 빛나는 점들이 밤하늘에서 천천히 쏟아지는 것 같다. 밤하늘은 별빛으로 가득해지고 가득해지다가……

이윽고 밤하늘 전체가 대낮처럼 환하다는 것을 깨닫는다. 이건 햇빛이 아니라 별빛인데. 별빛이 이렇게 환할 수 있나. 주인공은 중얼거린다. 대낮처럼 환한 밤하늘을 바라보며 주인공은…… 공포를 느낀다. 별다른 사건도 메시지도 없이 소설은 그것으로 끝난다. 그런데도 윤은 그 장면의 문장 하나하나를 모두 이해할 것 같은 착각에 빠졌다.

윤과 그녀가 결혼식을 올린 것은 그로부터 6개월 뒤였다.

7. 체스의 딜레마
— 윤호연, 2019

윤은 호텔을 나오자마자 담배를 피워 물었다. 안주머니에서 휴대전화를 꺼내 박에게 전화를 걸었다. 어제 하던 얘기를 마저 끝내야 했다. 방탄소년단의 댄스곡이 전화 저편에서 흘러나왔다.

박은 언제나 급하게 전화를 받고 급하게 반응하곤 했다. 여보세요? 하고 통화를 시작해서 상대의 말을 기다리는 것은 박의 스타일이 아니다. 화면에 이름이 뜨는데 왜 여보세요 같은 헛소리를 붙여야 하나? 박은 큰 목소리로 그렇게 말하곤 했다. 여기를 보라는 뜻인가? 당신이 나의 여보라는 뜻인가?

박은 그런 썰렁한 개그를 하고 호탕하게 웃기를 좋아했다. 박의 장점은 좌중에 어색한 침묵이 맴도는 적절한 타이밍에 화제를 내놓는다는 것이었고, 단점은 그 화제가 대개 재미없고 썰렁한 농담이라는 점이었다.

신호가 오래가고 있었다. 안 받나, 이 자식이. 윤이 그렇게 생각하는 순간, 음악이 툭 끊어지고 다짜고짜 박의 목소리가 튀어나왔다.

"윤 사장, 일이 꼬였어."

"꼬이다니?"

"저쪽이 태업을 풀기는 했는데,"

윤은 미간에 힘을 주었다. 저쪽이라…… 태업이라…… 박은 지금 새로 인수한 공장에 대해 말하고 있는 것이다.

외국인 노동자들이 태업을 하고 공장 앞에서 1인 시위를 하는 통에 박은 꽤 오래 속을 끓이고 있었다. 시민운동 단체들이 개입하기 시작하고 신문에 기사가 나면서 문제가 커지고 있었다. 윤도 문제의 심각성을 알고 있었다. 그게 어제 술자리의 아이템이었으니까.

박이 말했다.

"……일이 좀 이상한 데로 가는 것 같다."

"무슨 말이야, 그게."

"별게 아니라면 별게 아닌데…… 어쨌든 만나서 얘기하자."

전화 저편에서 박이 숨을 골랐다. 용건을 유예하다니. 평소의 그답지 않았다.

"아니, 또 다른 문제가 있다는 건가? 일단 무슨 일인지 말을……"

"이따 잠깐 들를게. 윤 사장 요즘 매일 마시는 것 같던데, 숙취는 어때?"

"아, 지금 중요한가 그게."

"젊었을 때는 윤 사장, 술을 못했는데 말이야. 많이 늘었어. 그치?"

박은 그렇게 눙치며 웃었다. 하지만 웃음에 힘이 없었다. 박처럼 활달한 사람도 트러블이 생기면 어쩔 수 없는 듯했다. 언젠가 박은 자기처럼 스트레이트한 사람이 스트레스도 많다고 썰렁한 농담을 한 적이 있었다. 그는 확실히 스트레스에 짓눌려 있는 듯했다.

박이 전화 저편에서 맥없이 웃는 바람에 윤은 더 침울해졌다. 박과 윤은 대학 동기였지만 그리 친한 사이는 아니었다. 윤은 문과 출신으로 경영학을 복수전공한 후 경영대학원을 다녔고, 그건 박도 마찬가지였다. 학부 때 동아리 활동을 잠깐 같이했다는 것, 대학원 때 수업을 같이 들은 적이 있다는 것 정도를 제외하면, 인간적으로는 거리가 있었다. 스터디를 같이한 적도 없고 팀플을 한 적도 없으며 졸업 후 개인적으로 만난 일도 없었다.

윤이 기억하는 것은 박의 왼쪽 뺨이 특이한 모양으로 파인다는 것 정도였다. 그가 웃을 때면 뺨에 우물 정(井) 자 또는 만(卍) 자 비슷한 것이 새겨졌다. 보조개와 비슷했지만 보조개라고 하기에는 묘한 문양이었다. 문양은 일부러 새긴 것처럼 보이기까지 했는데, 윤에게는 그게 기이한 인상으로 남아 있었다.

박을 다시 만난 것은 몇 해 전 교회에서였다. 다양한 유형의 조 모임이 활성화돼 있는 중형 교회였다. 윤이 오랜만에 조 모임에 참석했는데 거기 박이 있었다. 담임 목사는 그 모임을 '리더 셀'이라고 불렀다. 사회 활동이 활발한 중년 성도들의 모임이기도 했지만, 무엇보다도 교회 발전에 경제적으로 기여하는 그룹이기도 했다. 고급 일식당 사장도, 크리스천 상조회 회장도, 모 대기업 이사도 모습을 보였다. 거래선이라든가 인적 네트워크 확보를 위해서 나오는 이들도 있었지만, 다 그렇다고 할 수는 없었다. 진심으로 영혼의 안식을 구하는 사람도 한두 사람 정도는 있겠지. 윤은 자신이 그 가운데 하나라고 생각했다. 영혼의 안식…… 그런 게 있다면 말이지만.

그 모임에 신입으로 들어온 박을 만났을 때, 윤은 반사적으로 그의 왼쪽 뺨을 보았다. 웃고 있는데도 뺨이 패지 않았다. 우물 정 자가 없었다. 이 사람이 그 사람이 맞는가. 윤은 잠시 헷갈렸다. 우물 정 자랄까 만 자가 없는 박은 박이 아니다. 박이 먼저 윤에게 말을 걸어오지 않았더라면 이 사람을 그 사람이라고 확신하지 못했을 것이었다.

박은 아버지의 사업체를 물려받았다고 했다. 다양한 생활용품을 들여와 국내에 공급하는 수입 유통업체였다. 대체로 중저가 아이템들을 동남아나 중국에서 OEM으로 들여왔는데, 자신의 국적이 호주라는 게 큰 장점이라고 했다. 그 바닥에서는 나름 승승장구하는 모양이었다.

재회 이후 윤은 박과 여러 차례 폭탄주를 마셨다. 대학 동기인 데다가 비즈니스 차원에서도 꽤 도움이 될 만한 파트너였다. 박은 말이 많은 편이고 말할 때마다 사소한 과장과 자기과시를 깔고 가는 스타일이었지만, 그렇다고 맥락 없이 들이미는 유형은 아니었다. 문득 표정이 진지해질 때는 다른 사람을 보는 것 같았으니까.

요컨대 비즈니스 차원에서 교유하기에 나쁘지 않은 상대라는 뜻이었다. 이런 관계는 특별히 실수나 오버를 하지 않는 이상 파탄에 이르지 않는다. 감정이 개입하지 않기 때문이다. 물론 적절한 수익 모델이 뒤를 받쳐준다는 전제하에서.

최근 바로 그 전제가 흔들리기 시작했다. 박은 윤의 의견을 무시하고 서울 북부 외곽에 위치한 소규모 공장을 인수했다. 주로 소형 전자제품을 만들어 납품하는 곳이었다. 멀티탭도 만들고 형광등도 만들고 소형 충전기도 생산했다. 그는 했던 얘기를 반복했다. 이젠 중국이나 베트남 쪽도 인건비가 그리 싸지 않다고. 차라리 한국이 나아. 운송비가 줄어서 큰 차이가 없다니까.

박은 유통 루트를 확보하고 있으니 고민할 게 없다고 판단한 모양이었다. 운송비 절감에 더해서 값싼 외국인 노동력을 최대한 활용하면 국내 공장으로도 충분히 승산이 있다고 했다.

사실 R&D 비용이 필요 없을 만큼 기존 제품의 매출 현황이 나쁘지 않았다. 게다가 더 중요한 유인 요소가 있었다. 부동산이었다. 공장이 차지하고 있는 부지에 타이밍을 봐서 빌딩을 올리면…… 향후 자산 가치 상승 요인이 꽤 있어 보였다.

'동업자'라고는 했지만 그건 박이 윤을 끌어들이기 위해 쓴 표현에 불과했다. 윤은 일부 지분을 가진 투자자일 뿐이었고 중요한 결정권은 박이 갖고 있었다. 박은 윤과는 스타일이 달랐다. 정치권에서 흘러나온 희귀 정보와 직감을 믿는 스타일이었다.

그에 비해 윤은 내부 포트폴리오를 우선시했다. 컨설팅 때마다 윤이 강조하는 것은 법인세 절세 같은 상투적인 옵션이 아니었다. 선택과 집중. 인건비를 줄이고 리스크를 최소화할 것. 강력한 의지를 갖고 잔가지들을 쳐낼 것. 생산업체가 유통을 넘보지 말고 유통업체가 생산을 넘보지 말 것. 하지만 한번 시작하면 끝을 볼 것…… 등등. 그건 기업 운영에서뿐 아니라 인간관계에서도 마찬가지로 적용되었다.

하지만 박은 유통에서 시작해 생산 쪽까지 손을 뻗고 있었다. 박이 인수하려는 공장은 통계 수치만으로도 위험 요소들이 많아 보였다. 설비 노후화가 심각했고, 매출에 비해 인건비 비중이 높았으며, 관련 아이템의 변화 속도를 염두에 둘 때 언제든 도태될 가능성이 있었다. 박은 그래도 위험 요소보다 유인 요소가 더 크다고 주장했다. 윤이 도출한 부정적 수치들을 받아들이지 않았다. 폭탄주를 마시고 취한 상태로 설교까지 늘어놓았다.

이봐, 체스의 딜레마라고 아나? 예전에 카스파로프라는 체스 고수가 있었어. 90년대에 IBM 컴퓨터하고 맞짱을 떴지. 이세돌하고 알파고가 바둑 두듯이 체스 경기를 한 거야. IBM 컴퓨터는 당시 초기 단계여서 문제가 많았잖아. 다 이겨놓고 막판에 엉뚱한 수를 두기 일쑤였어. 아직 그 수준이었던 거지. 카스파로프 쪽이 어렵지 않게 잡을 수 있는 판이었다. 그런데 정작 패한 건 카스파로프였다. 왜?

박은 윤의 굳은 표정을 바라보고 있다가 말을 이었다.

IBM의 엉뚱한 수를…… 카스파로프가 완벽한 한 수로 가정한 거야. 카스파로프는 상대가 둔 한 수의 의미를 복합적으로 고려하고 다방면으로 해석했지. 과잉 해석에 과잉 계산이라고나 할까. 상대의 엉뚱하고 우연한 수를 의미심장한 필연의 수로 가정하고 머리에 쥐가 날 때까지 고민한 후 대응했는데…… 그게 악수 중의 악수였던 것이다!

박은 거기서 말을 멈추었다가 의기양양하게 덧붙였다.

시장이란 건 그런 체스 경기와 비슷해. 제법 정교해 보이지만 허점과 우연이 예측 불가능하게 뒤섞여 있지. 그런데 바로 그게 자본주의의 위대함 아닌가? 오늘날 자본주의 시장만큼 인생을 닮은 게 있나?

박은 말을 멈추고 윤을 바라보았다. 윤은 어이없다는 표정을 짓고 있었다. 지금 나한테 자본주의 강의를 하려고 하나. 누가 누구를 컨설팅하는 것인지 모르겠군. 체스 챔피언까지 끌고 들어와서 낸 결론이 겨우 우연과 직감의 옹호라니. 이건 내 통계 수치와 컨설팅 감각을 신뢰하지 못하겠다는 거 아닌가.

윤은 대꾸하지 않았다. 반응이 시원치 않지 박이 다시 입을 열었다.

옛날 외화 중에 〈X 파일〉이라고 있었잖나. 멀더와 스컬리 말이야. 난 직관적인 멀더고 자네는 이성적인 스컬리야. 멀더가 스컬리에게 하는 말이 있지. 직관적인 멀더가 언제나 옳지만, 그래도 멀더에게는 이성적인 스컬리가 필요하다. 나한테는 자네가 필요하다. 오케이?

박이 웃었다. 윤도 따라 웃었다. 헛헛한 웃음이었다. 윤은 그런 정도의 말을 듣고 불쾌감을 느끼는 편은 아니었다. 아직도 멀더와 스컬리 같은 나이브한 이분법을 믿다니…… 그런 건 대학 신입생들한테나 통하는 얘기가 아닌가……라고 생각했을 뿐이었다.

8. 람페는 잊어야 한다
— 도현도, 1999

도는 동물병원에 가지 않았다. 대신 람페의 시신을 가방에 담아 가까운 산에 올랐다. 대학가 빌라촌과 공장 지대 사이에 위치한 야산이었다. 인적이 없는 곳을 찾아 헤맸다. 길이 끊어지고 소나무들이 그늘을 만든 곳에 멈추었다. 도는 작은 구덩이를 팠다. 람페를 구덩이에 눕히고 오래 바라보았다. 잠이라도 든 듯 람페는 움직이지 않았다. 람페의 몸 위에 흙을 뿌렸다.

산을 내려오니 이미 어두워진 뒤였다. 겨울밤이었고, 연말이었으며, 세기말이었다. 집에 돌아와서 도는 목욕을 했다. 군데군데 타일이 깨진 좁은 욕실에 서서 샤워기를 강하게 틀었다. 샴푸를 하고 비누를 온몸에 칠했다. 겨드랑이와 사타구니를 씻고 손과 발을 꼼꼼히 닦았다. 산에서 묻어 온 흙 몇 점이 몸에서 떨어져 배수구로 사라졌다.

도는 쏟아지는 물에 얼굴을 댔다. 가만히 서 있었다. 람페의 몸에 흙을 끼얹을 때의 느낌이 선명했다. 람페를 잊어야 한다. 람페를 잊어야 한다. 람페를 잊어야 한다. 람페를……

근대철학 강사가 생각났다. 칸트를 전공했다는 그는 평생 똑같은 일을 하다가 죽어도 아쉬워하지 않을 것 같은 얼굴로 강의를 했다. 일본 만화에 나오는 샐러리맨 같은 인상. 재미도 흥미도 의욕도 없는 인생을 잘도 참아낼 것 같은 표정. 어쩐지 칸트와 잘 어울리는.

람페는 철학자 이마누엘 칸트의 하인 이름이라고 했다. 칸트는 기계 같은 생활 리듬을 가진 사람으로 유명했다. 새벽 5시 정각에 하인 람페가 칸트를 깨운다. 깨어난 칸트는 차를 두 잔 마시고 파이프 담배를 피우며 잠시 명상에 잠긴다. 두 시간 동안 정신을 집중해 글을 쓰고 강의 준비를 하고 출근을 한다. 11시에 오전 강의를 마친 뒤 오후 1시까지 다시 글을 쓴다. 1시 이후에는 지인들과 담소를 나누며 3시간 동안이나 점심 식사를 한다. 그리고 정확하게 오후 4시가 되어 산책을 나간다. 그 유명한 칸트의 산책이다. 산책에서 돌아와서는 저녁을 거르고 가벼운 책을 읽은 뒤 밤 10시 정각에 잠자리에 든다.

칸트의 엄격한 생활 리듬은 늙은 하인 람페가 없으면 불가능한 것이었다. 람페는 군인 출신의 충직한 사람이었으나 말년에는 알코올중독자가 된다. 나이가 든 뒤에는 술기운에 꾸벅꾸벅

조는 일이 잦았고, 칸트의 기상 시간과 산책 시간을 놓치기 일쑤였다. 칸트는 자신의 루틴이 깨지는 것을 참지 못했다. 결국 그는 40여 년 동안이나 자신을 돌보아온 하인 람페를 해고한다.

주인이 해고를 통보했을 때 늙은 람페는 칸트의 얼굴을 멍하니 바라보았다. 무슨 일이 일어났는지 모르겠다는 표정이었다. 약간의 시간이 더 흐른 후에야 람페는 방금 자신이 들은 말을 이해했다. 거의 일생이라고 해도 좋을 시간 동안 보필했던 사람이, 이제 떠나라고 말하고 있구나. 그런 것이구나. 그렇구나. 람페는 얼마 안 되는 짐을 챙겨 순순히 칸트를 떠났다. 무표정한 얼굴이었다.

람페가 떠난 뒤 칸트의 생활은 뒤죽박죽이 되었다. 주인은 모든 면에서 노예에게 의지한다. 주인이란 노예의 노예일 뿐이다. 새로 하인을 들였지만 젊은 하인들은 말이 많고 매사에 동작이 컸다. 그들은 람페처럼 없는 듯 있는 듯하지 않았다. 그들은 명확하게 존재했다. 칸트는 적응할 수 없었다. 공기 같은 사람이 절실했다. 람페의 빈자리는 점점 더 커져만 갔다. 얼마 지나지 않아 칸트는 람페를 해고한 것을 후회하게 된다. 이미 돌이킬 수 없었다.

람페를 잊기 위해 그는 자신의 방에 다음과 같은 경고문을 붙여놓는다.

람페는 잊어야 한다.

칸트는 자신이 붙여놓은 경고문을 보고 또 보았다. 람페를 잊기 위해서. 람페를 잊어야 한다고 적힌 글귀를. 물론 칸트는 람페를 잊지 못한다. 잊으려 했다는 바로 그 이유 때문에.

칸트는 그로부터 채 2년을 살지 못하고 죽었다. 근대철학 강사는 교실 천장에 시선을 두고 말했다.

우리 삶은 그런 딜레마로 가득합니다. 람페는 잊어야 한다고 적어놓은 칸트의 메모 같은 딜레마 말입니다. 떠난 연인을 잊기 위해 노력하는 사람을 떠올려보세요. 잊고 싶기 때문에 잊지 못하는 인생 말입니다.

강사는 학생들을 둘러보며 천천히 말을 이었다.

우리는 지금도 칸트의 입장에서 람페를 얘기합니다. 하지만 칸트가 아니라 람페의 입장에서 모든 이야기를 다시 쓴다면 어떨까요? 칸트의 이야기와는 전혀 다른 새로운 이야기가 만들어지겠지요. 역사는 그런 것입니다. 노예와 주인을 바꿔보고, 여성과 남성을 바꿔보고, 흑인과 백인을 바꿔보고, 미래와 과거를 바꿔보고, 그렇게 바꾸어서 다른 서사를 만드는 것이죠.

강사는 그것이 새로운 사유의 출발점이라고 말했다.

도는 람페를 고양이의 이름으로 삼았다.

∞

람페는 처음에 도의 집 앞 계단에서 발견되었다. 반지하 원룸으로 내려가는 계단이었다. 낯선 고양이 한 마리가 현관 앞에 웅크리고 있었다.

고양이다. 노란 얼룩무늬네. 어디서나 볼 수 있는 흔한 종류. 하지만 귀여워. 눈이 까맣고.

도는 생각했다.

키우고 싶다. 외롭지 않을 거야. 같이 사는 생물이 있다면.

도는 또 생각했다.

하지만 내가 이 생물을 어떻게 키우나. 이 생물이 나를 키우겠지.

도는 중얼거리며 혼자 웃었다.

정말이지 키울 생각은 없었다. 한두 번 집 안으로 들여 참치 캔을 따 주었을 뿐이다. 하지만 그 후로 고양이는 자주 집을 방문했다. 열어둔 쪽창으로 사라졌다가 다시 쪽창을 통해 돌아오곤 했다. 고양이는 도의 집이 주거지인 것처럼 정기적으로 출입을 시작했다.

외출하는 고양이들이 있다더니, 그런 녀석인가.

도는 아무것도 정하지 않았다. 고양이가 스스로 정한 것 같았다. 도가 고양이를 선택한 것이 아니라 고양이가 도를 선택한 셈이었다. 그게 좋았다.

도가 우울할 때 람페는 체셔 고양이처럼 스르르 나타났다가 기력을 되찾으면 스르르 사라졌다. 아, 오늘은 람페가 와 있겠구나. 그렇게 생각하면 람페는 집에 들어와 있었다. 오늘은 어쩐지 람페가 오지 않을 것 같아. *그렇게 생각하면 집은 텅 비어 있었*

다. 도가 아침에 깨어났을 때 이불 속에 낯선 것이 잠들어 있기도 했다. 람페였다. 이불 속이 비어 있으면 어딘지 허전했다.

꿈에 고양이가 나왔었는데……

도는 중얼거리곤 했다. 람페는 도의 꿈속을 드나드는 이상한 생물 같았다.

∞

삐익 삐익 삐익.

진자음이 집 안을 채웠다. 정각 9시였다. 잠이 덜 깬 표정으로 시간을 확인한 후 도는 몸을 일으켰다. 딱…… 9시네. 9시가 되기를 문 앞에서 기다렸다가 초인종을 누르지 않는 한 이럴 수는 없다. 도는 현관으로 나가며 생각했다.

엊그제 방문했던 채권추심인이 똑같은 표정에 똑같은 점퍼를 입고 현관 앞에 서 있었다. 도는 화가 난다기보다는 침울한 느낌에 사로잡혔다.

이건 무슨 경우인가. 이 사람은 왜 나를 괴롭히는가. 아니…… 이 사람은 단지 공무원처럼 일을 하고 있을 뿐이다. 뭔가 서류에 이상이 있는 것이다. 행정적 실수인 것이다. 그런 것은 바로잡으면 된다. 하지만……

생각이 엉켰다. 채권추심인이 건조한 목소리로 용건을 말하기 시작했다. 엊그제보다 더 사무적인 어조였지만 내용은 같았다. 도현도 씨는 채무가 있으며 이를 갚지 않으면 집과 자산을 압류당하게 된다, 이것은 법이고 제도이다, 법과 제도를 잘 지키는 것이 시민의 도리이다 운운.

도는 방문자가 하는 말을 끝까지 들었다. 그리고 잠시만요,라고 말한 후 천천히 집 안으로 들어가 주민등록증을 가져왔다. 방문자에게 주민등록증을 내밀었다.

"자, 보세요. 다시 말하지만, 저는 도현도이고 여기 이렇게 주민등록증이 있습니다, 주민등록증에 이름과 사진이 있습니다. 확인을, 확인을 해보십쇼."

도는 차분하게 또박또박 말하려고 했지만 뒤로 갈수록 톤이 조금씩 높아졌다. 두세 마디를 덧붙이면 소리를 지르게 될지도 몰랐다. 남자는 도가 내민 주민등록증을 꼼꼼히 확인하더니 고개를 갸웃거렸다.

"주민등록번호는 맞는데, 자기가 아니다. 주민등록번호는 같은데, 자기가 아니다. 이럴 수가 있나?"

남자의 말에 도는 멍청한 표정으로 그를 바라보았다.

"주민등록번호가 맞는데 자기가 아니라고요? 자기가 누굽니까? 내가 자기입니까? 자기가 나라는 말입니까?"

아아, 내가 지금 무슨 이야기를 하고 있나. 도는 말을 멈추고 심호흡을 했다.

"나는 채무자가 아니에요. 누군가 내 이름을 도용하고 있는 게 틀림없어요. 이럴 수가 있냐고요? 그건 내가 하고 싶은 말입니다. 이럴 수가 있습니까?"

도는 조금씩 언성을 높였다. 방문자는 별다른 대구 없이 서류철을 훑어보더니 입을 열었다.

"이럴 수가 있고요, 이럴 수가 있습니다. 이런 경우가 정말 있다는 것이지요. 채무에 대해서는 사실관계 입증이 어렵지 않으니까요."

"뭐라고요?"

"중요한 건 이름이 아니라 번호입니다. 번호."

"이봐요, 아저씨, 나는 빚을 진 적이 없어요."

"잘 생각해보세요. 잘 알아보세요. 부모라든가 형제라든가 하는 사람들에 대해서. 그들이 도현도 씨 앞으로 빚을 달아놨다거나…… 빚을 달아놨는데 자기가 채무 상속 포기를 안 했을 수도 있고…… 채무 상속 포기 같은 건 3개월 이내에 해야 하거든요. 법적으로, 법적으로 말입니다. 그것도 아니면 예전에 빚을 져놓고 자기도 모르게 잊었다거나…… 무슨 보증서 같은 데 사인을 한 것을 잊었다거나…… 연대채무라는 건 그런 식으로 발생하니까요. 잘 생각해보세요. 생각을 잘해야 합니다. 생각이, 생각이 무엇보다 중요한 것이거든요."

채권이니 경매니 재산 가압류니 하는 단어들이 남자의 입에서 튀어나왔다. 도는 웃음을 참지 못했다. 이분이 지금 무슨 말을 하는 건가…… 연대채무라니, 나는 그런 것을 모른다. 나는 이 집 보증금과 몇 푼 안 되는 예금밖에 없는 사람이다…… 그

따위를 압류한들 아무런 도움이 안 될 것이다……

도는 그렇게 말하려다가 입을 다물었다. 문득 엉뚱한 생각이 떠올랐다. 누군가 내 주민등록번호를 도용하거나 위조해서 돈을 빌렸다면? 도는 그런 의문을 입 밖으로 내뱉지 못했다. 상대가 먼저 이렇게 말했기 때문이다.

"혹시 누군가 자기 주민등록번호를 위조해서 쓴 게 아닐까?"

채권추심인은 그렇게 말하며 도를 바라보았다. 도 역시 그를 바라보았다. 잠시의 침묵이 지나간 뒤, 생각났다는 듯 밝은 표정이 되어 그가 말했다.

"혹시, 자기는 장래 희망이 뭡니까?"

도는 뭔가 잘못 들었다고 생각했다. 고개를 갸우뚱 기울였다.

"네? 장래 희망이요?"

"네, 장래 희망. 공무원이라든가 은행원이라든가 그런 것 있지 않습니까. 무슨 회사 사장님이라든가……"

"사장님이요? 공무원? 은행원?"

도는 어이가 없어 웃음이 나왔다.

"그런데 아저씨, 내가 왜 아저씨한테 장래 희망을 말해야 합니까?"

도는 이렇게 말할 참이었다. 나는 당신과 이런 대화를 나눌 필요가 없다, 당신은 지금 무고한 사람을 괴롭히고 있는 것이다……

"그래도 자기는 장래 희망을 말하는 편이 좋습니다. 왜냐하면……"

상대는 말을 끊었다가 입을 열었다. 원래 어눌한 어투였는데, 갑작스레 달변의 문장이 그의 입에서 흘러나왔다. 마치 연설이라도 하는 사람처럼.

"……결국 신용이거든요. 신용이란 무엇인가. 그것은 미래라는 것이지요. 당신이 빈털터리라고 해도, 신용이 있으면 미래가 생긴다는 것이지요. 실제로는 돈이 없어도 좋아요. 신용만 있으면 뭐든 가능합니다. 그것이 우리 사회의 장점이지요. 장점. 장점. 엄청난 장점이지요. 실제로 생산을 하느냐 안 하느냐는 그다음 문제인 것입니다. 금융이란 그런 것이지요. 그런 것이 금융이기 때문에……"

남자가 갑자기 말을 멈추고 도를 바라보면서 결론을 내리듯 말했다.

"……미래가 만들어지는 것입니다."

도와 남자 사이에 침묵이 흘렀다. 두 사람은 서로를 물끄러미 바라보았다. 남자가 다시 입을 열었다.

"그런데 지금은 자기와 더 얘기해봐야 의미가 없을 것 같군요. 생각할 시간을 드리겠습니다. 생각이, 생각이 중요하니까요. 곧 다시 연락드리겠습니다."

남자는 그렇게 말하고는 휙, 몸을 돌려 계단을 올라갔다.

"아니, 이보세요, 아저씨!"

도는 꿈에서 깨어나듯 정신을 차렸다. 다급히 남자를 불렀지만 그는 이미 계단을 올라간 뒤였다. 그의 그림자가 도의 얼굴을 덮었다가 스르르 사라지는 것을, 도 자신은 눈치채지 못했다.

∞

채권추심인은 그 후로도 두 번이나 더 전화를 걸어왔다. 두 번 모두 자정이 가까운 시간이었다.

도는 전화벨 소리에 깜짝깜짝 놀랐다. 늦게 전화를 드려서 죄송하다고, 긴급하게 확인해야 할 게 있어서 어쩔 수 없었다고, 상대는 정중하지만 기계 같은 목소리로 말했다. 그리고 다시 도의 나이와 주소와 주민등록번호가 맞는지 물었다.

"아니, 저기요. 아저씨. 지금 시간이 몇 신지 아세요?"

"아, 죄송합니다. 저희 업체가 작년에 처음 생겼거든요. 지금은 전국 여기저기에 대행업체가 생기고 있습니다. 부실채권이 워낙 많아져서 말이죠. 구제금융 시대에 세기말 아닙니까. 세기말이면 종말에 가깝다는 것이지요. 저희 업체 일이라는 게 원래 좀 그렇습니다. 이해해주시기 바랍니다."

도는 알 수 없었다. 업체가 새로 생겼다느니 대행업체라느니 부실채권이라느니…… 그런 게 다 무슨 소용이라는 말인가. 그런 것은 나와는 아무런 관계가 없는 일이 아닌가.

하지만 도는 어쩐지 이 전화를 막을 수 없다는 생각이 들었다. 세기말이라서가 아니다. 불한당처럼 무뢰한처럼 걸려오는 이 전화를 받지 않을 도리가 없구나. 그런 이상한 느낌이었다.

목이 조여오는 듯해서 도는 괜히 목덜미를 쓸었다.

도는 수화기에 대고 반복해서 말했다. 강경한 어조로 말하려고 노력했다. 내 이름은 도현도이다. 빚을 진 적이 없는 도현도이다. 대학생이 무슨 빚을 지겠는가. 윤호연이라는 사람은 모르는 사람이다, 그 사람에게 알아보라. 나는 이미 주민등록증까지 보여주고 말을 다 하지 않았는가……

상대는 잠시 침묵한 후에 입을 열었다.

"우리 업체가 생겼을 때부터 일을 해왔지만, 이런 경우는 처음이군요. 하지만 뭔가 방법이 있을 겁니다."

"방법이요?"

"네, 방법이죠. 방법입니다. 방법이란……"

채권추심인은 뭔가 더 말할 것처럼 말꼬리를 길게 늘였다.

"……우리는 내용증명 같은 것은 보내지 않습니다. 생략합니다. 다 고객을 위한 배려죠."

"내용증명이요? 그게 뭡니까? 무슨 내용을 증명한다는 거죠? 배려라니 대체 누구를…… 왜……"

도는 정말 몰라서 묻는 것이었지만 상대는 도의 말을 끊었다. 책을 읽는 듯한 목소리였다.

"우리는 채무자분의 가족에게까지 채무 사실을 알리지 않습니다. 직장이나 가정까지 찾아가서 행패를 부리지 않습니다. 채무자분들을 이리로 모셔 와서 위협이나 다구리를 한다든가…… 다구리…… 다구리란…… 왜 영화에 그런 장면들이 나오지 않습니까? 구두를 신은 채로 집에 쳐들어가서 막 때려 부수고 욕을 하고 폭행을 하고 딱지를 붙이고…… 우리는 그런 걸 하지 않는다, 그런 말씀입니다. 지금은 21세기가 아닙니까?"

"지금 대체 무슨 소리를 하는 겁니까? 다구리라니, 딱지라니, 그게 다 무슨 말입니까……"

도가 전화기에 대고 외치자 상대는 한숨을 쉬면서 작은 목소리로 대꾸했다.

"아무래도 직접 나오셔서 확인을 하고 조치를 취하는 게 좋겠군요."

"확인이요? 조치요? 직접 나오라고요?"

"네, 직접 나오셔서 말입니다. 이것은 아무래도 신용의 문제니까요. 정상적인 사회와 제도의 일이니까요. 통지서는 다른 부서를 통해서 곧 보내도록 하겠습니다."

"아니, 통지서라니, 이건 또 무슨…… 이봐요."

도가 그렇게 말하자마자 전화가 툭, 끊겼다. 뚜. 뚜. 뚜. 신호가 울렸다. 도는 멍하니 수화기를 내려놓았다.

도는 중얼거렸다. 이 아저씨가…… 대체 지금 무슨 장난을…… 21세기가 되려면 아직 일주일이나 남았는데……

도는 손을 뻗어 전화기 코드를 뽑았다. 이제 이런 전화는 받고 싶지 않다. 이따위 전화를 받느니 전화를 없애버리겠다. 나는 잠들고 싶다. 잠들고 싶다.

도는 저녁에 수면제 두 알을 삼켰는데 이제야 약 기운이 올라오는 느낌이었다. 의약분업이니 뭐니 해서 다음부터는 병원에 가서 처방전을 받아 와야 약을 준다고 했다. 빌어먹을. 귀찮은데. 약 하나 받으려고 병원도 가고 약국도 가야 하다니. 진료는 의사에게 약은 약사에게…… 그래도…… 하지만……

그런 생각을 하는 와중에도 몸이 가라앉는 느낌이었다. 이 사람…… 채권추심인…… 어디서 많이 본 듯하다. 그런데 어디서 보았더라. 약 기운 탓일까. 아무래도 자신에게 채무가 있는 모양이라는 생각이 들었다. 윤호연이라는 사람에게도 채무가 있는 모양이고…… 나에게도 채무가 있는 모양이지…… 그런 생각이 들었다. 생각해보면 정말 빚을 진 것도 같았다. 언제, 누구에게, 왜 그랬는지는 알 수 없지만, 인생이란 알 수 없는 것이기 때문에…… 아니, 그런데 내가 왜 이런 어이없는 생각을…… 아니다. 가능하다. 다른 여자와 사는 아버지라든가…… 한 번도 본 적이 없는 먼 친척이라든가…… 어쨌든 누군가 나에게 빚을 떠넘길 수도 있는 것이 아닌가…… 아니면 정말 내가…… 내 이름은 원래 도현도가 아니었나…… 도현도가 아니라면…… 나는 누군가……

잠기운이 온몸에 퍼지는 걸 느끼며 도는 힘없이 중얼거렸다.

9. 골목에서 골목으로
— 도현도, 1999

그 겨울, 도는 궁지에 몰려 있었다. 채권추심인의 전화를 받고 며칠 후, 다시 통지서가 날아왔기 때문만은 아니었다. 람페가 영영 도의 곁을 떠났기 때문만도 아니었다. 불행은 예의 바르게 찾아오는 손님이 아니다. 여름이나 겨울처럼 정기적으로 오는 것도 아니다. 그것은 갑자기 온다. 무리 지어 온다. 무뢰한처럼. 불한당처럼.

도는 원룸에서 깨어났다. 태양은 정점에 올라 있었다. 전날 마신 술 탓에 두통이 느껴졌다. 바닥에서 찬 기운이 올라왔다. 람페의 굳은 몸이 떠올랐다. 채권추심인의 무표정한 얼굴이 떠올랐다. 12월이었고, 연말이었으며, 세기말이었다.

어제가 마치 전생 같구나. 내일이 먼 미래 같구나. 도는 중얼

거렸다. 한겨울인데 몸속 깊은 곳에서 냉기가 느껴졌다. 땀을
흘린 후 씻지 않고 잠든 기분이었다. 좋지 않은 느낌이 도를 감
싸고 있었다. 아플 모양이네. 아니, 이미 아픈 것 같다. 몸살 감
기 독감 전염병…… 콜레라 장티푸스 말라리아 바이러스……
그런 것에 시달리는 것 같다. 도는 다시 이불을 뒤집어썼다.

어제 송년회는 특별했다. 10여 명 남짓의 해변전우회 멤버들
이 단골 주점에 모였다. 송년회였고, 20세기가 저물고 있었으며,
곧 새로운 세기가 도래할 것이었다. 멤버들은 맥이 풀려 있었다.
영어 회화고 취업 정보고 관심을 보이지 않았다. 뭘 어떻게든 노
력을 한다는 게 무의미하게 느껴졌다. 세상이 곧 격변을 일으킬
것 같았다. 뭘 해도 안 될 것 같은 기분에 사로잡혀 있었다.

취기가 돌자 당연하다는 듯 신세 한탄이 이어졌다.

취업률이 50퍼센트로 회복세라던데 우리는 왜 이러냐.

문과라서 그렇지 뭘.

IMF 전만 해도 이렇지 않았다던데……

그래도 우리 과에는 자리 잡은 애들이 좀 있던데?

그 새끼는 공부도 안 했는데 잘됐더라고. 하하.

앞으로는 나아지겠지. 그래도 21세기 아니냐.

무기력한 대화의 와중에 문득 침묵이 끼어들었다. 그때 멍하니
앉아 고양이처럼 졸고 있던 도가 갑자기 고개를 들고 소리쳤다.

무슨 소리야! 이제 더 나빠지지! 10년 20년 지나면 더 나빠
지지!

모두들 도를 바라보았다. 도는 화들짝 놀란 듯 자기 손으로 입을 막았다. 졸다가 왜 갑자기 소리를 질렀는지 자신도 모르겠다는 표정이었다. 도는 얼버무리듯 말했다. 뭐, 상황이…… 상황이 그렇다는 거지……

아주…… 돗자리를 깔지?

누군가가 비아냥거렸다.

돗자리 갖고 되겠어?

다른 누군가가 낄낄거렸다.

정말 세기말 기분 제대로 내는구먼. 이제 얼마 안 남았네. 드디어…… 종말인가.

방금 세상의 끝에 도착한 표정들이었다. 도는 멤버들을 물끄러미 바라보았다. 자신은 이미 종말에 도착해서 이들을 기다리고 있는 기분이었다.

아, 겨우 두어 잔 마셨을 뿐인데.

도는 고개를 숙였다. 다시 졸음이 몰려왔다. 그는 앉은 채로 눈을 감았다.

∞

어제 술자리, 뭔가 불쾌한 일이 있었던 것 같다. 돗자리 말고 뭔가 다른 일이. 빛이 스며드는 창에 시선을 두고 도는 생각했다. 아닌가. 아니겠지. 그냥 술사리에서 졸았을 뿐이다. 나는 술에 약하니까. 알코올 분해 능력이 떨어지는 사람은 술을 마시면 안 된다. 단순한 이야기다. 반복되는 이야기다.

그런데 이 찜찜한 느낌은 뭔가. 집에 와서 또 습관처럼 수면 제를 먹은 건가. 내년부터는 의약분업이라는 것을 시행한다고 했다. 지금까지 약국에서 조금씩 구입해 사용하던 것들을 이제 는 못 하게 된다는 것이다. 이제 병원까지 가서 처방을 받아야 한다. 차라리 잘됐다는 생각이 들었다. 이참에 약을 끊고……

도는 동아리 신임 회장이 된 곽에게 전화를 걸었다. 최근에 휴대전화를 개통했다더니, 곽은 곧바로 전화를 받았다. 휴대전 화 가입자가 얼마 전 천만을 돌파했다는 뉴스를 본 기억이 났 다. 도의 주위에서 휴대전화가 없는 사람은 이제 도를 포함해서 몇 남지 않았다. 도는 휴대전화 같은 것은 필요 없다고 생각했 다. 소통은 충분하다. 이미 과도하다. 게다가 세기말인데, 언제 세상이 끝날지도 모르는데……

곽은 목소리 톤이 높고 호흡이 빨랐으며 다변이었다. 그는 누 구와도 쉽게 말을 놓고 누구와도 격의 없이 지내는 데 능했다. 처음 보는 사람을 만나도 5분만 지나면 몇 년은 사귄 친구처럼 굴었다. 학기가 시작되고 일주일이 지나면 처음 보는 강사나 교 수와도 스스럼없이 친한 티를 냈다. 도의 눈에 그건 신비로운 재능처럼 보였다.

곽은 주위에서 일어나는 모든 일에 정통했고 학교에서 일어 나는 사건 사고는 모두 그를 통해 퍼져나갔다. 듣는 귀는 피곤

했지만 곽의 이야기에 귀를 기울이지 않을 도리는 없었다. 곽의 별명은 '사전'이었다. '딕셔너리'가 아니라 '사생활 전문가'의 약자라고 했다. 연예인들의 사생활은 물론이고 동기, 선후배와 주변인 들의 시시콜콜한 소식에 밝았기 때문이다. 뉴스건 소식이건 소문이건 그의 입을 거치면 이미 모두가 아는 이야기가 되어 있었다. 모두가 그와 친하다면 친하다고 할 수 있었지만, 실은 모두가 그와 거리를 두고 있었다. 도가 곽에게 연락을 한 것은 처음이었다.

"어제 내가 좀 많이 마셨네. 다들 2차 갔지? 별일 없었고?"

도가 묻자 곽이 어색한 말투로 대답했다.

"어제? 아, 나는 일찍 자리 떴는데. 몸이 안 좋아서."

"아아, 그런가."

곽은 자신이 겨우 얼굴만 비추고 귀가했다고 말했다. 곽이? 술자리 좋아하고 가십 좋아하며 호기심 많고 사생활 탐구를 특기로 하는 사전이?

아닌데. 본 것 같은데. 도는 의아했다.

곽은 전화기 저편에서 침묵을 지켰다. 말을 하지 않고 있는데도 그것으로 무언가 말을 하고 있는 느낌이었다. 도는 싱겁게 웃음을 흘리며 대꾸했다.

"알았다. 끊자."

그러자 곽이 급하게 물었다.

"근데, 너 얘기 들었냐?"

"무슨?"

"아, 아니다. 나도 아직 잘 모르니까."

"뭔데?"

"아냐, 아냐. 나중에 보자."

곽은 얼버무리며 전화를 끊었다. 도는 수화기를 멍하니 바라보았다. 무슨 일이지. 곽이 이런 식으로 말을 안 하고 끊다니. 무슨 일이 있기는 있었던 모양이군.

두번째로 전화를 건 것은 박시형이었다. 신호가 떨어지자마자 목소리가 들려왔다. 박의 목소리를 들으면 뭔가 경쾌한 공기를 마시는 느낌이었는데…… 평소의 목소리가 아니었다. 박은 다짜고짜 뇌까렸다.

"좆됐다."

가라앉은 목소리였다. 게다가 가늘게 떨리고 있었다. 욕설이 욕설 같지 않았다. 도는 무슨 말이냐고 되물었다.

"무슨 말이냐고?"

전화기 저편에서 들려올 이야기가 심상치 않으리라는 것을 도는 직감했다.

"무슨 말인지 내 입으로 말해야 되냐?"

박은 불만이 가득한 목소리로 반문했다.

∞

도는 동기 두 명이 경찰에 불려 갔다는 소식을 들었다. 내내 누워 있다가 겨우 등교한 참이었다.

이불 속에 누워 있으면 람페에 대한 생각을 멈출 수 없었다. 람페는 잊어야 한다. 람페는 잊어야 한다. 람페를 잊기 위해 도는 중얼거렸다. 하지만 람페를 생각하면 자동으로 채권추심인의 얼굴이 떠올랐고 곧바로 답답한 기분이 되었다.

도는 외출을 해야 한다고 생각했다. 학교는 한적할 것이다. 기말고사가 끝나고 방학이 시작되었으며 말 그대로 세기말이다. 게다가…… 곽과 박은 무슨 이야기를 하는 것일까? 무슨 일이 일어난 것일까? 도는 이불 속에서 빠져나와 천천히 옷을 주워 입었다.

경찰에 불려 간 사람은 공교롭게도 김성준과 박시형이라고 했다. 동아리방에 모여 있던 사람들은 도가 나타나자 슬금슬금 자리를 피했다. 도는 동기 하나를 붙잡고 자초지종을 물었다. 김과 박은 왜 경찰에 불려 간 것인가? 사람들은 왜 나를 피하는 것인가?

동기는 도를 의심스럽게 바라보다가, 할 수 없다는 표정을 짓고는 느리게 말을 시작했다.

"아아, 나도 잘 모르는데, 그냥 들은 얘기를 간단히 요약하자면……"

송년회가 있던 밤, 자정이 지난 시간이었다. 술자리가 파한 후 박시형과 김성준은 승용차를 타고 이동했다. 박의 차였다. 김은 취해 있었고 박은 멀쩡했다. 짧은 거리니까 괜찮을 거야. 박은 김을 자기 차에 태웠다.

그들은 눈 내리는 밤의 도로를 달리다가 주택가 쪽에 차를 세워두고 골목으로 들어갔다. 친구의 자취방으로 3차를 가는 길이었다. 골목에서 그들은 눈길에 쓰러져 있는 사람을 발견했다. 몸에 눈이 하얗게 내려앉아 있었다.

뭐지? 저거 뭐야? 아, 술을 마시려면 곱게 마시지. 이렇게 추운데. 저런 데서 잠들면 곤란한데.

김이 쓰러진 사람에게 비틀비틀 다가갔다.

이 사람, 학생은 아닌 것 같은데. 학생이 아니야. 날이 추운데. 학생이 아니다. 이봐요, 이봐요, 아저씨!

하지만 반응이 없었다. 김과 박은 주위를 둘러보았다. 외진 곳이라 불 켜진 곳도 없었고 행인도 보이지 않았다. 박의 휴대전화는 배터리가 나가 있었고, 김은 아직 휴대전화가 없었다. 근처에 공중전화도 보이지 않았다. 그들은 쓰러져 있는 사람을 흔들어보았다.

죽었나? 죽었어? 차가운가? 아니, 숨을 쉬네. 숨을 쉬어. 괜찮을 것 같다. 괜찮을 거야. 괜찮겠지.

그들은 별일 없었다는 듯 자리를 떴다. 뭐 오늘은 날이 좀 풀렸으니까. 게다가 눈은 따뜻하니까.

골목을 돌아서…… 골목을 돌아서…… 노래를 부르며……
그들은 현장을 떠났다. 그러면서 재미있는 이야기라는 듯이 대
화를 나누었다.

저 사람, 학생이 아닐 뿐만 아니라, 한국 사람이 아니다. 한국
사람이 아니야. 추운데. 날이 추운데. 한국인이 아니다.

그들은 친구 집에 가서 술을 마셨다. 얼마간의 시간이 지난
후 김이 말했다.

그런데 그 사람, 그 외국인, 춥지 않을까? 얼어 죽을 수도 있
지 않나? 거기 공중전화가 없어서 신고를 못 했네. 찜찜하다. 지
금이라도 경찰에 연락할까?

박이 김을 물끄러미 바라보다가 대답했다.

그 전에 확인을 해봐야지. 죽었는지 살았는지.

박이 그렇게 말하며 호기롭게 일어섰다. 김도 따라 일어섰다.
그들은 다시 그 골목으로 돌아갔다. 골목을 돌아서…… 골목을 돌
아서…… 노래를 부르며…… 골목 모퉁이의 그 장소로 돌아갔다.

쓰러진 사람이 있던 자리에는 아무도 없었다. 고양이 한 마리
가 박과 김을 빤히 바라보고 있을 뿐이었다.

아마 잠이 깨서 집에 간 모양이네. 괜찮은 모양이네.

그들은 서로 얼굴을 바라보며 그렇게 말했다. 어쩐지 웃음이
났다. 두 사람은 골목에서 크게 웃음을 터뜨렸다.

경찰에 소환되었을 때 그들은 그렇게 진술했다.

그뿐이었다.

∞

동기가 말을 마칠 무렵 동아리방에 나타난 곽의 이야기는 달 랐다. 도는 엉거주춤 되돌아 나가려는 곽의 소매를 붙잡고 소파 에 주저앉혔다. 동기 서넛이 주위에 둘러앉았다. 곽은 처음에는 주저하더니 할 수 없다는 듯 입을 열었다. 예의 하이 톤이었지 만 평소와 달리 신중한 어조였다. 사생활 전문가에 말이 빠르고 다변인 곽답지 않았다. 곽의 이야기는 이런 것이었다.

그렇게 진술하고 귀가한 다음 날, 김성준과 박시형은 다시 경 찰서에 불려 갔다. 이번에는 그냥 불려 간 게 아니라 연행이거 나…… 임의동행이거나…… 아니면 체포된 거라고 해야겠지.

곽은 말을 얼버무렸다. 죄목은 폭행 상해 또는 폭행 치사에 피해자 유기라고 했다. 특정범죄가중처벌법에 의거하여 신병 구속까지 될 수 있다는 얘기였다. 확실한 거야? 누가 물었다. 곽 이 잠시 침묵한 후에 대답했다. 이미 여러 채널로 퍼진 얘기니 까. 곽은 말끝을 잘랐다.

경찰서에서 몇 시간 동안 조사를 받은 끝에 김과 박의 진술은 번복되었다. 각자 다른 장소 다른 자리에서 조사를 받은 뒤였 다. 잘못 진술하면 혼자 '독박'을 쓸 수 있다는 말이 위력을 발 휘했다. 곽이 짐짓 젠체하는 표정으로 덧붙였다. '죄수의 딜레 마'를 활용한 취조라고 할 수 있지. 도는 얼굴을 찌푸렸다. 곽이 자초지종을 설명하기 시작했다.

송년회가 있던 그날, 자정이 지난 시간이었다. 술자리가 파한 후 김과 박은 차를 타고 이동했다. 박이 얼마 전에 부친에게 선물로 받은 미니쿠페였다. 김과 박은 둘 다 음주 상태였다. 연말 특별 단속 기간이었지만, 지나다니는 차량이 별로 없는 도로인 데다 늦은 시간이라서 제지를 받지 않았다.

그들은 눈이 내리는 도로를 달렸다. 이면도로로 들어갔다가 다시 3차선 도로로 나왔다가 다시 이면도로로 들어갔다. 자정이 넘었고 인적이 없었다. 박은 핸들을 돌려 회전을 하고 또 핸들을 돌려 회전을 했다. 눈길에 차가 조금씩 미끄러졌지만 그게 오히려 흥겨운 느낌이었다. 김은 액셀에 얹은 발에 조금 더 힘을 주었다. 김은 노래를 불렀고 박도 콧소리를 내며 흥얼거렸다.

창밖을 보라 창밖을 보라
흰 눈이 내린다
창밖을 보라 창밖을 보라
찬 겨울이 왔다
썰매를 타는 어린애들은
해 가는 줄도 모르고
눈길 위에다 썰매를 깔고
즐겁게 달린다

가로등이 없는 모퉁이를 급하게 회전할 때, 박은 차체가 흔들리는 것을 느꼈다. 박은 차를 세웠다.

뭐야.

뭐야, 뭐야.

뭔가 부딪혔다. 뭔가에 부딪혔어.

박이 말했다. 김도 노래를 멈추었다. 차창 밖을 살폈다.

눈이 내리고 있었고 아무도 보이지 않았다. 인적이 없었다.

아닌데. 아무것도 없는데. 그냥 가자.

그런가. 아무것도 없나.

박은 액셀을 밟았다. 차가 다시 움직이기 시작했다. 몇 미터 가지 않아 차체가 한쪽으로 쏠렸다. 박은 액셀을 더 세게 밟았다. 한쪽 바퀴가 헛도는 게 느껴졌다. 차가 제어되지 않았다. 길가 전봇대 쪽으로 향하고 있었다. 박은 브레이크를 급하게 밟았다.

철거 지역 주택가였고, 눈이 내리고 있었다. 둘은 차에서 내렸다. 김이 몸을 굽혀 차 아래를 살폈다.

아무것도 없는데. 눈인가. 눈에 미끄러진 것 같다. 미끄러졌을 뿐이야.

김은 허리를 펴고 박을 바라보았다. 박은 멍하니 차 뒤쪽을 향해 시선을 두고 있었다. 뭔가 있는 모양이었다. 박의 시선을 따라가자 뒷바퀴 곁에 검은 형체가 보였다.

사람이 쓰러져 있었다. 김과 박은 서로를 쳐다보았다. 취기가 두 사람을 감싸고 있었다. 박이 초조한 목소리로 말했다.

뭐지? 저거 뭐야? 차에 치인 건가? 아니지? 아니지?

180

아, 술을 마시려면 곱게 마시지. 이렇게 추운데. 저런 데서 잠들면 곤란한데.

김이 쓰러진 사람에게 비틀비틀 다가갔다.

이 사람, 학생은 아닌 것 같은데. 학생이 아니야. 날이 추운데. 학생이 아니다. 이봐요, 이봐요, 아저씨!

반응이 없었다. 김과 박은 주위를 둘러보았다. 외진 곳이라 가로등 외에는 빛이 보이지 않았고 행인도 보이지 않았다. 박의 휴대전화는 배터리가 나가 있었고 김은 아직 휴대전화가 없었다. 근처에 공중전화도 보이지 않았다. 그들은 쓰러져 있는 사람을 흔들어보았다.

머리 위로 눈송이들이 자욱하게 떨어지고 있었다. 박의 차에서 나온 헤드라이트 불빛이 골목 저편을 향하고 있었다. 그때 쓰러진 남자가 비척거리며 움직였다. 몸을 일으키려 애를 쓰는 듯했다. 곱슬머리에 호리호리한 남자였다. 남자는 몸을 일으키더니 갑자기 김을 향해 달려들었다. 달려든 것이 아니라 쓰러진 것인지도 모르지만, 김은 화들짝 놀라다가 본능적으로 남자를 밀쳤다. 남자는 반대 방향으로 무너지듯 다시 쓰러졌다. 눈이 내리고 있었고 길은 미끄러웠다. 바닥은 얼어붙어 있고 그 위로 또 눈이 내리고 있었다.

주먹다짐 같은 게 아니었어요. 그저 가볍게 밀치는 정도였어요. 이렇게, 이렇게, 가볍게. 정말 그뿐이었다니까요.

김은 동작까지 재연해가며 진술했지만 받아들여지지 않았

다. 김은 90킬로그램이 넘는 몸집에 눈썹이 짙고 눈꼬리가 날카로운 사람이었다.

상대는 거의 허공에 붕 떴다가 쓰러졌다. 쓰러질 때 둔탁한 소리가 울렸다. 소리는 골목 저편으로 사라졌다가 울림이 되어 돌아왔다. 어딘가에 머리를 부딪친 것 같았다. 철근이었는지 깨진 벽돌이었는지는 확실치 않았다. 순식간의 일이었다. 넘어진 상대는 잠시 몸을 버르적거리다가 움직임을 멈췄다.

김도 상대를 밀친 자세 그대로 정지했다. 박은 제자리에 주저앉은 채 멍하니 그 장면을 바라보고 있었다. 이윽고 박이 일어서서 남자에게 주춤주춤 다가갔다. 쓰러진 사람을 가만히 흔들어보았다.

다쳤나? 죽었어? 아니, 숨을 쉬네. 숨을 쉬는 것 같다. 괜찮은 것 같아. 괜찮다. 괜찮을 거야.

쓰러진 남자의 몸이 꿈틀, 미세하게 움직였다.

정신을 차리는 모양인데? 움직이는 것 같아. 곧 일어날 거야. 일어날 것 같지? 그렇지?

그럼, 일어나지. 금방 일어날 것 같은데?

전화가 없나? 응급차 불러야 하는 거 아니야?

내 폰은 배터리가 다 떨어졌다. 떨어졌어. 공중전화도 없는데? 어쩌지? 어쩌지?

괜찮아 보이는데 멀. 괜찮아. 괜찮다. 움직이는데? 벌써 일어나려고 하는 모양이야. 그만 가자. 우리는 어서 여기를 뜨자.

둘은 급하게 다시 차에 올랐다. 눈길 위에 바퀴가 헛돌다가 이윽고 전방을 향해 나아가기 시작했다. 이면도로에서 더 좁은 골목길로 방향을 틀었다. 골목을 돌아서…… 골목을 돌아서…… 그들은 친구의 집 근처에 차를 세웠다. 차에서 내려 인적 없는 골목을 걷기 시작했다.

그 자식, 그렇게 빨리 사과를 했어야지. 뭐라 뭐라 욕이나 하고.

김의 말에 박이 들릴 듯 말 듯한 목소리로 물었다.

욕을 했나.

아니, 욕인지 아닌지는 모르지만 뭐라 뭐라 하면서…… 너한테 달려들었잖아.

달려들었나. 달려들었지. 그래, 달려들었어.

그런데 그 사람, 학생이 아니야. 학생이 아닐 뿐만 아니라, 한국 사람이 아니야. 추운데. 날이 이렇게 추운데, 한국 사람이 아니다. 한국인이 아니다.

아, 그렇지? 다행이다. 다행이지.

그들은 걸음을 빨리했다. 골목을 돌아서…… 골목을 돌아서…… 휘파람을 불며…… 그들은 친구 집으로 향했다.

친구는 잠들어 있다가 깨어나 그들을 맞았다. 문을 열어주고 소주를 내놓은 뒤 그는 다시 침대로 들어가버렸다. 김과 박은 그를 내버려두고 탁자에 앉아 소주를 나누어 마시기 시작했다.

왜 이 동네는 외국인이 이렇게 많지? 외국인이 많으면 범죄가 많이 생기지 않나. 한국인도 일자리가 없는데, 외국인이 이렇게 많은 건 문제가 아닌가.

박이 어쩐지 의기소침한 목소리로 그렇게 말했고 김이 맞장구를 쳤다.

그렇지. 그렇다. 외국인 노동자들이 문제야.

그 뒤로는 서로 군말을 덧붙이지 않았다.

창밖의 눈은 폭설로 바뀌어 있었다. 창 쪽에 시선을 두고 있던 김이 입을 열었다.

그런데 그 외국인, 아직 거기 있을까? 이런 밤에 정신을 잃으면 죽을지도 모르는데. 지금이라도 경찰에 연락할까?

박은 김을 물끄러미 바라볼 뿐 대답이 없었다.

뭐, 그렇지만…… 외국인이니까. 외국인이니까 괜찮겠지.

김이 얼버무리자 박이 단호하게 말했다.

외국인이니까 확인을 해보자. 확인을.

박이 옷을 걸쳐 입었다. 덩치 큰 김도 천천히 몸을 일으켰다.

박시형과 김성준은 다시 골목을 돌아서…… 골목을 돌아서…… 조그맣게 휘파람을 불며…… 휘파람을 불며…… 현장으로 돌아갔다.

∞

쓰러진 사람이 있던 자리에는 아무도 없었다. 노란 얼룩무늬

고양이 한 마리가 그 자리에 몸을 웅크리고 앉아 있었다. 고양이가 그들을 빤히 쳐다보았다. 어디 먼 곳에서 희미하게 노랫소리가 들려왔다. 아이들이 부르는 듯했지만, 다시 들어보면 아주 오래된 목소리 같기도 했다.

……긴긴 해가 다 가고 어둠이 오면
오색 빛이 찬란한 거리거리에 성탄 빛
추운 겨울이 다 가기 전에
마음껏 즐기자
맑고 흰 눈이 새봄 빛 속에
사라지기 전에

10. 휘파람을 불며 휘파람을 불며
— 도현도, 1999

사건이 발생한 이면도로에는 CCTV가 설치되어 있지 않았다. 처음에 경찰은 증거불충분으로 사건을 마무리하려 했다. 박시형과 김성준은 무혐의 처분을 받을 듯했다. 박의 아버지는 지역 유지로 시의원이었으며 지역 내 1순위 유통업체의 오너였다. 관할 경찰서장과도 친분이 있었다. 사건이 묻힐 수 있는 모든 조건을 갖춘 셈이었다.

하지만 사태는 며칠 만에 원점으로 돌아갔다. 박과 김이 경찰에 소환된 것이다.

동아리방에서 곽은 좌중을 둘러보며 이렇게 말했다.

"이거, 궁금하지 않아? CCTV가 없었다. 증거가 없었다. 진술도 없었다. 피해자는 의식불명이다. 그런데 경찰은 어떻게 범인을 찾아낸 걸까?"

곽이 반응을 기다리듯 말을 멈추었다. 곽은 자못 흥신소 탐정이라도 된 것처럼 말하고 있었다. 그는 흥미를 느끼고 있는 것이 틀림없었다. 이봐, 우리는 추리소설을 읽고 있는 게 아니라구. 도는 곽을 노려보았다.

곽은 애석한 표정을 지으며 덧붙였다.

"걔들은 이미 거짓 진술을 한 뒤였어. 첫 진술에서 박시형이는 자기가 술을 마시지 않았다고 주장했지. 김성준이가 좀 취했다. 그래서 자기가 김성준이를 근처에 사는 친구 집에 데려다주려던 것뿐이다. 그런 주장이었는데."

거기서 말을 끊고 곽은 도를 향해 천천히 고개를 돌렸다. 도역시 곽을 바라보았다. 두 사람의 눈이 마주쳤다. 곽이 도의 눈을 똑바로 바라보면서 입을 열었다.

"근처에 사는 그 친구가 바로…… 너였다면서?"

곽은 그렇게 말했다. 도는 곽을 멍하니 바라보았다. 좌중의 시선이 도에게 몰려들었다. 그때 누군가 정신을 차린 듯 곽에게 말했다.

"아니, 걔들이 누구한테 가고 있었는지는 중요한 게 아니잖아. 친구니 뭐니 그런 게 중요한 게 아니라고. 중요한 건, 증거도 없고 진술도 없는데 어떻게 모든 게 밝혀졌느냐……"

곽이 도에게 시선을 둔 채 천천히 말했다.

"과연 그럴까? 그게 중요하지 않을까?"

곽은 잠시 침묵한 후 말을 이었다.

"어떻게 모든 게 밝혀졌느냐……"

모두가 곽의 입을 바라보았다.

"그게…… 목격자가 있었다는 거야."

∞

CCTV도 설치돼 있지 않은 철거 지역이었다. 눈이 내리고 있었다. 길 위의 흔적들은 눈 때문에 말 그대로 흔적도 없이 지워졌다. 아무것도 남아 있지 않았다.

하지만 경찰은 박시형과 김성준을 소환했다. 쓰러진 외국인은 병원으로 이송되었다. 생명은 구했으나 코마 상태라고 했다. 소환된 박과 김은 다른 방에서 따로 진술 조서를 작성했다.

두 사람의 진술은 조금씩 앞뒤가 맞지 않았고 진술을 반복할수록 미세하게 번복되었다. 신빙성이 확연하게 떨어졌다. 반대로 목격자는 사건에 대해 구체적이고 일목요연하게 진술했다. 놀랍게도 김과 박의 얼굴을 정확하게 기억해냈을 뿐 아니라 그들의 행동과 대화 내용까지 디테일하게 재연했던 것이다.

도는 사건 당일에도 수면제를 먹고 잠들어 있었다. 박시형과 김성준이 집으로 왔던 것은 어렴풋이 기억이 났다.

술자리에서 박이 도의 집으로 전화를 걸었다. 박은 한잔 더

하러 도의 집으로 가겠다고 말했다. 도는 선선히 수락했다. 그때 도의 의식은 절반쯤 물속에 잠겨 있었다. 박은 김과 함께 도의 집으로 갔다.

대자보에도 PC통신에도 신문 기사에도 그런 이야기는 나오지 않았다. 경찰은 도를 조사하지 않았다. 참고인으로도 소환하지 않았다. 희미한 기억이 도의 머릿속을 떠돌았다.

그날, 김은 도의 집에 들어서자마자 큰 소리로 말했다.

저기 골목 들어오다가 쓰러져 있는 남자 봤거든? 완전히 취했던데?

김이 비틀비틀 원룸으로 들어섰다. 키 작은 박이 함께 들어왔다. 도는 문을 열어주고 곧바로 침대로 향했다. 먼저 잔다. 그렇게 한마디 했을 뿐이었다.

박과 김은 작은 탁자를 방 가운데 끌어다 놓았다. 소형 냉장고에서 소주를 꺼내고 자리를 잡았다. 소주를 마시다가 두런두런 이야기를 나누다가 출출해지는데 뭐 없나 중얼거리다가 다시 냉장고를 열어보다가 피실피실 웃다가 갑자기 침울한 표정을 지었다. 대화는 잘 이어지지 않았고 침묵은 무거웠다.

침대에 혼자 누워 있던 도가 잠꼬대인 듯 아닌 듯 중얼거린 것은 그때였다.

람페가 죽었다…… 람페가 죽었네…… 돈을 벌어야 하는데…… 선우는 떠났지…… 선우는 벌써 취직을 하고 결혼을 했다.

박과 김은 침대에 누운 도를 바라보았다. 도의 눈은 감겨 있었다. 입술도 움직이지 않았다.

저 새끼, 뭐 하냐?

박이 그렇게 말하면서 작은 웃음을 터뜨렸고 김이 따라 웃었다. 그때 도가 벽 쪽으로 돌아누우며 다시 중얼거렸다. 혀가 꼬여 있었다.

람페가 죽었다…… 선우는 떠났지…… 근데 그 사람, 죽기 직전이던데.

박은 침대에 누운 도의 등을 물끄러미 바라보았다. 도가 조금은 명료한 발음으로 다시 말을 했다.

그 사람, 죽기, 직전이던데.

뭐……라고? ……뭐라고? 저 새끼, 뭐라는 거냐?

박이 짜증 섞인 목소리로 말했다. 침대에 누워 있는 도가 조금 더 큰 목소리로 외쳤다. 악몽에 시달리는 목소리였다.

그 사람. 그 사람. 죽어간다. 람페는 죽었지. 그 사람은 외국인이다. 골목은 춥다. 추워. 겨울이지. 겨울은 춥지.

김과 박은 입을 닫았다. 그들은 서로를 쳐다보았다. 그들은 골목에 쓰러진 사람이 외국인이라고 도에게 말한 적이 없었다. 하지만 지금 중요한 건 그게 아니다. 김이 초조한 목소리로 박에게 말했다.

그 사람, 정말 죽으면 어쩌냐? 지금이라도 경찰에 연락할까?

박이 김의 얼굴을 바라보았다. 박의 표정에도 웃음기가 사라져 있었다. 도는 여전히 누운 채 잠꼬대인 듯 아닌 듯 중얼거렸다.

람페가 죽었다…… 선우는 떠났지…… 외국인이다. 추운데. 날이 추운데. 한국인이 아니다.

박이 벌떡 일어나 말없이 외투를 걸쳐 입었다. 김이 황망한 표정으로 몸을 일으켰다.

근데, 저 새끼, 대체 뭐라는 거야.

일어서면서 김이 투덜거렸다. 침대에 누운 도를 향해서였다. 박은 말이 없었다.

두 사람은 도의 원룸을 나와 반지하 계단을 올라갔다. 골목에는 아직 눈이 내리고 있었다. 그들은 말없이 골목을 돌아서…… 골목을 돌아서…… 휘파람을 불며…… 휘파람을 불며…… 현장으로 돌아갔다. 휘파람의 음조가 흔들리고 있었다.

CCTV도 없는 길이었다.

철거 중인 집들이 방치돼 있었다.

눈 내린 골목이었다.

골목 모퉁이의 그 자리에는…… 아무도 없었다. 얼룩무늬 고양이 한 마리가 그들을 빤히 바라보고 있을 뿐이었다. 고양이는 미동도 없이 두 사람을 노려보고 있었다. 눈동자가 이상하게 붉다는 느낌이 들었다. 두 사람은 주춤주춤, 뒤로 물러섰다.

∞

며칠 후 저녁, 도는 집으로 걸려온 전화를 받았다.

"나다."

억눌린 목소리였다. 평소와 달랐지만, 그게 박시형의 목소리라는 것은 금방 알 수 있었다.

너, 경찰서에 다녀왔다면서……라고 말하려는데 수화기 저편에서 박의 욕설이 먼저 튀어나왔다. 욕설은 화살처럼 날아와 도의 귀 깊숙한 곳에 박혔다.

"너 때문이야, 새끼야."

그게 무슨 말이냐고 되묻자마자 다시 박의 목소리가 튀어나왔다.

"네가 얘기했잖아 네가. 이 모든 걸."

"내가? 내가 뭘? 이 모든 거라니? 이 모든 거라니?"

"집으로 오라고 한 것도 너였고, 거기서 누굴 만날 거라고 한 것도 너였고."

도는 말문이 막혔다. 수화기 저편에서 박이 미세하게 떨리는 목소리로 말했다.

"그래서 우리가 너한테 갔다. 그래서 우리가 너한테 갔다. 그래서 우리가."

"아니, 지금 대체 무슨 말을……"

도는 말을 잇지 못했다. 박은 숨을 고르는 듯하더니 감정을 겨우 추스르고는 다시 입을 열었다.

"네가 그랬지. 운전 조심하라고. 골목에서 누구를 마주칠 거라고. 그게 바로 내가 찾던 사람이라고. 나는 무슨 개소리인가 했다니까."

귀에서 시작된 냉기가 도의 온몸으로 퍼져갔다. 살얼음이 혈관을 따라 흘러가는 기분이었다.

박은 지금 그것을 말하고 있는 것이다. 도 자신이 말했던 그것을. 기억하지 못하는 그것을. 기억하고 싶지 않은 그것을. 그것이 무언지 스스로도 이해할 수 없는 것을. 하지만 정확하게. 틀림없는 말을.

그날 술자리에서 박은 도에게 전화를 걸었다. 도는 잠결에 박과 대화를 나누었다. 도의 말을 들은 박은, 이거 웃기는 놈이네 하하, 그렇게 가볍게 대꾸하고 화제를 돌렸다. 하지만 이상하게도 도의 횡설수설이 뇌리에 남았다. 운전 조심하라고…… 골목에서 누구를 마주칠 거라고…… 그게 바로 네가 찾던 사람이라고……

이 새끼, 무슨 말을 하는 거지. 도의 말은 박의 머리를 떠나지 않고 맴돌았다.

그리고 무언가에 이끌리듯이 박은 김을 차에 태워 도의 집으로 향했다. 도의 집으로 가겠다고 말한 것은 분명히 자신이었는데…… 그런데도 도가 오라고 했기 때문에 가는 느낌이었다. 도의 말에 이끌려서…… 도의 명령에 복종하듯 …… 몸이 움지이는 기분이었다. 도의 말처럼 누군가를 만날 것 같은 느낌이었다. 자신이 찾던 누군가를.

선우

선우 씨, 선우 씨는 어디에서, 어떻게 사니? 못 본 지 오래되었군. 마치 다른 혹성에 사는 듯이.

람페가 죽었어. 겨울은 못 견디겠다. 나는 점점 쇠약해지고 있어. 대개 누워서 시간을 보내. 선우 씨가 쓴 글을 읽고 싶다고 생각하면서. 물속에서 쓴 것 같은 글을. 해파리들이 유영하는 문장들을.

나는 잠이 온다. 선우 씨는 잠이 없지. 선우 씨와 함께 누워 있는 상상을 해. 나란히 누워서 조용하고 평화롭고 끊이지 않는 대화를.

그리고 소박한 식사를 하는 거야. 간장과 참기름을 넣은 나물밥에 김치를 곁들여서. 다각다각, 우리는 순가락과 젓가락 소리를 내고. 조용하고 평화롭고 끊이지 않는 저녁의 시간은 흘러가고.

하지만 해파리에 대해서는 말하지 말아줘. 람페에 대해서도 역시. 우리는 차라리 버스 노선도나 뱀파이어에 대해서 이야기하자. 부동산 정책이나 신의 존재에 대해서. 우리가 걸어본 도시들과 걸어보지 못한 도시들에 대해서. 그리고 마침내 그 도시의 밤하늘에 점점이 빛나는 별들에 대해서. 우리는 가능한 한 무의미한 이야기를 하는 거야.

선우 씨, 선우 씨는 어디에서, 어떻게 사니? 우리는 다시 보지 못하겠지. 마치 다른 혹성에 사는 듯이.

람페가 죽었어. 나에게는 의욕이라는 것이 없다. 세기말이기 때문은 아니야. 짧은 답장을 해줘요. 우리가 한때 연인이었던가. 정말 그랬던가. 그랬다고 어제는 생각했는데 오늘은 알 수가 없네. 어쩌면 우리는 한 번도 만난 적이 없는지도.

선우 씨가 사는 혹성에서 선우 씨는 쓸쓸한가. 내가 사는 혹성에서 나는 외로운가. 그 외로움조차 선우 씨가 생각하는 것과는 다른 종류겠지. 하지만 보고 싶다. 물끄러미 두 눈을 바라보며 안녕,이라고 말하고 싶어.

현도.

∞

나에게 외로움이 없었다고 생각한다면, 너는 나의 밤을 오래고 깊이 보아주기를. 너의 편지와 너의 외로움 바깥에 차갑게 끓고 있는 영혼이 있다는 것을 이해하게 되기를.

나의 밤에는 잠이 없고 꿈이 없다. 나의 밤에는 너의 밤처럼 화려한 이미지들이 떠다니지 않는다. 나의 밤은 너의 밤보다 아름답지 않다. 나의 밤은 건조하고 냉정하며 차가워. 네가 갖고 있는 머릿속의 환상 기계가 없기 때문인가. 나의 밤은 너의 밤보다 정확하다. 나의 밤은 모든 것을 어둠 속에 보존한다. 있는 그대로 보존한다. 사람의 시선에 훼손되지 않는다. 그건 어쩌면 내가 아름다움을 모르고 그리움을 모르기 때문에 가능한 것인지도.

너의 밤과 마찬가지로 나의 밤에도 언제나 밤하늘이 떠 있다. 그 밤하늘에는 별빛들이 점점이 늘어가고 언젠가는 한 올의 어둠도 남아 있지 않겠지. 그 밤하늘은 맑고 투명하고 밝아서 견디기 어려운 밤하늘.

나는 밤하늘 아래를 걷는다. 17세기 런던이 아니라 20세기 말 서울 변두리의 밤거리를. 17세기 런던의 밤거리에도 똑같은 밤 구름들이 흘러가고 있었겠지.

나는 먼 곳에서 혼자 담장을 타고 가는 고양이를 따라서 걸어. 고양이는 뒤를 돌아보았다가 사라지고 사라졌다가 다시 나타나지. 고양이는 순식간에 골목 끝에 도달하고는 또 뒤를 돌아본다. 거기 가만히 서서 한쪽 발을 들어 나에게 신호를 보낸다. 이봐, 여기까지 왔네. 여기까지 왔구나. 여기까지 왔다. 여기가 어디인 줄 알고 있니?

고양이는 그렇게 묻는 것 같다. 언제나 그렇게 묻는 것이 밤의 고양이라는 듯이.

나의 배회에는 이름이 없다. 나의 배회는 아무도 기억할 필요가 없는 문장과 같다. 나 자신조차 그것을 기억하지 않으니까. 그것은 내가 PC통신 게시판에 올리는 소설의 문장들과 비슷한지도. 아무런 사건도 일어나지 않는 이야기. 아무런 사건도 일어나지 않는데 어쩐지 생각나는 이야기. 밤의 어둠 속에서 문득 눈을 떴을 때 서서히 떠오르는 끔찍한 생각과 같이.

두려움이나 공포는 육체의 반응이다. 그것은 정신이나 마음의 반응이 아니다. 혈관, 심장, 뇌하수체의 리액션. 그렇다고 생각해. 우울도 그렇고 슬픔도 그러하다. 글을 쓰는 일도 역시. 몸의 작용. 몸의 떨림. 그것을 차근차근 옮겨 적는 노동으로서.

그 밤, 나는 창밖을 바라보고 있었다. 내가 사는 옥탑방 바깥에는 서울 변두리 주택가의 어둠이 펼쳐져 있었다. 붉은 벽돌로 지은 다세대주택들이 빼곡하게 들어선 곳. 90년대라는 것은 저 붉은 벽돌들의 시간인지도 모른다. 모두들 같은 빛깔의 벽돌로 집을 짓기 시작했지. 이면도로에는 전봇대에서 전봇대로 이어진 전선들이 얼기설기 소실점을 향하고 있었다. 전선들 사이로 날카롭게 사이렌이 울렸다. 누가 죽어가고 있거나 어디선가 불길이 번지고 있는 모양이다. 어둠은 불안을 만들고 그 불안의 내부로 잠겨든다.

나는 미동도 하지 않고 어둠을 바라보고 있었다. 비바람도 폭풍우도 치지 않았다. 천둥도 번개도 치지 않았다. 안개가 끼지 않았고 황사가 오지 않았다. 그 밤에는 단지…… 눈이 소담스럽게 내렸을 뿐이다. 하지만 너는 이해할는지. 내 영혼에는 비바람이 불고 천둥 번개가 치고 있었다. 폭풍우가 몰려오고 안개가 자욱하게 끼어 있었다. 눈송이들이 평화롭게 떨어지는 맑고 고요한 겨울밤에. 나의 영혼은.

어떤 불안이 내 등을 떠밀었을 것이다. 나는 이상한 생각에 사로잡혔을 것이다. 방에 앉아 눈 내리는 창밖을 바라보는 시간을 견딜 수 없었을 것이다. 밤하늘을 마주하지 않으면 견딜 수 없었겠지. 17세기 런던의 밤거리에서 고양이를 따라 걷던 그 사람과 같이.

나는 검은색 트렌치코트를 걸쳐 입고 흰 운동화를 신었다. 내가 사는 옥탑방의 차가운 계단을 밟고 내려갔다. 계단의 냉기가 발로 무릎으로 허리로 올라왔다. 나는 모퉁이를 돌고…… 모퉁이를 돌고…… 모퉁이를 돌아 걸어갔다. 밤과 골목과 눈 내리는 어둠을 향해 나아갔다. 고양이 한 마리가 저 멀리 앞서서 나를 안내해주었다.

다세대주택들의 지붕 위로 멀리 커다란 건물들이 희끄무레하게 보였다. 대학 건물들이었지. 서쪽으로는 공장 굴뚝들이 밤의 연기를 내뿜고 있었고. 연기는 사람의 얼굴처럼 보였다가 유령의 눈 코 입처럼 허물어졌다. 희끄무레한 정령 같고 악령 같고 하얗게 웃는 천사 같은 얼굴들이 밤하늘에 새겨졌다가 사라졌다.

이 구역은 재개발이 결정된 지 꽤 오래된 곳이다. 외곽 순환 도로가 지나갈 것이며 지하철이 들어올 것이라고 했다. 유력한 대기업에서 제2본사를 지어 이전할 것이라는 소문이 돌았다. 그 소문은 벌써 몇 년째 지역민들 사이를 떠돌고 있었다. 그 때문에 이사를 가고 싶어도 가지 못하는 사람들이 많았다. 도로가 뚫리고 지하철이 들어오고 대기업의 제2본사가 생기고…… 그러면 시세가 뛰겠지. 재개발 호재까지 겹쳐 집값이 폭등할 거야. 모두들 그렇게 생각하면서 버텼다.

그러다 외환 위기가 터졌다. 모든 것이 취소되었다. 재개발 조합에 내분이 있다고 했다. 경기는 최악이었고 돈이 돌지 않았다. 모든 것이 유예되었다. 변두리 주택가와 재개발 지역에는 침울하고 무거운 공기가 내려앉아 있었다.

그 밤, 나는 언제나처럼 밤의 거리를 거닐고 있었다. 언제나처럼 어둠을 바라보고 어둠 속을 떠돌고 있었다. 어둠 속에는 귀신도 있고 유령도 있고 천사도 있고 살인자들도 있다. 어둠 속에는 나도 있고 너도 있고 또 우리가 알지 못하는 다른 존재들이 반드시 있다.

공장 지대와 대학가가 겹치는 지역. 후미진 2차선 도로. 연말이었고 새벽이었으며 재개발 지역이었다. 인적 없는 도로변에 눈이 내리고 있었다. 화사하게 내리고 있었다.

나의 뒤쪽에서 자동차 한 대가 나타났다. 전조등을 켠 채였다. 눈송이들이 헤드라이트 빛을 받아 어지럽게 흩날렸다. 나는 돌아보지 않았다. 돌아보지 않아도 빛의 움직임을 느낄 수 있었으니까.

눈발이 거세었는데도 자동차는 속도를 늦추지 않았다. 엔진소리는 크지 않았다. 눈이 모든 소음을 덮어버리는 것 같았다. 자동차는 나를 지나쳐 달리다가 골목으로 급하게 회전했다. 다니는 차량이 거의 없는 자정의 도로변에서.

나는 계속 걸었다. 골목에서 골목으로. 골목에서 또 다른 골목으로. 나는 산책을 하고 있었을 뿐이니까. 고양이 한 마리가 멀리서 나를 안내해주는 방향으로. 밤의 산책자로서. 오래된 주택가의 골목길을 선호했기 때문에. 비좁은 골목들이 이루는 미로와 그곳에 스며드는 어둠을 따라.

골목들은 미로를 만들고 미로는 들어온 곳을 쉽사리 알려주지 않는다. 그런 곳에서는 아까 지나간 곳을 다시 지나가고 아까 지나갔는데도 낯설게 보이는 곳을 또 지나가게 된다. 상관없다. 실은 그런 것을 좋아해. 그렇게 걷는 동안 눈은 내리고 어둠은 점점이 더 깊어지지. 밤하늘의 별들이 점점이 늘어난다. 사람의 눈에 뜨이지 않을 정도로 조용히. 하지만 무섭게.

나는 골목을 돌아서 골목을 돌아서 나아갔다. 골목을 두어 차례 돌자 골목 밖의 이면도로에 자동차가 서 있었다. 아까 보았던 외제 차였다. 차 옆에 두 남자가 서 있었다. 두 남자는 멍하니 서서 무언가를 바라보고 있었다.

사람이었다. 그는 쓰러져 있었다. 서 있는 두 남자 중 비대한 쪽이 이거 뭐야, 이거 뭐야, 당황한 듯 중얼거렸다. 쓰러져 있는 사람을 키 작은 남자가 살피고 있었다.

그들이 나누는 대화는 밤의 대기에 실려 선명하게 들려왔다. 내리는 눈은 고요했고 밤의 공기는 투명했으며 바람은 언제나 나의 편. 밤은 자신에게 일어나는 일들을 차근차근 알려주는 나의 친구.

나는 그들이 나눈 대화를 모두 기억할 수 있다. 불안을 감추고 있는, 짧고 건조한 대화의 토씨 하나하나까지를.

차에 치인 건가?

아니, 네가 밀쳤잖아.

무슨 소리야, 이 새끼야.

이거…… 두고 가자.

두고 가?

뜨자고, 여길.

어쩌려고.

일단 떠야지. 뜨자. 일단.

두 남자는 서로를 바라보면서 대화를 나누었다. 그들은 초조해 보였다. 고개를 돌려 바닥에 쓰러져 있는 사람을 바라보다가 다시 서로를 바라보다가 골목 입구 쪽을 살피고 반대편의 어둠을 살폈다.

눈이 내리고 있었다. 눈은 지상의 모든 흔적을 덮어버릴 듯 쏟아지고 있었다. 그들은 내가 서 있는 골목의 어둠을 바라보기도 했지만…… 나는 발견되지 않았다. 어둠은 언제나 나의 편. 나는 멀리서 보면 단지 희미한 밤의 그림자로 보였을 것이다. 밤의 골목은 캄캄한 백색으로 가득했고 내가 신은 흰 운동화는 눈의 흰빛과 구분되지 않았을 것이다. 내가 입고 있는 검은 코트는 어둠과 분간되지 않았겠지.

나는 그들의 눈에 뜨이지 않았다. 그들에게 나는 내리는 눈의 일부. 그들에게 나는 캄캄한 어둠의 일부. 그들에게 나는 자정이 넘은 시간의 일부. 나는 미동도 없이 그들을 바라보았을 뿐이다. 내리는 눈의 시선으로. 캄캄한 밤의 일부로서.

이윽고 결정을 내린 듯, 그들은 서둘러 차에 올라탔다. 시동 소리가 골목에 울렸다. 한두 번 바퀴가 헛돌더니 미끄러지듯 차가 움직이기 시작했다.

11. 자정의 사무실은 어디에
— 도현도, 1999

박시형의 아버지는 지역 내 유통업체 분야의 큰손이었다. 최근에는 생활용품 유통뿐 아니라 가공 쪽까지 손을 뻗었다고 했다. 공장을 인수했다는 것이다. 가까운 장래에 박은 아버지 사업을 물려받을 예정이었다. 절세 효과를 감안한 상속 로드 맵까지 잡아두었다는 말을 들었다. 상속세 관련 컨설팅까지 받았다는 것이었다.

그러거나 말거나.

박은 자기 얘기인데도 쿨하게 말했다. 어떻게 되든 상관없다는 투였다. 하지만 표정에는 은근한 미소가 떠돌고 있었다.

박의 아버지가 인수한 공장에서 최근 부분 파업이 일어났다. 고용 승계 문제라고 했다. 공장 전체의 가동이 중지되었다. 사장은, 즉 박의 아버지는, 폐업을 불사하겠다는 내용의 메시지를 직원들에게 전달했다. 특히 외국인 노동자들이 문제였다. 고용뿐 아니라 체불 임금에 재해 문제까지 이슈가 되었다.

도가 박에게 그런 이야기를 들은 것은 얼마 전 술자리에서였다. 도로서는 알 수도 없고 관심도 가지 않는 내용이었다. 그런 일도 있구나. 넌 미래에 사장님인 거네. 벌써 미래가 정해졌다니 좋겠다. 그렇게 맞장구를 쳐주었을 뿐이었다.

덧붙여서 도가 무언가 말을 했는데, 그 말은 사소하고 산만하여 스스로도 기억할 필요가 없는 내용이었다. 오늘은 안주가 좀 별로네. 태양의 해변도 메뉴 개발을 좀 해야 할 텐데. 사실 난 주제 파악이 특기거든. 그런데 이 동네에는 왜 이렇게 골목이 많을까……

∞

도는 람페를 잊고 싶었다. 람페는 고양이인데. 사람도 아닌데. 도는 중얼거렸다. 하지만 자꾸 딱딱해진 몸의 질감이 떠올랐다. 딱딱해진 몸을 작은 구덩이에 누이고 호미로 흙을 떠서 던질 때의 감각이 떠올랐다. 마음속에서 무언가가 천천히 허물어지는 느낌이었다.

박시형과 김성준에 대해서 생각하고 싶지 않았다. 박의 목소리가 떠오르면 불길한 기운이 몸속에서 피어올랐다. 박과 김이 연행되었는데…… 그건 내 탓이 아닌데…… 사람이 죽었는데…… 아니, 죽은 건 아닌가. 어쨌든 그건 내 탓이 아니잖아. 아니다. 아니야. 도는 혼잣말을 했다.

잊을 만하면 채권추심통지서가 도착했다. 채권추심인은 밤늦게 전화를 걸어왔다. 자꾸 걸어왔다. 하루도 거르지 않고 걸어왔다. 결국 전화기를 바닥에 내려놓았는데도 벨 소리가 집 안 전체에 울리는 환청이 들렸다.

모든 것을 툭, 끊어버릴 수 있다면. 아무도 없는 바닷가에서 혼자 살아갈 수 있다면. 태양의 해변이든 해변의 태양이든, 그런 곳에서. 아무도 만나지 않고 아무것도 생각하지 않고 무엇을 하려는 의지도 필요 없는 곳에서.

도는 그런 공상을 하다가 잠이 들곤 했다. 얕은 잠 속에서는 자주 미로 같은 골목을 헤맸다. 골목은 골목으로 이어지고 미로는 더 깊고 복잡한 미로로 이어졌다. 그러다 골목에 천천히 물이 차오르고…… 물이 차오르고…… 목까지 차오른다. 코로 귀로 물이 들어온다. 몸부림을 쳐보지만 소용이 없다. 아아, 그런데 이상하다. 물속인데도 숨을 쉴 수 있구나. 다행이야. 다행이다. 입에서 공기 방울이 피어오른다. 주위를 둘러본다. 물속의 먼 곳에서 투명하고 작은 해파리들이 점점이 다가오고 있다. 해파리들에게서 도망치기 위해 팔다리를 휘젓는다. 있는 힘껏 휘젓는다. 도는 생각한다. 나는 수영을 할 줄 모르는데. 그런데 저기 저 위쪽의 수면은 왜 저렇게 밝은가. 저기는 밤하늘인데. 물

바깥에는 밤하늘이 펼쳐져 있을 텐데. 별들이 떠 있을 텐데. 별들은 태양이 아닌데. 왜 저렇게 환한가. 해파리들이 다가오네. 해파리들은 다가와. 해파리들에게는 독이 있을 텐데⋯⋯

도를 깨운 것은 전화벨이었다. 자정 무렵이었고, 꿈속의 물에 잠겨 있을 때였다. 도는 눈을 떴다. 현실감 없이 천장을 바라보았다. 요란한 벨 소리가 도의 귀를 자극했다. 전화기를⋯⋯ 내려놓은 것 같은데. 아닌가. 그것도 꿈인가.

도는 얼굴을 찌푸리며 수화기를 들었다. 기계가 말하는 듯 사무적인 목소리가 귀를 파고들었다.

"여보세요? 도현도 씨? 도현도 씨? 잘 지내셨습니까?"

채권추심인이었다. 그는 일상적인 얘기를 하기 위해 전화를 건 사람처럼 도의 안부를 물었다.

"무슨 일이시죠?"

도는 퉁명스럽게 대꾸했다고 생각했는데 상대방에게는 나른한 목소리로 들릴 것 같았다. 채권추심인은 기계처럼 이름과 주소를 다시 물었다. 본인 여부를 확인했다. 도는 무슨 마법에라도 걸린 듯 그의 질문에 순순히 답했다. 화가 나지 않았다. 이상하게 못마땅하지 않았고 도리어 친근감까지 들었다. 이 밤에 이 모든 것은 왜 이렇게 되어가는 것일까. 멍한 머리로 그런 생각이 흘러갔을 뿐이다. 이 밤에 이 모든 것은⋯⋯

채권추심인은 도의 신상을 물은 뒤 채무의 존재를 인지하지 못했는지 물었다. 미리 정해져 있는 매뉴얼이 있기 때문에 어쩔 수 없이 질문한다는 투였다. 피곤에 지친 공무원의 목소리였다.

채무의 존재라. 채무의 존재.

도는 중얼거렸다. 채무라는 건…… 대체 무엇인가……

"그런데 아저씨, 이런 얘기는…… 이미 다 하지 않았나요? 나는 도현도이고, 빚을 진 적이 없고, 윤호연이라는 사람을 모릅니다."

도는 반문했다. 도의 말이 끝나기도 전에 수화기 저편에서 건조한 목소리가 들려왔다.

"잘 들으세요. 자신도 모르는 채무라는 것이 있을 수 있습니다. 있지요. 있습니다. 잘 들으시기 바랍니다. 귀하가 채무를 인지하지 못했다고 하더라도 그것이 발생하는 경우가 있습니다. 첫째, 직계가족의 채무 또는 기타 이유로 연대채무가 발생할 경우, 둘째, 별생각 없이 누군가의 보증을 선 경우, 셋째, 타인이 명의 도용을 한 경우, 넷째, 주민등록번호 유출 및 인감 분실 등 정보 관리에 문제가 발생한 경우, 다섯째, 이런 경우가 의외로 많습니다만, 자신이 채무를 진 사실이 있는데 의식적 무의식적으로 망각한 경우…… 이런 경우들 모두 원인 제공은 당사자가 한 것이기 때문에…… 아아, 듣고 있습니까? 듣고 있습니까?"

도는 대답하지 않았다. 상대는 개의치 않았다. 숨 쉬는 소리가 들리면 된다는 투였다.

"듣고 계시는군요. 그렇지요. 들으셔야 합니다. 귀하에게 채무가 발생, 귀속되는 경우는 다양하니까요. 인생이란 그런 것입니다. 이의 신청이든 채무 상속 포기든 스스로 구제 노력을 하세요. 그렇지 않으면 귀하는 그간의 이자까지 포함해서 변제해야 합니다. 그렇게 하는 것이 당연합니다. 법이 그러니까요. 법이. 얼마 전에 이자제한법이 폐지된 것은 아시겠지요? 원래 이자율 상한선이 25퍼센트였는데 IMF의 권고로 폐지되었습니다. 25퍼센트 이상의 이자도 가능하다 그 말입니다. 시장이라는 것은 시장의 논리로 풀어야 하니까요. 아시겠습니까?"

사무적인 어조였지만 어딘지 친근했기 때문에, 거의 안부를 묻고 있다는 착각이 들 정도였다. 도는 그가 하는 말의 의미를 자꾸 놓쳤다. 이 사람이 지금 무얼 열심히 말하고 있는 건가. 이 사람은 무얼 나에게 열심히 설명하고 있는 건가. 결국은 뭔가 팔고 싶은 게 있는 건가. 보험이라든가 건강식품 같은 것인가. 나는 돈이 없는데…… 돈이 없는데…… 도는 그런 생각을 하고 있었다. 도의 입이 열리기 전에 상대가 말을 이었다.

"신용이란 미래를 약속하는 것이거든요. 그게 없으면 이 세계가 무너지는 것이거든요. 생각해보십시오. 신용이라는 무형의 거래가 지탱하는 것이 이 세계가 아닌가. 이런 말씀입니다."

무형의 거래라니…… 신용이라니…… 대체 내가 왜 자정의 통화에서 이런 말을 들어야 하는 것일까……

"채무를 변제하지 않으면 도현도 씨의 미래가 위태롭습니다."

도는 미래라는 단어가 지나치게 낡고 진부하다는 느낌을 받았다. 먼 과거의 어휘인 것 같았다. 낡은 미래라니. 도는 얼굴을 찌푸렸다. 이 사람과 대화하는 건 부질없는 짓이다. 지금은 자정이 넘은 시간이다. 나는 피곤하고 잠이 몰려올 뿐이다……

"피곤하고 잠이 몰려와도 들어야 합니다. 원한다면 우리가 연대채무자들을 연결해줄 수도 있습니다."

이건 또 무슨 말인가 싶어 도가 물었다.

"연대채무자요? 채무자를 채무자와 연결해준다고요?"

"그렇습니다."

"그럼 연대채무자를 만날 수 있다는 말인가요?"

도는 멍청한 질문이라고 생각했다. 동시에 이 모든 것이 윤호연이라는 사람 때문이리는 생각이 들었다.

"그렇지요. 우리는 연결을 시켜줄 수 있습니다. 모든 것은 원인을 살피는 것이 중요하니까요. 채무라는 것은 끊임없이 이동합니다. 잘 추적하지 않으면 기원을 알 수 없지요. 채무는 채무와 얽히고 채무는 또 다른 채무를 발생시키고 채무들은 알 수 없는 방식으로 연결되니까요."

채권추심인이 말을 이었다.

"하지만 우리는 다릅니다. 다르지요. 참고로, 우리 사무실은 을지로에 있습니다. 우리는 초과근무를 하고 있습니다. 세상에는 언제나 채무가 많고 부채가 많기 때문입니다. 도현도 씨는 오셔서 사실을 확인할 필요가 있습니다. 사실이란 언제나 무서운 것이니까요."

을지로…… 초과근무…… 사무실…… 채무…… 도는 이런

단어들을 연결해 의미를 파악하려고 애썼다.

"곧 안내문이 도착할 겁니다. 일종의 소환장이죠. 도현도 씨는 올해 안에 우리 사무실을 방문하셔야 합니다. 곧 21세기가 아닙니까? 21세기라는 것은 20세기와는 뭔가 다르지 않겠습니까? 저렴하게 처리하려면 올해 안에, 즉 20세기 안에 방문을 하셔야 합니다. 해가 바뀌면 모든 게 오릅니다. 세기가 바뀌니 당연히 오르겠지요. 오르는 것입니다."

채권추심인은 이 대목에서 짧게 한숨을 쉬었다가 다시 입을 열었다.

"그래서 우리는 요즘 특별 초과근무를 합니다. 낮에는 모두 외근을 하고 밤에는 야근을 한다는 뜻입니다. 낮에는 방문해야 할 곳이 많으니까 외근을 하고, 저녁에는 전화를 돌리느라 야근을 하는 것입니다. 편의점 같다고나 할까. 문을 안 닫는다고 할까. 언제나 근무자가 있으니 사무실을 방문해주십시오. 단, 낮 시간을 피해서 말입니다. 낮에는 외근을 해야 하니까."

도는 어떻게 대꾸해야 할지 갈피를 잡지 못했다.

"기억하십시오. 을지로입니다, 을지로. 올해가 지나기 전에 방문하는 게 신상에 좋습니다. 12월 31일 이전에. 12월 31일도 좋습니다. 안내문을 보내지요. 일종의 소환장입니다. 그것이 우리의 업무니까요. 저녁 시간 이후라면 언제든 방문이 가능합니다. 우리는 외근을 하거든요. 방문해주십시오. 소환장을 보냅니다. 방문해주십시오. 그럼, 이만."

∞

빚이 있다느니 없다느니, 오라느니 가라느니, 그런 소리를 마음대로 해도 되나. 이런 게 다 위협인데 위협하는 말을 막 해도 되나. 도는 가지 않을 것이었다. 아무래도 가지 않을 것이었다.

하지만 소환장은 바로 다음 날 도의 집 우편함에 꽂혀 있었다. 손바닥만 한 종이 한 장. 안내문이라고 적혀 있는 통지서 한 장이었다.

도는 그것을 방치했다. 이틀 동안 그것을 우편함에서 꺼내 보지 않았다. 사흘째가 되자 안내문이 도를 노려보고 있는 섯 같았다. 목에 걸린 생선 가시가 콕콕, 목젖을 찌르는 느낌이었다. 삼킬 수도 없고 뱉을 수도 없는 것. 목 안쪽 살갗에 상처가 생기고 핏방울이 맺히는 기분.

도는 채권추심통지서와 안내문을 들고 법무사 사무실을 찾아갔다. 법무사 사무실이 네거리 모퉁이에 있다는 것을 도는 알고 있었다. 그 사무실은 도가 태어나기 이전부터 그 자리에 있었던 게 틀림없었다. 창문에는 법무사 사무소,라는 글자가 궁서체로 씌어져 있었다.

법무사는 퇴역 군인처럼 근엄한 표정의 노인이었다. 노인의 어조는 친절했지만 표정은 시멘트가 굳은 듯 딱딱했다. 얼굴 근육은 최소한의 움직임만 가능해 보였다. 법에 관한 일을 하기 때문인가. 도는 생각했다. 법을 지키고 국가의 질서를 보호하는 것이제 존재 이유라고 믿는 사람일 테니까. 아니, 그 반대인지도 모르지. 국가와 법의 틈새를 잘 알고 있는 사람의 표정인지도.

법무사는 도가 들고 온 소환장과 고지서를 이리저리 훑어보았다. 그러다 도를 물끄러미 바라보더니 다시 소환장과 고지서로 시선을 돌려 꼼꼼히 살폈다.

법무사는 간단명료하게 설명했다. 이 소환장과 고지서는 일반적이고 합법적인 채무고지서이다, 따라서 도현도 씨는 언젠가 보증을 선 적이 있거나, 연대 보증에 동원되었거나, 누가 도현도 씨를 사칭하여 대출을 받은 것이 틀림없다……는 것이었다. 서류에 문제가 없다면, 도현도 씨가 채무부존재소송을 통해 채무 없음을 증명하는 방법밖에 없다…… 법무사는 그렇게 설명했다.

도는 법무사의 말을 완전히 알아듣지는 못했다. 하지만 그가 내놓은 결론만은 이해했다. 일단 채권추심인의 소환에 응하여 지정된 사무실에 출석하고 상황을 정확히 파악하는 것이 좋겠다는 얘기였다.

∞

한 세기의 끝이 다가오고 있었다. 어떤 이는 20세기와 21세기에는 아무런 차이가 없으며, 단지 숫자 놀음에 불과하다고 말했다. 21세기는 사실 2000년이 아니라 2001년에 카운트해야 한다는 주장도 있었다. 2000년이 되면 모든 것이 무너질 거라고 믿는 이도 있었다. 어쨌든 이제 곧 새해가 올 것이었다. 모두들 들떠 보였다. 마치 이것으로 지난 천 년이 정리되기라도 한다는 듯이.

저녁 무렵까지 도는 방에 틀어박혀 있었다. 반지하의 창밖으로는 비도 내리지 않았고 눈도 내리지 않았다. 평일과 다른 것은 아무것도 없었다. 도는 아무 데도 가지 않을 작정이었다. 아무런 생각도 하지 않을 작정이었다. 아무것도 하지 않을 작정이었다.

하지만 나가봐야 하는 것이 아닐까. 아무래도 확인 징도는 해봐야 하는 것이 아닐까. 정말 그런 사무실이 있는지. 연말인데도, 연말이라서, 특별 초과근무를 하는 을지로의 사무실이 있는지. 모두들 외근을 하기 때문에 낮에는 비어 있고 밤에는 야근을 하는 사무실이 있는지. 없다면 다 거짓말이고 헛소리가 되는 것이고 그러면 나는 자유가 아닌가. 채무고 뭐고 다 무시해버리면 되는 것이 아닌가.

거기에 생각이 미치자 도는 오히려 잘된 일이라는 생각이 들었다. 역시 확인하러 가보는 편이 좋다. 그렇게 해서 이런 사기와 협잡에서 자유로워질 수 있다면 가보지 않을 이유가 없다.

도는 어둑해질 무렵 집을 나섰다. 버스를 타고 차창 밖을 바라보았다. 밤하늘이 맑아 보였다. 별들이 점점이 박혀 있었다. 오전에 잠시 안개가 끼겠지만 밤까지 대체로 맑은 날씨를 유지하겠습니다. 버스 기사가 틀어놓은 라디오에서 기상캐스터가 말했다. 서울의 밤하늘에도 별이 보이나. 대도시에서는 별이 안 보일 텐데. 중심가에서는 별이 안 보일 텐데. 도는 무의미한 생각을 하고 있었다.

시내로 접어들자 인파가 점점 늘어났다. 저녁이었고, 연말이었으며, 세기말이었다. 도심에는 사람들이 가득했다. 도는 을지로입구에서 내렸다. 걸어가는 쪽이 편할 듯했다.

채권추심인에게서 받은 안내문을 들여다보았다. 한쪽에 작은 지도가 인쇄되어 있었다. 잉크가 번져 흐릿해 보였지만 대략 위치를 파악할 정도는 되었다. 지도를 확인하고 주위를 두리번거리고 다시 지도를 확인하고 주위를 두리번거리고…… 도는 걸어갔다. 골목을 돌아서…… 골목을 돌아서…… 휘파람을 불며…… 휘파람을 불며…… 도는 걸어갔다.

셔터를 내린 식당과 가게들이 밀집해 있는 도로로 나가서 모퉁이를 두어 번 돌았다. 다시 좁은 골목으로 들어섰다. 은행과 편의점 사이의 골목이었는데, 골목이라기보다는 건물과 건물 사이의 빈 공간이라고 해야 할 것 같았다. 도심 한복판에 이런 곳이 있구나. 도는 생각했다.

걸어갈수록 골목은 점점 좁아졌다. 두 사람이 나란히 걸어가면 어깨가 툭툭 부딪힐 정도였다. 맞은편에서 사람이라도 마주 오면 몸을 모로 해서 비켜 가야 할 것 같았다. 골목을 걸어가다가 멈추어 서서 도는 하늘을 바라보았다.

아.

무심결에 도는 가벼운 탄성을 내뱉었다. 밤하늘에 별들이 떠 있었다. 서울의 밤하늘에 별들이 떠 있다니. 대도시의 밤하늘에도 별들이 떠 있다니. 그것도 저렇게 총총히, 가득 떠 있다니. 도는 중얼거렸다.

골목은 계속 이어졌다. 끊어질 듯 끊어질 듯 이어졌다. 골목 밖에서는 사람들이 종로 쪽으로 향하고 있을 것이다. 어디선가는 아직도 크리스마스 캐럴이 울리겠지. 곧 20세기가 저물겠지. 그런데 나는 이런 곳에서 대체 뭘 하고 있는 건가. 짧은 한숨을 내쉬는 순간, 도는 막다른 골목의 담벼락에 무언가가 그려져 있는 것을 발견했다.

도는 고개를 갸우뚱하게 기울여서 그것을 바라보았다. 무슨 낙서 같기도 했고 무슨 기호 같기도 했다. 하트 같기도 하고 두 개의 원이 마주 보고 있는 것 같기도 했다. 낯설지는 않은 기호였다. 어디선가 본 것 같은 느낌이 들었다. 이건 뭘까. 어디서 본 거지.

도는 그 도형 앞에 서서 좌우를 둘러보았다. 막다른 골목이라고 생각했는데 막다른 골목이 아니었다. 양옆으로 길이 나 있었다. 낙서 같기도 하고 기호 같기도 한 그림이 있는 벽의 좌우로 또 좁은 골목이 이어져 있었다. 왼쪽으로 가야 하나 오른쪽으로 가야 하나. 도는 두리번거리다가 벽에 그려진 도형을 바라보다가 다시 골목 양쪽을 번갈아 바라보았다.

통지서에 그려져 있는 지도로 위치를 가늠한 후 오른쪽 골목을 택해 들어갔다. 작은 보안등 몇 개가 듬성듬성 켜져 있었다. 보안등 불빛은 희미했다. 그나마도 꺼져 있는 것이 많았다. 하지만 골목은 어둡지 않았는데, 밤하늘의 별빛 때문인 것 같았다. 별빛이 점점이 늘어나는 것처럼 느껴졌다. 빛의 입자들이 점점이 내려와 동화 속의 반딧불이처럼 골목을 메울 것 같았다. 도는 천천히 걸어가다가 하늘을 바라보다가 다시 걸어갔다.

이윽고 도는 골목 끝에 도달했다. 안내문의 지도에는 작은 화살표로 표시된 곳이었다. 후미진 뒷골목의 끝. 더 이상 갈림길도 없는 막다른 곳.

거기에 정말 간판이 있었다.

반도상사.

그렇게 씌어져 있었다.

이런 곳에 사무실이 있다니. 어쩐지 절망적인 기분이 되어 도는 중얼거렸다. 정말 사무실이 있구나. 이런 외진 곳에 정말 사무실이 있구나.

그런 것은 있을 리가 없다고 생각했는데. 아무도 다니지 않을 것 같은 골목에 그런 게 있을 리가 없다고 생각했는데. 이건 사기가 아닌가. 협잡이 틀림없지 않은가. 이런 외진 곳에서 사무를 본다는 게 가능한가. 사무라는 것은 아주 구체적이고 실제적인 것인데, 이런 음침하고 후미진 골목 끝에서 그런 게 가능한

가. 아무래도 구체적이고 실제적인 업무라는 게 가능할 것 같지 않은……

　도는 주위를 둘러보고 다시 간판을 바라보았다. 반도상사,라고 적힌 간판 하단에 작은 글씨가 눈에 띄었다.

　신용정보 및 채권추심 전문 업체.

　눈여겨보지 않으면 아무도 읽지 못할 만큼 조그만 글씨였다. 눈을 가늘게 뜨고 간판을 바라보던 도는 글자들을 천천히 소리 내어 읽었다.

　신용정보 및 채권추심 전문 업체.

　낭독하듯 다시 읽었다.

　신용, 정보, 및, 채권, 추심, 전문, 업체.

　반도상사에서는 그런 업무를 보는 모양이구나. 아무리 읽어도 도대체 리듬이 생기지 않는 업무들을. 나로서는 도무지 이해할 수 없는 업무들을. 도는 중얼거렸다.

　간판 옆으로 철문이 달려 있었다. 녹이 슬어서 원래 색깔이 어땠는지 알 수 없었다. 문은 자못 완강해 보였다. 열쇠가 없는 사람은 결코 들여보내지 않겠다고 선언하는 것 같았다.

　도는 고개를 들어 밤하늘을 바라보았다. 아까보다 별들이 많아진 느낌이었다. 별들이 점점 늘어나고 있는 게 틀림없었다. 밤하늘에 별들이 늘어나다니. 밤하늘이 점점 밝아지다니. 그럴 수도 있나. 이건 혹시 레이저 쇼 같은 게 아닐까. 이제 곧 새로운 밀레니엄을 맞이하니까 기념으로.

하지만 저건 역시 별빛이다. 인공적인 느낌은 전혀 없다. 그럼 왜 저렇게 늘어나나. 대체 왜 늘어나나. 뭘 하려고 늘어나나. 저것은 그냥 밤하늘이 아닌 것 같다. 혹시 가까운 곳에서 은하수 같은 게 지나가고 있을지도 모른다. 무슨 전조 현상 같은 것일지도 모른다. 정말 종말이 오는 건가. 21세기가 오면 어떤 재앙이 기다리고 있는 건가. 지진 같은 것, 해일과 폭풍 같은 것, 집단 학살 같은 것, 전쟁 같은 것, 핵폭발 같은 것, 금융 위기 같은 것, 해고와 실업 같은 것, 혐오와 폭력 같은 것, 세균과 바이러스 같은 것…… 그런 것들이 오는 건가. 그것들을 피할 수는 있는 건가.

도는 오한을 느꼈다. 물리적인 추위 때문인지 심리적 추위 때문인지 알 수 없었다. 람페는 죽고 선우는 떠났다. 선우는 떠났고 동기들은 경찰서에 있다. 람페가 죽고 선우가 떠나고 내게는 빚이 있다고 한다. 람페는 죽고 선우는 떠나고 동기들은 경찰서에 있고 내게는 빚이 있다.

도는 막다른 골목에서 막다른 문을 마주하고 있었다. 어쨌든 여기까지 왔으니 확인은 필요하다. 연말이고 세기말인데 정말 늦은 시간까지 근무하는 사람이 있는지. 나에게 진실로 채무가 있는지. 누가 신용정보 서류를 위조해서 그걸로 대출이라도 받은 것인지. 어떤 채무가 나에게까지 넘어온 것인지. 윤호연이라는 사람은 대체 누구인지. 사람이 아니라 동물인지. 동물이 아니라 도깨비나 유령인지. 그런데 밤하늘의 별들은 왜 저렇게 늘어나나. 이 철문을 열고 들어가면 모든 문제가 다 풀릴지도 몰라.

도는 철문을 밀어보았다. 꼼짝하지 않을 것 같던 문은 의외로 선선히 열렸다. 처음부터 잠겨 있지 않았던 것이 틀림없었다. 경첩에서 쇳소리가 나며 작은 틈이 생겼다. 도는 철문 사이로 가만히 안쪽을 들여다보았다. 내부는 캄캄했다. 먹을 갈아 뿌려 놓은 듯이.

도는 어둠에 눈이 익기를 기다렸다. 시간이 흐르자 침침하고 좁은 통로와 통로 끝의 계단이 눈에 들어왔다. 문틈으로 몸을 밀어 넣었다. 철문의 녹이 옷에 묻었다. 손으로 그것을 문질러 보았지만 지워지기는커녕 옷에 번지고 말았다. 도는 몸을 모로 해서 안쪽으로 들어갔다.

사무실 입구라든가 그 비슷한 것은 보이지 않았다. 지하층으로 향하는 계단이 오른쪽에 나 있을 뿐이었다. 위층으로 올라가는 계단은 보이지 않았다. 이상한 건물이군. 위층으로 향한 계단은 아마 건물의 반대편에 있는 모양이지. 도는 생각했다.

계단참에서 희미한 빛이 올라왔다. 계단 벽에 붙어 있는 형광등에서 흘러나온 빛이었다. 형광등은 깜빡깜빡 꺼졌다가 깜빡깜빡 켜졌다. 망망대해에서 발견한 불빛 같았다. 어서 오라는 것도 같고 무슨 경고를 하는 것도 같았다. 도는 계단을 조심스럽게 내려갔다. 흐릿하고 좁았기 때문에 한 발 한 발 점검하듯 발을 디뎌야 했다.

지하 1층에는 아무것도 없었다. 사무실 같은 것은 보이지 않왔다. '반도상사→'라고 적힌 아크릴 표지판이 1층과 똑같이 생긴 복도에 붙어 있을 뿐이었다. 화살표는 지하 2층을 가리키고 있었다.

도는 화살표를 따라 내려갔다. 몸이 점점 어둠에 잠겨 들어가는 느낌이었다. 수면 아래로 내려가는 느낌이기도 했다. 형광등 불빛이 물속처럼 어슴푸레했다. 조금씩 깊은 물속으로…… 도는 내려갔다.

반도상사→

지하 2층에도 똑같은 표지판이 붙어 있었다. 도는 별수 없이 계속 내려갔다. 내려가지 않으면 할 수 있는 것이 없었다. 왜 이런 곳에서 이런 식으로 지하를 향해 내려가야 하는지 이해할 수 없다고 생각했지만, 발은 이미 계단을 밟고 기계처럼 아래로 향하고 있었다.

도는 벽면에 B3라고 적혀 있는 것을 발견했다. 이런 작은 건물에 무슨 지하 3층이 있나. 지하 3층까지 주차장이 있다는 건가. 하긴 골목 반대편은 대로변일 테니까. 사람들의 왕래가 많은 곳일 테니까. 그쪽은 화려하고 말끔하겠지. 엘리베이터도 있고 위층으로 향하는 계단도 있겠지. 여기는 앞이 아니다. 뒷면이고 이면이다. 그러니까…… 지하 3층……으로. 지하 4층……으로.

계단은 B4에서도 끝나지 않았다. 아래로 계속 이어져 있었다. 지하 5층도 있는 모양이네. 지하 6층도 있고 7층도 있다는

건가. 대체 이건······

반도상사→

똑같은 아크릴 판이 눈에 띄었지만 도는 이제 더 이상 내려가지 않을 작정이었다.

그때 도의 눈에 다른 안내판이 보였다.

반도상사는 지하 7층입니다.

작은 글씨가 씌어진 아크릴 판이 벽에 붙어 있었다.

그렇구나. 반도상사라는 곳은 지하 7층에 있구나. 지하 7층이라니. 하긴, 요즘에는 차가 많으니까. 너무 많으니까. 빌어먹을 만큼 많으니까. 주차장이 그만큼 필요한지도 모르지.

도는 내려갔다.

계속 내려갔다.

도는 어지러움을 느꼈다. 숨을 쉬기 어려웠다. 공기가 부족하다는 생각이 들었다. 한량없이 가라앉는 것 같기도 했다. 물에 잠겨서····· 점점 의식을 잃고·····

발밑에서 차가운 기운이 올라오고 있었다. 겨울이지. 겨울이구나. 겨울이야. 겨울의 감각은 이 모든 게 명료한 현실이라는 것을 알려주고 있었다. 너는 지금 계단을 밟고 내려가고 있다. 그것은 변하지 않는 사실이며 현실이다. 이런 확실한 감각이 현실을 증명한다····· 발바닥에 느껴지는 냉기가 도에게 그렇게 말하는 것 같았다.

계단은 더 이상 이어지지 않았다. 지하 7층이 마지막인 듯했다. 통로 끝에 문이 보였다. 역시 철문이었고 반도상사,라고 씌어져 있었다. 그 아래로 '신용정보 및 채권추심 전문'이라는 작은 글씨도 보였다.

정말 반도상사라는 것이 있구나. 사무실이 있구나. 진짜 있다. 진짜 있어. 그런데 이건 무슨 19세기식 전당포인가. 19세기 소설에 나오는 전당포 노파의 집 같지 않은가. 전당포는 저당을 잡고 돈을 빌려주는 곳인데. 이자를 받는 곳인데. 신용으로 돈을 버는 곳인데.

그런데 그 소설에서 주인공은 결국 노파를 죽이지. 잔인하게 죽이지. 노파의 동생까지 잔인하게. 도끼로. 하지만 주인공이 찾아간 전당포는 지하가 아니었던 것 같은데. 몇 층이었더라.

도는 그런 엉뚱한 생각을 하다가, 지상 7층이든 지하 7층이든 달라질 것은 없다는 데 생각이 미쳤다. 귀신이 나오든 악마가 나오든 조직폭력배가 나오든 특별히 무서울 것은 없다. 도끼를 든 노파가 복수를 하겠다고 달려들어도 좋아.

세기말이니까.

곧 종말이 올지도 모르니까.

종말은 올 테니까.

람페는 죽었다. 동기들은 경찰서에 끌려갔다. 선우는 떠났지. 처음부터 이미 떠난 채로 만난 사람처럼. 만나지도 않았는데 이별한 사람저럼. 남은 사람의 마음은 헤아려주지도 않고. 그런데 나는 이런 지하에서 무얼 하고 있나.

도는 망설일 것이 없다고 생각했다. 손잡이를 돌렸다. 잠겨 있지 않았다. 도는 어깨로 문을 밀면서 들어갔다. 노크는 하지 않았다. 이런 곳에서 노크를 하는 건 이상하잖아. 도는 생각했다.

습하고 더운 공기가 안쪽에서 밀려 나왔다. 난방을 하고 있구나. 난방을 하고 있어. 그것도 심하게. 이건 거의 겨울에서 여름으로 들어가는 기분인데. 마치 습한 열대로. 도는 눈살을 찌푸렸다. 안경에 김이 서려서 아무것도 보이지 않았다. 급하게 안경을 벗어 습기를 닦아냈다.

도는 다시 안경을 쓰고 눈을 가늘게 떴다. 눈앞에 보이는 것은 과연, 사무실이었다. 오래된, 낡은, 평범한, 사무실. 사무실 외에 다른 것일 수 없는 공간. 사무를 보는 것 외에 다른 일은 할 수 없는 공간. 누구든 피곤한 표정으로 업무에 몰두할 수밖에 없는.

도는 희미한 형광등 불빛이 메우고 있는 사무실을 둘러보았다. 사무실답게 철제 캐비닛들이 벽에 늘어서 있고 그 옆으로 스탠드 옷걸이가 서 있었다. 구식 철제 책상들이 다닥다닥 붙어 있었다. 파티션은 되어 있지 않았다. 도는 알바를 구하러 동네 인력 사무소에 가본 적이 있었는데, 그곳과 비슷한 느낌이었다. 새벽의 인력 사무소는 중년 남자들의 세계로, 백팩을 멘 허름한 차림의 남자들이 몰려왔다가 몰려 나간다. 승합차가 인력 사무소 앞에 정차하면 담배를 피우던 이들이 말없이 차에 오른다. 승합차는 서울 시내 건축 현장이나 근교의 야적장 같은 곳으로 향한다고 했다. 중년 남자들이 사라지고 난 오전에는 노인과 중년 여자 들이 들락날락하고 오후가 되면 횡한 분위기가 된다. 실장은 아래층 중국집 사장과 바둑이나 장기를 둔다. 누가 들어와도 별 관심이 없고 누가 나가도 돌아보지 않는다.

비어 있다는 것만 빼면, 반도상사의 사무실도 비슷한 분위기였다. 사람들이 빠져나가 횡한 인력 사무소의 분위기. 왼쪽으로 보이는 회벽에는 세계지도가 붙어 있었다. 서울특별시 지도도 아니고 대한민국 전도도 아니었다. 커다란 세계지도였다.

세계지도라니. 이런 공간에 어울리지 않는데. 쓸모가 없을 테니까. 그냥 장식용인가. 도는 생각했다. 세계지도 위에는 디지털 시계들이 나란히 걸려 있었다. 시계 아래로 뉴욕, 파리, 모스크바, 베이징, 서울이라고 적힌 아크릴 판이 보였다. 뉴욕 AM 10:45, 파리 PM 4:45, 모스크바 PM 5:45, 베이징 PM 10:45…… 서울 PM 11:45.

사무실이 완전히 비어 있는 것은 아니었다.

고개를 책상에 박고 무언가 열심히 적고 있는 남자가 보였다.

남자는 도가 들어온 줄도 모르는 것 같았다. 자정이 가까운 시간에 혼자 사무를 보는 남자. 외근을 마치고 사무실로 돌아와 홀로 야근을 하고 있는 남자. 도는 어쩐지 남자가 울고 있는 것은 아닐까 하는 생각이 들었다.

인기척을 느낀 남자가 고개를 들었다. 도와 눈이 마주쳤다. 얼굴에 붉은 기운이 도는 중년의 사내. 바로 그 채권추심인이었다.

도는 불쑥 반가운 느낌이 들었다. 반갑다? 반갑다니. 어이가 없군. 어째서 이런 감정이.

도는 자신이 내심 엉뚱한 걱정을 하고 있었다는 것을 깨달았다. 사무실에 낯선 사람이 앉아 있으면 어쩌나. 낯선 사람에게 내가 누구인지, 왜 자정이 가까운 시간에 이런 곳을 찾아왔는지, 처음부터 사정을 설명해야겠지. 이름을 말하고 주소를 알리고 또 용건을 구구절절 설명해야겠지.

그건 매우 피곤하고 괴로운 일일 것이다. 하지만 확실히 채권추심인이 앉아 있다. 다행이다. 그런데 이걸 다행이라고 해야 하나.

도가 멍하니 서 있자 채권추심인은 오른손을 천천히 들어 까딱까딱, 자기 쪽으로 오라고 신호를 보냈다. 도는 주술에라도 걸린 것처럼 그에게 다가갔다.

"그렇지요. 그렇습니다. 이렇게, 이렇게, 오면 되는 것입니다. 오지 않으면 안 되니까요. 세상에는 그렇게 하지 않으면 안 되는 것들이 있는 법입니다."

채권추심인이 말했다. 어색한 미소가 그의 얼굴에 떠 있었다. 미소라기보다는 얼굴 근육이 일그러진 것에 가까워 보였다. 채권추심인은 책상 위의 서류 쪽으로 시선을 돌렸다가 고개를 들더니, 갑자기 큰 소리로 외쳤다.

"아 그러니까, 채무불이행자! 등록 명부!……라는 것이 있습니다. 채무불이행자. 등록 명부. 그런 게 있지요, 그런 것이."

채권추심인이 알겠습니까? 하고 묻는 표정으로 도를 바라보았다. 도는 입을 열지 않았다. 뭐가 어떻게 되나 보자는 심정이었다. 채권추심인이 다시 입을 열었다.

"아시겠지만, 이 명부에 이름이 올라가면 여러모로 좋지 않습니다. 경제활동이 불가능해지니까요. 그렇지요. 불가능해지지요. 하지만 우리는 고객의 채무에 대해서는 언제나 건전한 변제를 유도합니다. 확실히 건전한 업체니까요. 우리는 사회를 건전하게 만들기 위해 노력합니다. 그 점을 기억해주십시오."

그가 책상 위의 종이 한 장을 들어 올렸다. 도 쪽을 바라보며 종이를 까딱까딱 흔들었다. 종이를 가리키며 그가 말을 이었다.

"도현도 씨는, 말하자면, 평생 빚을 갚아야 하는 것입니다. 인간의 도리란 그런 것이니까요."

인간의 도리라니. 평생이라니. 빚이라니.

도는 웃음이 흘러나오려는 것을 겨우 참았다. 채권추심인은 곁에 놓여 있던 안경을 쓰고는 다시 서류를 뒤지며 말했다.

"개인파산법이라는 게 있습니다. 있지요. 작년 IMF 때부터 개인도 파산이 가능하게 됐다, 이 말입니다. 아직 사람들이 잘 몰라요, 파산이라는 게 얼마나 좋은 건지. 파산이란 것은 정말 좋은 제도입니다."

파산이라. 그것도 나쁘지 않다고 도는 생각했다. 파산이건 파멸이건 파괴건, 그것으로 모든 게 사라저버렸으면 하는 생각이 들었다. 세기말은 모든 것이 종언을 고하는 시간이 아닌가. 종말에 가까운 시간이 아닌가. 이왕이면 완전하게 사라지는 쪽이 나을지도 모른다.

"세상에는 두 종류의 사람이 있습니다. 있지요, 두 종류의 사람이. 돈을 버는 사람과 돈을 쓰는 사람. 돈을 빌려주는 사람과 돈을 빌리는 사람. 돈이 있는 사람과 돈이 없는 사람. 그런 것입니다."

채권추심인은 그렇게 말하며 안경 너머로 도를 빤히 바라보았다.

"그 두 종류의 사람들이 난마처럼 얽히고설킨 채 어디론가 움직인다. 그게 바로 우리가 살아가는 세계가 아니겠습니까? 우리가 어디로 움직이고 있는지 정확하게 아는 것은 불가능하다. 그러니까 우리 같은 전문가의 도움을 빌리는 것이 좋다. 그런 것이지요. 도현도 씨도 마찬가지고."

쓸데없는 얘기다. 상투적인 얘기다. 뻔한 얘기다. 이 사람은 왜 나에게 이런 얘기를 늘어놓고 있는 것인가. 도는 인상을 찌푸리며 입을 열었다.

"그래서 본론이 뭡니까. 어쨌든 본론을……"

도가 말을 꺼내자마자 채권추심인이 끼어들었다.

"그렇습니다. 본론. 본론이 중요하지요."

그가 책상 위의 다른 서류들을 이리저리 훑어보았다. 그리고 어딘가를 손가락으로 짚으며 입을 열었다.

"이 사람이군요. 이 사람입니다."

도는 그의 손가락 끝을 유심히 바라보았다.

"윤호연, 윤호연이라는 사람입니다. 직접 만나보시는 게 좋겠는데? 이 사람이 연대채무자거든? 주민등록번호도 있고, 인적 사항이 확실하다니까. 이렇게 우리한테는 모든 서류가 갖추어져 있어요. 법적으로는 모든 게 확실하다는 뜻이죠. 다시 말하지만 신용이 생명이기 때문에."

채권추심인의 입에서는 좋지 않은 냄새가 흘러나왔다. 뭔가가 상해가는 냄새였다. 이런 구취는 어떻게 할 수가 없다. 말을 하는 저 사람도, 말을 듣는 나 자신도. 도는 인상을 찌푸리지 않기 위해 애썼다.

그때 서류를 들여다보던 채권추심인의 안색이 갑자기 바뀌었다. 얼굴 근육이 양철로 만든 것처럼 딱딱해졌다.

"아니, 그런데 내가 8억이라고 했나? 이거, 뭔가 잘못됐는데? 동그라미 하나를 잘못 봤어. 8억이 아닙니다. 8억이 아닙니다."

"뭐라고요?"

도가 반문했다. 신용이 어떻다느니, 서류가 어떻다느니, 8억이 어떻다느니, 그런 이야기를 하다가 이제 8억이 아니라는 것이었다. 채권추심인이 도를 빤히 바라보며 다시 말했다.

"80억입니다. 80억. 8억이 아니라 80억. 이거 골치 아프게 됐는데?"

도의 얼굴이 일그러졌다. 울어야 할지 웃어야 할지 알 수 없었다. 실은 울음도 웃음도 관련이 없는 상황이었다. 80억이라니. 8억이든 80억이든 나에게는 아무런 상관이 없다. 어차피 둘 다 무의미한 숫자에 불과하니까.

채권추심인이 도의 표정을 물끄러미 바라보다가 입을 열었다.

"지금 당장 전화를 해보세요. 내년부터는 뭐가 어떻게 바뀔지 모르니까. 이제 한 세기가 끝나가니까. 제도란 것은 복잡하고 매번 바뀌거든. 21세기가 되면 아주 많은 것이 악화될지도 모릅니다. 그렇지요. 악화됩니다. 날씨는 뜨거워지고 빙하가 녹고 해일이 몰려오고 전쟁이다 테러다 하는 사건들이 일어나고 미세먼지에 바이러스가 창궐하고…… 살기가 어려워지지요. 어려워집니다. 없는 사람들은 그럴 때 더 어려워지는 거거든. 도현도 씨도 마찬가지고. 게다가 도현도 씨는 애인을 잃지 않았습니까. 그러니까 빨리 전화를 해보세요. 윤호연 씨한테."

이 사람은 지금 무슨 말을 하고 있는 건가. 채권추심인은 맥락 없이 지껄이고 있었다. 말에 내용이 없었다. 채무와 날씨와 바이러스가 무슨 관계가 있다는 말인가. 게다가 애인이라니. 애인을 잃은 것이 대체 무슨……

"관계가 있지요. 관계가 있습니다. 제가 다 설명을 드리지요. 도현도 씨의 애인이 대체 무슨 관계가 있는지를…… 애인을 사랑했다면 말입니다만. 그 사랑이 윤호연 씨와 무슨 관계가 있는가…… 윤호연 씨가 어떤 사람인가……"

채권추심인의 입이 어두컴컴하게 열렸다 닫혔다. 그의 입속으로 깊은 동굴이 뚫려 있는 것 같았다. 도는 그 동굴에 손을 넣으면 뭐가 잡히나 하는 상상을 하고 있었다. 아무것도 잡히지 않겠지. 그러면 그 동굴 안에 뭐가 있나 하고 고개를 들이밀고 살펴야겠지. 그러면 어느 순간 동굴이 도의 머리를 확! 잡아먹을 것이다.

채권추심인이 이야기를 시작했다. 도와 도의 애인과 도의 사랑과 윤호연의 이야기를.

∞

채권추심인은 책상 위의 전화를 들어 도에게 내밀었다. 수화기를 받아 드는 순간 희미한 전류가 도의 손끝으로 흘러들어와 온몸으로 퍼져갔다. 전류는 도의 뇌까지 도달해서 뇌세포 하나하나를 일으켜 세우는 느낌이었다.

도는 수화기를 귀에 갖다 댔다. 이렇게 하지 않으면 안 된다고 느껴질 때가 있다. 이렇게 하지 않으면 안 되기 때문에 나는 이렇게 하는 것이다. 도는 생각했다. 도는 어쩐지 모든 것이 당연하다는 기분에 사로잡혀 있었다.

채권추심인이 전화기의 숫자 버튼을 눌렀다.

도는 수화기를 귀에 댄 채 미동도 하지 않았다. 도의 귓속에서 신호가 울렸다.

아무도 받지 않았다.

신호가 울렸다.

저쪽에서는 반응이 없었다.

하나 둘 셋…… 도는 속으로 수를 세었다. 상대가 전화를 받기를 바라는 것인지, 전화를 받지 않기를 바라는 것인지 스스로도 알 수 없었다. 어쨌든 나는 열을 세고 수화기를 내려놓을 것이다. 열을 세고 수화기를…… 도는 생각했다.

일곱…… 여덟…… 아홉……

열.

도가 수화기를 귀에서 떼려는 순간, 저편에서 목소리가 들려왔다.

"여보세요."

낮고 음침한 목소리였다. 여보세요,라고 말하면서 말끝을 급히 내렸다. 겨우 한마디를 했을 뿐인데도 뭔가 경계하거나 항의하고 있다는 느낌을 주는 목소리였다.

도는 입을 떼지 않았다. 무슨 말을 어떻게 시작해야 할지 갈피를 잡을 수 없었다.

"여보세요?"

상대는 말끝을 올려서 다시 물어왔다. 역시 낮고 빠른 어조.

도는 안간힘을 다해 입을 열었다.

"나는…… 나는…… 당신을…… 알고 있습니다."

말을 하자마자, 자신이 하고 싶었던 말은 이것이 아니라는 것을 깨달았다. 도의 입은 도의 생각과는 다르게 움직였다. 수화기 저편에서 침묵이 흘렀다.

12. 도미노
— 윤호연, 2019

윤호연의 휴대전화가 울렸다. 발신자 표시가 되어 있지 않았다. 윤의 직감은 이 전화를 받아야 한다고 말하고 있었다.

"여보세요."

말끝을 내렸다. 저편에서는 반응이 없었다.

"여보세요?"

윤이 말끝을 올려 다시 말했다. 역시 상대는 반응하지 않았다. 대신 가쁜 숨소리가 전해져 왔다. 윤이 거칠게 물었다.

"누구냐, 너."

그제야 짧고 간결한 답변이 돌아왔다. 잔뜩 잠긴 목소리였다.

"나다."

박이었다. 왜 전화번호가 안 뜨나……라고 묻기도 전에 박이 내뱉었다.

"틀렸다."

뭔가 체념한 듯 낮은 어조였다.

"틀렸다고. 그쪽이 의식을 회복했대. 게다가 경찰 말로는 목격자가 있다는대."

박이 말했다. 윤은 지금 그가 무슨 말을 하고 있는 것인지 이해가 되지 않았다. 이해가 되지 않았는데도 몸이 얼어붙는 느낌이었다.

박은 틀렸다고 말했다. 그쪽이 의식을 회복했다고 말했다. 게다가 목격자가 있다고 말했다.

낭패감이 전신으로 빠르게 번져갔다. 온몸에 전류가 흐르는 느낌이었다.

∞

최근 윤은 궁지에 몰려 있었다.

무엇보다도 자금 사정이 좋지 않았다. 윤의 회사는 몇 해 전부터 조금씩 취급 분야를 확대하고 인력을 늘리고 몸집을 불려왔다. 원래는 중소기업 컨설팅 중에서도 인수 합병, 채무 개선, 노무 인사 관리 분야가 주력이었는데, 소규모 자영업 쪽으로 분야를 확대한 뒤로는 제어가 되지 않았다. 회사는 상대의 에너지를 흡수해서 저절로 몸집이 커지는 괴물을 닮아가고 있었다.

윤은 사실 사세 확장이나 공격적인 경영보다는 지속 가능한 안정성을 컨설팅의 기조로 삼고 있었다. 불가피한 선택이었다. 윤의 고객들은 대부분 레드 오션에 몸담고 있었다. 피로 물든 바다에서 헤엄치고 있다는 뜻이다. 바다은 좁고 경쟁자들은 많았다. 붉은 바다를 더 붉게 만드는 자만이 승리하는 게임. 승리 자조차도 자신의 몸이 피로 물들어 있다는 걸 깨닫고 경악하게 되는 게임. 이런 분야에서 중소 규모 업체들을 사세 확장이나 공격적 경영 쪽으로 유도할 수는 없었다.

지속 가능한 안정성을 확보하는 일도 쉽지 않았다. 레드 오션이건 블루 오션이건 헤엄을 치지 않으면 가라앉는다. 규모를 키우고 매출 총액을 늘리지 않으면 도태돼버린다. 피로 물든 망망대해에서 생존하는 방법은 그것뿐이다.

윤은 한 중견 식품 회사의 용역을 수주한 적이 있었다. 모기업이 해체되면서 갈 곳을 잃고 사모 펀드의 투자를 받아 겨우 회생한 업체였다. 당시 윤은 공세적 방식을 택해 컨설팅을 했다. 제품 라인업을 축소하고 과도한 프로모션을 자제하는 대신, 소비자 기호와 새로운 트렌드에 맞는 신제품 개발 쪽으로 방향을 잡았다. 인력과 시설을 감축하기보다 판로 확대 및 마케팅 강화를 주문했던 것이다. 때마침 즉석식품 바람이 불 때였다. 승산이 있어 보였다.

하지만 1년 반이 채 지나지 않아 기획은 실패로 판명되었다. 수익성이 악화되었다. 과도한 부채 유입이 결정적으로 발목을 잡았다. 윤이 컨설팅한 회사는 파산 절차를 밟아야 했다. 이미 피로 물든 바다였다.

　윤은 휴대전화를 물끄러미 바라보았다. 의식을 회복…… 경찰…… 목격자…… 박은 왜 이런 불쾌한 어휘를 동원하는 것인가. 박의 문제는 박의 문제만이 아니다. 그것은 윤의 문제이기도 하다. 모든 것이 연결돼 있고 이어져 있다는 것, 그게 이 세계의 원리다. 고고한 개인이나 단독자 따위는 애초부터 존재 자체가 불가능하다.

　교회 모임의 술자리에서 박은 말하곤 했다. 도미노지, 도미노. 보이지 않는 손이 툭 건드리면 차례로 넘어가는 거 말야. 먼 데서 도미노 패 하나가 쓰러지면 나비효과처럼 파장이 오는 거. 그 파장을 만나는 순간 느낌이 오느냐 안 오느냐. 그걸 감지하는 게 이 바닥의 재능이거든. 대박이냐, 쪽박이냐. 그게 결정되는 거지.

　자신만만한 어조로 박은 덧붙였다. 말하는 재미에 푹 빠져 있는 사람 특유의 표정이었다. 얼굴 근육들이 꿈틀거렸다.

　사업이란 건 운칠기삼이야, 운칠기삼. 운이 칠, 기가 삼. 즉, 보이지 않는 손이 칠, 사업가의 노력이라든가 기술 개발이라든가 그런 게 삼. 그게 이 세계의 매력이지. 내가 이렇게 교회를 다니고 있지만, 사실 신앙이니 사랑이니 신념이니 이런 건 쓸데가 없거든. 중세를 봐. 이념이니 종교니 신앙이니 하는 것들 때문에 사람이 얼마나 죽었느냔 말야. 전쟁은 또 얼마나 일어나고. 전부 다 자본주의로 정화해야 돼. 쓸데없이 신앙이나 믿음에 집착하는 순간 한 방에 훅 가게 만드는 거지. 아, 물론 예수님은 위대하신 분이지만. 하하.

박의 입에서 침이 튀었다. 침은 무수한 비말을 만들며 사람들 사이로 흩어졌다. 이쯤 되면 사람들은 슬금슬금 눈살을 찌푸렸다. 저 사람, 왜 저런 쓸데없는 얘기를 하는 거야. 다 아는 얘기를 저렇게 뻔뻔하게 떠벌이다니. 침이나 탁탁 튀기면서. 아니 근데 자본주의 전쟁이 더 심하지 않나. 그런 표정들이었다.

박의 장점은 달변이라는 것이고 단점은 말이 많다는 것이었다. 대개 그렇듯 단점은 곧 장점이고 장점은 곧 단점이었다. 윤의 입장에서는 이런 유형의 고객에게 신뢰를 얻는 것만큼 쉬운 일은 없다. 가만히 들어주고 맞장구를 쳐준다. 적절하게 장단을 맞추면서 상대가 듣고 싶어 하는 말을 추출한다. 먼저 패를 다 까게 만든 뒤 천천히 이쪽의 손을 펼친다……

비즈니스에서 그것만큼 중요한 재능은 없다. 결정적인 순간에 핵심에 육박하는 것, 얻어낼 것을 얻어내고 버릴 것은 버리는 것. 실리는 이쪽으로 가져오고 자기만족은 저쪽에 주는 것.

하지만 이번에는 그게 패착이었는지도 몰랐다. 신용. 보이지 않는 손. 그리고 실리.

서초동의 단골 바에서 박은 이상한 이야기를 한 적이 있다. 검은 대리석 바닥과 어두운 조명은 어떤 얘기를 해도 외부로 새어 나가지 않을 것 같은 느낌을 주었다. 공간이 복도식으로 교묘하게 나뉘어 있어서, 바에 앉아 있으면 다른 자리의 손님들이 보이지 않았다.

박은 희끄무레한 조명 속에서 목소리를 낮추었다. '보이지 않는 손'을 이용하겠다는 얘기였다.

보이지 않는 손? 웬 철 지난 애덤 스미스인가?

윤이 되묻자 박은 웃었다.

애덤 스미스는 무슨. 네가 한 얘기잖아.

내가?

보이지 않는 손이 작동을 안 할 때는 다른 종류의 보이지 않는 손을 빌려야 한다…… 경제학이 안 될 때는 정치학을 빌려야 한다…… 역시 컨설턴트다운 조언이었지.

박이 비꼬듯이 말을 이었다. 이 사람이 지금 무슨 말을 하는 건가. 윤은 그런 표정으로 침묵을 지켰다.

아, 모른 척하기야? 술도 못 마시는 사람이 술 좀 마시고 취해서 한 얘기다, 그건가? 요즘엔 술 마시고 한 짓은 가중처벌 해야 한다든데?

윤은 박의 얼굴을 물끄러미 바라보았다. 윤은 그런 이야기를 한 적이 없었다. 아니, 기억이 나지 않았다. 기억은 나지 않았지만…… 자신이 했을 법한 이야기였다. 왜냐하면 이미 알고 있는 말이었기 때문에.

무슨 흥신소 얘기도 했잖아. 간판 같은 것도 없이 일하는 곳이라며.

그게 무슨 얘기야? 윤은 그렇게 말하려 했지만 박의 표정을 보고는 입을 다물었다. 이미 모든 것을 결정한 사람의 표정이었다. 눈빛이 번들거리고 있었다.

눈 내리는 겨울밤…… CCTV도 없는 재개발 철거 지역의 골목…… 골목과 골목이 이어지는 곳…… 골목에서 골목으로…… 모퉁이에서 모퉁이로…… 그리고 이면도로에서의 교통사고. 실수에 의한…… 과실에 의한…… 우연한……

박은 그런 말을 하고 있었다. 윤은 눈살을 찌푸렸다. 이게 무슨 얘긴가. 미친 짓이다. 지금은 21세기다. 박정희 시대도 전두환 시대도 아니다. 그런데 아직도……

박이 다시 입을 열었다.

그 흥신소, 믿을 만하던데.

그리고 2주 만에 박이 전화를 걸어온 것이다. 박은 그쪽이 의식을 회복했다고 말했다. 목격자가 있다고 말했다. 휴대전화 저편에서 박은 패닉에 빠진 목소리로 그런 말을 늘어놓았다. 윤은 당혹스러웠다.

이봐, 지금 대체 무슨 말을 하는 건가. 나는 모르는 일이야. 지금 네가 무슨 말을 하는 건지 모르겠다고. 우리가 왜 이런 이야기를 해야 하는 건가. 윤은 그렇게 되묻고 싶었지만, 입으로는 다른 질문을 던졌다.

"목격자? 목격자라니?"

"목격자라고 목격자. 현장을 다 보고 있던 목격자."

박이 숨을 골랐다.

"휴대전화로 영상까지 찍어놨다는 거야, 그게."

윤은 가슴이 답답해지는 것을 느꼈다. 저편에서도 말이 없었다. 침묵 끝에, 윤이 목소리를 낮추어 물었다.

"정말…… 그 짓을 했다는 말이야?"

윤의 질문에 박은 대답이 없었다. 한참 후에 박이 한껏 억제된 목소리로 입을 열었다.

"그 짓이라고? 이 새끼가…… 누가 먼저 그 얘기를 했는데……"

분노가 서서히 끓어오르는 목소리였다.

윤은 침묵했다.

윤은 담배를 바닥에 던져버리고 구둣발로 짓이겼다.

전화를 끊었다.

13. 타우마타와카탕이항아코아우아우오타마테아투리푸카카피키마웅아호로누쿠포카이웨누아키타나타후

— 윤호연, 2019

어느 새벽, 윤은 아내가 창가에 서 있는 것을 보았다. 창밖에 흐릿한 새벽빛이 번지고 있었다. 물끄러미 바깥을 바라보는 뒷모습이, 마치 새벽빛과 대화라도 나누는 것 같았다.

아내의 뒷모습을 윤은 가만히 바라보았다. 어두운 문가에 서서 꽤 오래 바라보았다. 내가 원래 사람의 뒷모습을 바라보는 걸 좋아했나. 그런 엉뚱한 생각이 들었다.

하긴, 사람의 앞모습이나 얼굴에는 표정과 신호가 너무 많다. 상대의 표정과 신호를 읽고 해석하고 의미를 부여해야 한다. 수많은 정보를 수집하고 분석하고 결론을 도출해내는 일. 그건 에너지 소모를 요구한다. 피곤하다는 뜻이다. 순식간에 본능적으로 하는 일이라고 해도 마찬가지다.

물론 뒷모습도 많은 것을 말한다. 먼 데서 사람의 뒷모습만 보고도 나이와 성별과 직업과 계급과 기분을 추측할 수 있다. 헤어스타일, 옷의 종류, 어깨와 목의 각도, 팔에서 허리로 흐르는 선의 궤적, 걷는 자세와 속도, 다리의 움직임 등등. 모든 것이 기호가 된다. 사람은 그것을 종합하고 직관적으로 해석한다.

하지만 창밖을 바라보는 아내의 뒷모습에는 아무것도 씌어져 있지 않았다. 복잡한 생각이 없는 뒷모습이었다. 계산이 없는 뒷모습이었다. 단순한 뒷모습이었다. 그냥 이렇게 존재한다고 말하는 듯한.

윤은 멍하니 아내의 뒷모습을 바라보았다. 아직 머릿속에 잠의 구름이 떠다니는 듯 몽롱하게 느껴졌다. 이상한 생물들이 출몰하는 꿈을 꾼 뒤였다. 투명하고 작은 생물들이 물속에서 증식하고 있었다. 하나가 둘이 되고 둘이 넷이 되고 넷이 여덟이 되었다. 기하급수…… 이 과정을 몇 차례만 반복하면 셀 수조차 없게 될 것이다. 그런데 이건 대체 어떤 생물인가. 윤은 물속에 잠긴 채 고개를 갸우뚱하게 기울였다.

투명하고 작은 생물들은 윤을 향해 서서히 다가왔다. 점점 무수해지면서 윤을 향해 다가왔다. 아름답기도 하고 기괴하기도 하고 무섭기도 하다고 윤은 생각했다. 무섭다고 생각하자 정말 등골에 서늘한 공포감이 느껴졌다. 한번 공포를 느끼자 제어할 수 없었다. 두려움이 미끌미끌하고 투명한 막처럼 윤의 몸을 감쌌다. 도망쳐야 한다고 생각했다. 하지만 그물에라도 걸린 듯

몸이 움직이지 않았다. 물속에서 팔과 다리를 버둥거리는 순간 깜빡,

윤은 깨어났다. 아직 꿈인가.

꿈이 아닌가.

윤은 천장을 바라보며 생각했다. 방은 어두웠다. 바다가 사라지고 투명한 생물들도 사라진 뒤였다. 천장의 LED 조명이 모두 꺼져 있었다. 이것은 그저 캄캄한 밤의 천장이다. 그나저나…… 그게 무언지 알 것 같군. 윤은 생각했다. 꿈속의 생물들. 투명하고 작고 흐물거리는 것들. 아름답고 신비롭고 사소한 것들……

윤은 대학 시절 이후 잠이나 꿈 때문에 스트레스를 받아본 적이 없었다. 그는 베개에 머리를 대는 순간 잠이 드는 편이었다. 타고난 복이라고들 했다. 예전에는 그렇지 않았다. 대학 시절에는 수면제가 없으면 잠을 못 이뤘는데. 나이가 들면서 편안해진 건가, 윤은 생각했다.

아내는 언제나 윤보다 늦게 침대에 누웠다. 그마저도 깊이 잠들지 못하고 곧 깨어나는 모양이었다. 아침에 윤이 깨어나 보면 아내는 이미 자리에 없었다. 늦게 자리에 들어 일찍 자리에서 일어났다. 생각이 많다거나 불면증에 시달리는 것은 아니다. 단지 잠이 없는 것뿐이라고, 아내는 말했다.

불면증이 아니라고요?

윤은 그렇게 되물었지만 아내는 대답하지 않았다.

불면증은 아닌데 잠을 못 잔다? 생각이 많아서 그런가. 그러면 머릿속으로 양을 세어보는 건 어떤가. 약을 먹어보는 건.

윤은 무신경하게 말했다. 아내는 윤을 빤히 쳐다보고 있었다. 이 사람은 왜 이렇게 사람을 빤히 보나 생각하는데 아내가 별것 아니라는 듯 말했다.

아니. 잠이 없을 뿐예요. 체질이니까. 기질인가. 나는 꿈도 안 꾸는걸.

체질. 기질. 하긴 그렇다. 체질이나 기질은 많은 것을 설명한다. 설명할 수 없는 것까지 설명한다. 좋고 나쁨을 느낄 때도, 옳고 그름을 판단할 때도, 체질이나 기질이 깊은 곳에서 작동한다.

아내는 어쨌든 별문제가 없이 살아왔다고 했다. 그렇다면 뭐라 더 할 말이 없는 게 아닌가. 윤은 부럽다고 생각했다. 좋을 거야, 잠이 없으면. 그러면 남들보다 하루에 몇 시간은 더 살아 있는 셈이 아닌가. 밤에도 일을 더 할 수 있겠지. 남들보다 인생을 더 길게 사는 셈이니까. 그뿐인가. 꿈도 꾸지 않는다니, 꿈속에서 무언가에게 쫓기지도 않겠네, 꿈속에서 살인을 저지르지도 않겠지. 이상한 생물들에게 쫓기지도 않을 테고.

아내가 잠든 모습을 본 적이 없는 건 아니었다. 잠이 없다더니 잠을 안 자는 건 아니구나. 그런데 특이하네. 윤은 잠든 아내를 물끄러미 바라보면서 생각했다. 아내는 눈을 가늘게 뜬 채 잠들어 있었다. 가늘게 벌어진 눈꺼풀 사이로 눈동자가 보일 정도였다. 거의 눈을 뜨고 있다고 해도 좋았지만, 무언가를 바라보는 눈빛은 아니었다. 잠이 든 것은 틀림없다. 그런데 눈을 감지 않는다……

이건 무언가를 바라보면서 동시에 바라보지 않는 눈이 아닌가. 아무 데도 초점을 맞추지 않은 시선, 또는 모든 것에 초점을 맞춘 시선이라고 해도 좋겠지. 모든 것이 시야에 들어오는 눈…… 아니면 시야라는 게 아예 없는 눈…… 윤은 아내의 눈을 바라보면서 골똘해졌다. 그 순간, 보일 듯 보이지 않게 아내의 입술이 움직였다. 들릴 듯 들리지 않게 뭐라 말을 하고 있었다. 잠꼬대인가. 윤은 아내의 입술에 귀를 가까이 댔다. 뭐라 하는지는 알아들을 수 없었다. 한국어인 것도 같고 아닌 것도 같았다. 무슨 외국어인 듯했지만 윤이 식별할 수 있는 언어는 아니었다. 러시아어인가. 어렸을 때 러시아에서 살았다고 했는데. 동남아 어느 나라의 언어인가. 어쩐지 발음이 그런데.

아내의 입술은 곧 잠잠해졌다. 윤은 시들해져서 베개에 머리를 묻었다. 베개에 머리를 묻자마자 잠이 들었다.

다음 날 윤은 그게 어느 나라의 말인지 아내에게 물어볼 수 없었다. 물어보려는 생각을 이미 잊었기 때문이다. 잊지 않았더라도 묻지 못했을 것이다. 아내의 입술 모양이나 발음을 재연할 수 없었으니까. 당신, 눈을 뜨고 자면서 무슨 외국어를 하는 건가요? 그렇게 물어봐야 대답이 없을 테니까.

윤은 오늘도 투병한 생물들이 나오는 꿈을 꾸었다. 그 탓일 것이다. 잠에서 깨어난 윤은 부자연스러운 동작으로 곁을 더듬었다. 아무것도 잡히지 않았다. 아내는 역시 침대에 없었다. 이 사람은 정말 잠이 없구나. 윤은 잠에서 빠져나오며 작은 한숨을 내쉬었다.

자기 방에서 글을 쓰고 있거나 새벽같이 피트니스 센터에 갔겠지. 아니면 어슴푸레한 창밖을 바라보며 생각에 잠겨 있을지도.

윤은 침대에서 천천히 몸을 일으켰다. 방문을 열고 거실로 나갔다. 희미한 새벽빛이 실내에 깔려 있었다.

아내는 거실에 서 있었다. 새벽의 창가에 서서 바깥을 바라보는 자세였다. 뒤를 돌아보지 않았다. 방문이 여닫히는 소리를 듣지 못한 모양이었다. 이럴 때 보면 아내는 몽유병을 앓고 있는 것 같았다. 잠이 든 채로 몸만 멋대로 움직이는 상태. 치료를 받아야 할 텐데. 몽유병도 병인데.

윤은 그녀를 부르지 않았다. 소파로 가서 천천히 앉았다. 아직 잠에서 깨지 않은 몸이 소파 속으로 빨려 들어가는 느낌이었다. 소파 속으로 윤의 몸이 잠기고…… 서서히 공기가 희미해지고…… 다시 잠 속으로 빠져드는 기분.

창밖의 어둠이 서서히 걷혀가고 있었다. 밤낮이 교묘하게 뒤섞이는 시간. 현실적이지 않은 시간. 윤은 문득 무언가 말하고 싶다는 느낌이 들었다. 바깥을 바라보고 있는 그녀의 등을 향해 윤은 입을 열었다.

이봐요, 그런 이야기를 알아?

아내에게 하는 말인지 그냥 혼자 중얼거리는 것인지 모를 어조로 윤이 말했다. 자신이 왜 이런 이야기를 하는지 윤은 알 수 없었다. 이야기를 하는 것은 자신이 아니라 소파가 아닌가 하는 생각이 들었다. 소파에 잠겨가는 몸. 희박한 공기 중을 떠도는 말.

윤은 오래전에 읽었던 소설에 대해 이야기를 시작했다.

들어봐요. 연인을 잃은 사람이 있어. 그 사람은 예전에 연인과 함께 여행했던 곳으로 혼자 여행을 떠나. 남태평양의 섬나라였어요. 거기 세상에서 가장 긴 지명을 가진 언덕이 있대. 알파벳으로 무려 여든다섯 자라고. 오래전에 마오리 원주민 부족이 붙인 이름인데, 지금 사람들은 그냥 타우마타라고 부른다더군. 타우마타라는 것은 편의상 줄여 부르는 이름이고, 정식 명칭은 길고 길어요. 세상에서 가장 긴 지명이라고 하니까.

들어봐요. 한 글자 한 글자 빼놓지 말고 들어봐요. 그 긴 이름을 한 글자 한 글자 놓치지 않고 들으면 행운이 온대. 한 글자 한 글자 건너뛰지 않고 들으면 행운이 온대. 크고 깊은 행운이.

그곳의 이름은 타우마타와카탕이항아코아우아우오타마테아투리푸카카피키마웅아호로누쿠포카이웨누아키타나타후……라더군. 어때. 참 길고 아름다운 이름이지.

모든 이름에는 뜻이 있잖아. 이 긴 지명에도 뜻이 있어요. 이런 거라고 해. 다마데아라는 큰 무릎을 가진 남자가 사랑하는 이를 위해 플루트를 부는 구슬픈 이야기……라고.

전설이 그 자체로 지명이 된 거지. 그러니까 그 조용한 언덕에서 누구를 만나려면 이렇게 말해야 하는 거야. 타마테아라는 큰 무릎을 가진 남자가 사랑하는 이를 위해 플루트를 부는 구슬픈 이야기……에서 만나자.

윤은 그렇게 말했다. 말을 했다기보다는 중얼거렸다. 지금 내가 왜 이런 시간에 이런 실없는 얘기를 저 사람에게 하고 있는 건가. 윤은 그렇게 생각했지만 이야기를 멈출 수 없었다. 묘한 쾌감이 윤의 혀를 휘감고 있었다.

들어봐요. 혼자 여행을 간 주인공은 타우마타와카탕이항아코아우아우오타마테아투리푸카카피키마웅아호로누쿠포카이웨누아키타나타후……라는 이름의 그 작은 언덕에 도착해서 혼자 밤하늘을 바라봐요. 도시에서 차를 렌트해서 오래 운전을 해왔기 때문에 피로한 상태였겠지. 1차선 도로가 지나는 작은 언덕이었어요. 사람 사는 곳이 아닌지라 사방이 적요했고. 아무도 관리하지 않는 식물들이 언덕을 뒤덮고 있었어. 그런 도로변에 서서 밤하늘을 바라보는 거예요. 부모를 생각하고 친구들을 생각하고 직장 동료들을 생각하고 또…… 영영 떠나버린 사랑을 생각하면서. 그 모든 것을 하나하나 떠올리면서.

윤은 잠시 말을 멈추었다. 아내는 아무런 반응을 보이지 않았다. 그녀는 여전히 창밖을 바라보며 서 있을 뿐이었다. 윤의 말을 듣는 것 같지 않았다. 몽유……의 상태인 듯이.

혼자 여행을 간 사람은 그 긴 지명을 천천히 중얼거려요. 무슨 의식을 행하는 사람처럼. 이렇게. 타우마타와카탕이항아코아우아우오타마테아투리푸카카피키마웅아호로누쿠포카이웨누아키타나타후……라고.

그리고 밤하늘을 바라보았는데 세상에. 밤하늘이 천천히 환해지는 거야. 별들이 하나둘씩 늘어나고 있었어. 저건…… 은하수인가. 하지만 은하수가 저렇게 넓고 환한가. 주인공은 중얼거릴 수밖에. 밤하늘은 별빛으로 가득해지고 무섭게 밝아가고 있었어요. 이런 게 백야인가. 하지만 이곳은 남반구인데. 백야를 만드는 건 별빛이 아닌데. 백야란…… 그냥 해가 지지 않는 것이니까. 별빛이 만드는 백야라는 건 들어본 적이 없어…… 언덕에 서서 주인공이 그런 생각을 하는 동안, 밤하늘은 영구 동력 전구를 켠 것처럼 환해지는 거예요. 영구 동력 전구. 그런데 그런 게 있나.

윤은 무언가를 생각하듯이 말을 멈추었다. 그리고 천천히 입을 열었다.

소설은 거기서 끝나요. 그게 전부야. 뭐 그냥 소설일 뿐이지. 그리 재미는 없지만 어쩐지 중독성이 있는.

윤은 다시 졸음이 몰려드는 것을 느꼈다. 아내는 미동도 없었다. 여전히 창밖의 새벽빛과 대화를 나누는 자세였다. 윤은 자신이 타우마타와카탕이……라는 긴 지명을 다 외우고 있다는 것에 놀라움을 느끼지 않았다. 어쩐지 당연한 것처럼 느껴졌기 때문이다.

윤은 아내를 향해 무어라 말을 하려 했지만 졸음이 계속 쏟아지는 바람에 그렇게 할 수 없었다.

여보, 자야지. 자야지요. 아무래도 잠을. 나는 먼저 잔다.

윤은 그렇게 말하며 소파에서 몸을 일으켰다. 몸은 돌덩이처럼 무거웠다. 몸이 무거워. 무겁구나. 몸이. 이상하다.

겨우 방으로 돌아와 침대에 몸을 누인 후에도 윤은 중얼거렸다. 당신은 참 잠이 없네. 왜 잠을 자지 않는 건가 당신은…… 윤의 중얼거림이 조금씩 희미해졌다.

선우

그 새벽을 기억해.

나는 창가에 서서 바깥을 바라보고 있었지. 당신이 말한 대로 나는 그런 시간을 좋아하니까. 혼자 창밖을 바라보는 것을 좋아하니까. 어둠과 흐린 빛이 서서히 뒤섞이며 허공을 메워가는 시간을.

새로 들어선 고층 아파트 사이로 한강이 보였다. 아직 해가 뜨지 않았지만 그렇다고 밤이라고는 할 수 없는 시간. 강변도로가 보이고 새벽의 자동차들이 빠른 속도로 달리는 시간.

'뷰가 좋다'라고 당신은 말한 적이 있다. 나는 강변도로나 강이 보인다는 것에 아무런 감흥을 느끼지 못한다. 야경이나 강물을 바라보며 감상에 잠기는 것은 나의 취향이 아니다. 야경은 추억과 무관하다. 강물은 인생의 은유가 아니다. 밤의 풍경은 밤의 풍경이고, 강물은 강물일 뿐이어서.

나는 사람들의 움직임을 바라보고 있었다. 지하철 역사 쪽으로 사람들이 점점이 나타나고 사라진다. 사람들은 많아졌다가 잦아들었다가 드물어졌다가 다시 많아진다. 그럴 때 나의 시선은 고층 아파트에 사는 고양이의 시선에 가까운지도 모른다. 사람들이 꼬물거리면서 움직이는 모양을 물끄러미 바라보는 작은 동물. 그렇게 바라보면서 시간 가는 줄 모르는 작은 동물.

그 새벽을 기억해.

당신이 침실에서 나와 소파에 천천히 몸을 묻었다. 그 모습이 어슴푸레하게 창에 비쳤다. 당신은 내 뒷모습을 바라보다가 다시 졸음이 오는 듯 눈을 감았다. 고개를 조금 숙이고 말을 하기 시작했다. 어떤 소설에 대한 이야기를. 나는 당신이 하는 말을 빠짐없이 기억하고 있다. 그 소설은 나도 읽은 적이 있으니까.

이야기는 주인공이 타우마타로 떠나는 장면으로 시작한다. 작가는 주인공을 이해시키거나 감정이입을 하게 만들지 않았다. 그럴 필요가 없다는 투였다. 단지 타우마타와카탕이……라는 긴 이름의 장소만을 이해시키려는 것 같았다. 그 황량한 언덕에 긴 이름을 붙인 사람들의 마음이 중요하다는 듯. 그토록 긴 이름으로 옛일을 기억하려는 사람들의 마음을. 그 언덕 위에서 무섭게 밝아오는 밤하늘 아래.

주인공은 언덕에 서서 회상을 시작한다. 모든 회상이 그렇듯 과거는 취사선택된다. 재구성된다. 각색된다. 서사가 이루어지고 발단, 전개, 절정이 만들어진다.

이야기는 그렇게 제 에너지를 모두 소진한 뒤 다시 처음으로 돌아갈 것이다. 주인공의 삶이 시작되고 그 삶의 의미가 모두 소진되기 이전으로. 삶이 끝나고 의미가 소진된 이후까지.

소설은 지루했지만 중독성이 있었다. 마음에 스며드는 것이 있었다. 그것은 감동도 아니고 교훈도 아니다. 단지 그런 삶이 있다는 것을 천천히 수긍하게 될 뿐. 나는 길고 지루한 소설을 천천히, 끈기 있게, 끝까지 읽는 데 재능이 있다. 나에게는 긴 밤이 있으므로 그것은 어려운 일이 아니다. 빠르게 다독을 하는 것은 나의 관심사가 아니다. 하나의 문자가 가리키는 무수한 의미를 차근차근 곱씹는 것 자체가 독서이기 때문에.

잠이라는 관념이 나에게는 없다. 잠을 자거나 자지 않으려고 노력하지 않는다. 잠을 자는 대신 새벽에 글을 쓰거나 독서를 하거나 산책을 나간다고 당신에게 말해두었다. 하지만 실은 아무것도 하지 않는다. 밤과 함께 시간을 보낼 뿐이다. 거의 밤 자체에 가까운 느낌으로.

가령 내가 산책을 한다. 나는 밤의 공기와 밤의 사물들에 섞여버린다. 밤은 이상한 생각들과 이상한 사건들을 나에게 알려준다. 나는 밤이 알려주는 것들을 이해하려고 노력하지 않는다. 다만 그것들을 느낀다. 낮이 알지 못하는 밤의 이야기들을.

어쩌면 사람들이 꿈이라고 부르는 것과 비슷한지도 모르겠다. 아니면 몽유라고 부르는 것과 비슷한지도. 나는 밤에 가까워진 채로 밤의 세계를 걸어 다닌다. 밤의 장면들을 끈기 있게 바라본다. 그리고 명백하게 그것을 목격한다.

가령 내가 후미진 골목길을 걸어간다. 서울의 재개발 지역을. 골목의 골목의 골목을 돌아서 천천히. 밤고양이의 뒤를 따라서.

밤고양이는 담장 위를 물 흐르듯 이동한다. 고양이는 사람과 함께 산책을 하지 않는다. 고양이는 밤이 이끄는 대로 움직일 뿐.

고양이는 담장을 오르내리며 나아가다가 일정한 간격을 두고 뒤를 돌아본다. 나를 의식하는 것일까? 내가 너무 많이 뒤처지지 않도록 유의하는 것일까? 그럴 리가.

고양이는 이동할 뿐이다. 골목길에서 담장 위로, 담장 위에서 다른 담장 위로, 담장 위에서 담장 아래로. 모퉁이를 돌아 다시 다른 골목으로. 고양이는 어둠의 길을 잘 알고 있다. 나는 고양이를 따라 걷기만 하면 된다. 나는 평화로운 밤의 산책을 할 수 있다.

그리고 사건은 일어난다. 마치 사소하고 우연한 일인 것처럼 일어난다. 좁은 길과 길이 만나는 모퉁이에서.

그들의 차는 가벼운 교통사고를 일으킨 모양이다. 살짝 부딪혔을 뿐인데 한 사람이 균형을 잃고 쓰러진다. 팽이가 원심력을 잃은 것처럼 쓰러진다. 로봇이 방전된 것처럼 쓰러진다. 차는 사람을 친 뒤에도 조금 더 나아가다가 멈춘다. 좁은 길에 정적이 흐른다. 그곳은 CCTV도 없고 인적도 없는 곳. 가로등 불빛

하나가 어슴푸레하게 모든 것을 비추고 있을 뿐.

나는 멈춘다. 나는 목격한다. 하나하나 빠짐없이 목격한다. 차에서 두 남자가 내린다. 그들은 쓰러진 사람을 바라본다. 쓰러진 사람은 누군가. 이름이 없고 존재감이 없는 누군가. 누군가는 혼자다. 하나다. 쓰러진 사람에게 두 남자가 다가간다. 일어서려고 하다가 균형을 잃은 누군가를 두 남자 중 하나가 밀친다. 밀친다기보다는 내던진다고 하는 편이 맞을 것 같다. 누군가의 두 다리가 허공에 붕 떴다가 떨어진다. 무너진 담벼락 쪽이다.

둔탁한 소리가 골목에 울린다. 머리를 부딪친 것 같다. 정신을 잃었을 것 같다. 움직임이 없다. 피를 흘리고 있을 것이다. 누군가는 어디서 와서 어디로 가고 있었지만, 지금은 골목에 쓰러져 있는 사람이다. 쓰러져 있는 사람을 두고 두 남자는 다시 차에 오른다.

그 새벽, 당신이 나에게 말한 것들을 기억한다. 한 문장 한 문장을 온전히 기억한다. 어째서 주인공은 타우마타와카탕이⋯⋯에 홀로 여행을 가서 밤하늘을 바라보고 있었나.

그리고 또 당신은 소파에 몸을 묻은 채 나에게 이야기를 했다. 골목과 골목이 만나는 곳에서 한 사람이 쓰러져 있는 이야기를. 조간신문의 1단 기사로도 나오지 않을 이야기를. 아무래도 우연한 사고에 가까운 이야기를. 하지만 우연이 아니었던 이야기를.

그냥 농담이었는데……라고 당신은 말했다. 뭣하면 그렇게 처리해버리지……라고 친구에게 농담을 했을 뿐인데…… 농담은 어떻게 피를 묻히는가. 피는 어떻게 색깔이 변하는가. 당신은 왜 그 밤에 내게 그 이야기를 했는가. 나는 왜 당신에게 그런 이야기를 들어야 했는가.

나는 긴 이름을 중얼거린다. 한 글자도 빼놓지 않고 중얼거린다. 타우마타와카탕이항아코아우아우오타마테아투리푸카카피키마웅아호로누쿠포카이웨누아키타나타후……라고. 그 피 묻은 이름을. 쓸쓸한 이름을.

14. 지하에서 지하로
— 윤호연, 2019

당신은 차를 몰고 아파트 입구로 들어섰다. 늦은 시간인 데다 연말이었다. 20세기도 며칠 남지 않았다. 인근 유흥가는 북적이고 있을 것이다. 텔레비전에서는 특집 프로그램이 진행 중일 것이다.

시간의 진행에는 동정이나 연민 같은 게 없다. 당신은 그 점이 마음에 든다. 어쩌면 시간의 흐름이라는 것 자체가 인간의 착각인지도 몰라. 시간은 우주 한편에 고여 있는 변기 물 같은 것인지도 모르지. 레버를 누르면 한순간에 블랙홀로 사라지는…… 변기 물처럼 사라지는 인류라니.

당신은 얼마 전에 새로 구입한 신형 벤틀리의 운전석에 앉아 그런 엉뚱한 생각을 하고 있었다. 백미러를 보며 익숙하게 코너

링을 했다. 자동 주차를 포함해 다양한 인공지능 옵션이 적용돼 있지만 당신은 그런 기능들을 사용하지 않는다. 기계에 의존하면 안 된다. 가급적 스스로 해야 한다. 그게 당신의 생각이었다.

지하 주차장으로 들어서기 전, 당신의 시야에 밤하늘이 보였다. 어딘지 인상적인 밤하늘이었다. 맑고 밝은 밤하늘. 동화 속에 나올 것 같은.

당신은 진입로 도로변에 잠시 차를 세우고 차창을 내렸다. 고층 아파트들 사이로 하늘이 보였다. 고개를 삐딱하게 돌려 상공을 바라보았다. 폭설이 내릴 거라더니…… 아닌가 보네.

오늘따라 별들이 유난히 많은 느낌이었다. 서울의 밤하늘에도 별이 보이는구나. 신기하네. 그런데 원래 저렇게 많았던가. 겨울이라서 그런가. 밤하늘에 별들이…… 여기는 서울인데……

그렇게 생각하는 와중에도 별들이 하나둘씩 늘어가는 느낌이었다. 검은 도화지에 흰 물감이 떨어져 물들어가듯이…… 점점이 환해지면서 조금씩 낮아지는……

그 순간 당신은 약간의 두려움을 느꼈다. 어째서 그런 기분이 들었는지 알 수 없었다. 당신은 브레이크에 올려둔 발을 액셀로 옮겼다. 벤틀리는 고요한 엔진 소리와 함께 지하 주차장 진입로로 들어섰다.

당신은 방금 자신이 느낀 감정이 정말 두려움인가 의문이 들었다. 그럴 리가. 그저 별들을 보았을 뿐인데. 별들이 좀 많이 보였을 뿐인데. 어린애도 아니고……

벤틀리는 지하로 이어진 곡선주로를 미끄러지듯 내려갔다. 진입로의 LED 조명들이 자동으로 점등되었다가 꺼졌다. 마음이 차분히 가라앉았다. 예측 가능하게 작동하는 것들은 언제나 평화와 안식을 준다. 기계들. 장치들. 부하 직원들. 시스템들. 반대로 예측 불가능한 방식으로 작동하는 것들은 마음에 긴장과 불안을 준다. 시장. 주가. 파업. 인간의 감정. 친구. 그리고…… 아내.

늦은 시간이라 지하 1층에는 주차 공간이 없었다. 차들이 빼곡하게 들어차 있었다. 당신은 속도를 줄이며 지하 2층으로 내려갔다. 바퀴의 마찰음만이 영혼을 긁듯이 지하에 울렸다.

지하 2층에도 주차 공간이 없었다. 오늘따라 웬 차가 이렇게 많나. 연말인데. 아니, 연말이라 많은 건가.

고급 아파트인 만큼 주차 공간이 넉넉하다고 했다. 가구당 두 대까지는 기본이고 따로 신청을 하고 비용을 내면 네 대까지 가능하다는 홍보 문구를 기억하고 있었다. 곡선주로 벽면에 B3→라는 커다란 글자가 보였다.

벤틀리는 지하 3층으로 향했다. 이사 온 지 얼마 안 된 탓에 당신은 지하 3층까지 내려가본 일이 없었다. 차가 곡선주로를 지나 한 층을 더 내려가자 벽면에 B4→라는 커다란 글자가 보였다.

아니, 지하 4층? 주차장이 지하 4층까지 있었나?

당신은 차를 멈추지 않았다. 차는 곡선주로를 타고 지하 4층으로 내려갔다. 지하 4층 벽면에 또 B5→라는 표지가 보였다.

지하 5층이라. 지하 5층이구나. 말이 되나.

주차할 자리가 눈에 띄었지만 당신은 그대로 차를 몰아 지하 5층으로 내려갔다. 호기심이 동한 것은 아니었다. 그저 무언가에 이끌리는 느낌이었다. 쇳가루가 자석에 끌려가듯이. 뇌와 몸이 분리되어 따로 놀듯이. 먼 데서 자기 자신을 바라보는 사람처럼.

지하 5층의 진입로를 내려가자 지하 6층을 가리키는 글자가 보였다. 어이가 없군. 아파트 주차장에 지하 6층이 있다니. 주차장으로 사업이라도 할 기세군. 당신은 쓴웃음을 지었다. 지하 7층도 있고 지하 8층도 있나. 설마.

벤틀리의 부드러운 소음과 바퀴 소리만이 당신의 귀에 스며들었다. 지하 7층까지 내려갔지만 아직 끝이 아니었다. 이게 뭔가. 끝까지 가보자. 어디까지 이어지나. 호기심도 오기도 아니다. 길이 지하로 지하로 이어져 있다. 그 끝에 무엇이 있나. 그것을 알아야 한다. 당신의 머릿속으로 그런 생각이 지나갔다. 벤틀리는 활주하듯 통로를 내려갔다.

당신은 브레이크 위에 발을 올렸다. 차가 부드럽게 정지했다. 드디어 층 표시가 없는 주차장이었다. 곡선 진입로 역시 더 이상은 이어진 곳이 없었다. 맨 아래층이 틀림없었다. 막다른 곳이라는 뜻이었다.

빙글빙글 돌며 내려온 탓에 당신은 여기가 정확히 몇 층인지 알 수 없었다. 차에서 내려 주위를 둘러보았다. 차가 두어 대 주차돼 있었지만 나머지 칸들은 텅 비어 있었다. 그 두어 대도 소형 픽업들이었다. 아마 관리실에서 사용하는 게 아닌가 싶은 차량이었다.

벤틀리를 주차시킨 후 당신은 엘리베이터로 향했다. 머리가 멍하고 어지러운 느낌이었다. 빙빙 돌아서 내려왔기 때문인가. 대단하군. 지하 몇 층인지도 모르겠어. 내가 이런 아파트에 사는 건가.

그 순간 당신의 휴대전화가 울렸다. 엘리베이터 앞이었다.

이렇게 깊은 곳에서도 신호가 잡히다니. 신축 아파트는 이래서 좋단 말이야.

당신은 휴대전화를 꺼내 들었다. 발신자 이름 대신 알 수 없는 번호가 떠 있었다. 열다섯 자리는 되어 보이는 긴 번호였다. 국제전화인가? 공중전화? 그럴지도 모른다. 박의 차명 폰일지도. 그렇지. 그럴 가능성이 높다.

당신은 엘리베이터 앞에서 잠시 망설였다. 박과는 더 이상 통화하고 싶지 않았다. 나는 그냥 농담을 했을 뿐이다. 어때, 밤의 경로로 처리해버리지? 무슨 일에든 밤의 경로라는 게 있으니까. 하하.

공식 컨설딩도 아니고 진지한 조언도 아니었다. 그걸 진심이라고 생각하고 실행하는 쪽이 어이가 없는 것이다. 거기서 문제가 생겼다고 나에게 책임을 물어서는 안 된다. 그만한 걸 모를 사람도 아닌데, 대체.

당신은 눈살을 찌푸리며 휴대전화 화면을 들여다보았다. 상대는 끊지 않고 계속 신호를 보내고 있었다. 집요하다고 할 만했다.

이 사람이. 지금 시간이 몇 신데.

당신은 엘리베이터에 타자마자 휴대전화 화면을 터치했다. 전화를 받지 않으면 밤새도록 걸려올 것 같은 느낌이었다. 당신은 말꼬리를 낮추어 말했다.

"여보세요."

저쪽에서는 대꾸가 없었다.

그 순간 당신은 직감했다. 이것은 다른 종류의 침묵이다. 이것은 박이 아니다. 어딘가 다른 곳에서 온 연락이다.

"여보세요?"

당신은 말끝을 올려 다시 물었다. 이번에는 반응이 왔다.

"유…… 윤호연 씨인가요?"

낯선 목소리였다. 당신은 답을 하지 않았다. 이건 뭔가? 경찰인가? 벌써 수사가 시작된 건가? 공범이 아니냐고 추궁하기라도 할 작정인가? 당신은 심호흡을 했다.

"네, 그런데요?"

당신은 부드럽게 대응했다. 너그러우면서도 의아하다는 어조였다. 상대가 입을 열었다. 의외의 말이 당신의 귀로 흘러들어왔다.

"나는…… 나는…… 당신을 알고 있습니다."

낯설지만…… 어디선가 들어본 것 같은 목소리였다.

어디였지. 누구였나. 그런데 이건…… 아직 앳된 목소리인데.

당신은 생각했다. 젊은 친구인 모양인데. 그런데 나를 알고 있다? 협박인가?

"누구시죠? 전화 잘못 거신 것 같은데?"

윤의 공격적인 반응에 곧바로 답변이 돌아왔다.

"저…… 저는 서…… 선우를 사랑합니다."

뭐?

당신은 상대가 한 말의 의미를 금방 이해할 수 없었다. 이건 뭔가? 선우를 사랑한다고? 선우? 선우라니? 내 아내 말인가?

어쨌든 일단 경찰은 아니다. 당신은 안심했다. 그렇다면……

"선우라니…… 무슨 말씀이신지. 대체 지금이 몇 신지 아십니까? 전화 끊겠습니다."

"아, 자, 잠깐만. 나는 댁의 아내, 선우의 전 남친입니다."

당신은 그제야 사태 파악이 되었다.

당신은 휴대전화를 반대편 귀로 옮겨 들었다.

선우

당신이 지하 주차장에서 전화를 받았을 때 나는 내 방의 베란 다에 서 있었다. 당신이 휴대전화를 반대편 귀로 옮겨 들었을 때도…… 나는 밤하늘을 바라보고 있었지.

당신은 엘리베이터를 타고 통화를 계속했다. 당신이 탄 엘리 베이터가 먼 지하에서 올라와 1층을 지나 2층을 지나 3층을 지 나…… 11층에서 멈추었다. 그때도 나는 밤하늘을 바라보고 있 었다.

당신은 집에 들어오자마자 오디오의 파워 버튼을 눌렀다. 바 흐의 「평균율」이 재생되었다. 그것은 당신의 습관. 「평균율」의 단순한 리듬이 실내를 메우자 당신은 오디오의 볼륨을 낮추고 소파에 앉아 휴대전화를 귀에 댔다. 당신은 통화를 계속했다.

목소리는 그리 높지 않았고 특별히 흥분한 것 같지 않았다.

당신은 서류 가방을 내려놓고 거울을 바라보았다. 검은 양복에 코트를 받쳐 입은 당신은 사장이나 오너라기보다는 고소득 전문직의 세련된 지식인으로 보인다. 그 차림 그대로 당신은 다시 현관문을 열고 나갔다.

당신은 택시를 잡아타고 도심을 질주했다. 밤하늘의 별들은 점점이 늘어나고 있었다. 은하계의 여기저기에 흩어져 있던 별들이 지구 주위로 모여드는 것 같았다. 별들은 천천히 이동하면서 분화하는 것처럼 보였다. 하나에서 둘로 둘에서 넷으로 넷에서 열여섯으로 열여섯에서 이백오십육으로⋯⋯ 늘어나는 느낌. 17세기 런던의 밤하늘과 1999년 세기말의 밤하늘과 2019년 서울의 밤하늘은 전혀 다른 하늘이면서 동시에 같은 하늘이다. 다시 돌아온 하늘이라고 해도 좋겠지. 그 하늘을 바라보며 17세기의 누군가는 이렇게 중얼거렸을 것이다.

이봐, 저기 밤하늘을 보게나. 별들이 빛나고 있지? 별들은 밤하늘에 무한하게 펼쳐져 있다네. 그런데 이상하지 않은가? 밤하늘의 별들이 무한하게 펼쳐져 있다면 어째서 밤하늘은 캄캄할 수 있는 걸까? 무한한 별이 무한한 빛을 발하고 있는데, 어째서 밤하늘은 저토록 어두울 수 있는 걸까?

그는 여전히 17세기 런던의 밤거리를 헤매고 있을 것이다. 청년은 20세기 말 을지로의 골목을 헤맨 뒤에 대학가의 술집으로 향했을 것이다. 그리고 당신은 21세기 서울의 택시에 앉아 있다.

　나는 밤하늘의 별들이 쏟아지는 것을 상상한다. 비수처럼 쏟아지는 빛들을 상상한다. 폭우처럼 폭설처럼 그것들은 쏟아진다. 어디선가 노랫소리가 들려온다.

　　　창밖을 보라
　　　창밖을 보라
　　　흰 눈이 내린다
　　　창밖을 보라……
　　　창밖을 보라……
　　　찬 겨울이 왔다……

15. 태양의 해변에서

― 도현도, 1999

선우 씨, 선우 씨는 어디에서, 어떻게 사니? 못 본 지 오래되었군. 마치 다른 혹성에 사는 듯이. 그곳에도 별들이 쏟아지는지.

람폐는 떠났어. 선우 씨도 나를 떠났지. 이제 떠날 때가 되었다고 선우 씨는 담담하게 말했지. 그날을 기억해. 나는 고개를 끄덕일 수밖에 없었는데. 선우 씨가 떠나도 나는 언제나 그 자리에 있을 것처럼. 변하는 것은 아무것도 없다는 듯이. 감정의 변화라는 게 무엇인지 모르는 사람으로서.

그 겨울, 눈송이들이 점점이 떨어지는 서울의 밤하늘을 우리는 바라보고 있었다. 붉은 벽돌로 지어진 빌라의 옥상이었어. 기억하는지. 선우 씨가 했던 말을. 이제 떠날 때가 되었다는 말을. 그 말을 듣고 나는 질문을 했지. 그냥 이런 걸 묻고 싶었다는 표정으로.

무한에 하나를 더하면 얼마일까?

어째서 내 입에서 그런 질문이 나왔던 걸까. 아주 오랫동안 잊고 있던 의문이기라도 한 듯이.

선우 씨는 밤하늘에 시선을 두고 있었다. 무한에 하나를 더하면? 무한에 하나를 더하면?

……그야, 역시 무한이겠지.

선우 씨는 그렇게 대답했는데. 그렇게 대답했으니 나는 또 물어볼 수밖에.

그런가. 그럼 무한에 더해진 그 하나는…… 어디로 사라진 거지? 그 하나는……

텅 빈 마음으로 나는 덧붙였다.

……외로울까?

그런 것이 내 입에서 나온 말이라니. 나는 창피했지만 어쩔 수 없다고도 생각했다. 어쩔 수 없는 것들이 있어서 이렇게 살아온 것인지도, 혹시 모르지. 선우 씨는 고개를 외로 꼬아 나를 바라보았다.

∞

선우 씨에게 이야기를 해야 할 것 같아. 쏟아지는 별들처럼 환하고 캄캄한 이야기를. 눈 내리던 그날 그 사람을 만난 이야기를. 어쩌면 이것은 선우 씨의 이야기인지도 모르니까.

태양의 해변에 갔어. 자정이 가까운 시각이었는데도 주점에는 손님들이 차 있더군. 20평이 채 안 되는 실내에는 담배 연기가 피어오르고 있었어. 밥 딜런의 노래가 구슬프게 흐르고 있고.「눈먼 윌리 맥텔」이었지.

윌리 맥텔은 1940년대 블루스 가수로 눈이 서서히 멀어가는 삶을 살았대. 밥 딜런은 이 흑인 가수에게서 많은 것을 배웠다더군. 리듬과 창법보다는 어떤 정서를. 중얼거리듯 노래하는 감각을. 외롭고 어둡고 사라지는 자의 영혼을.

나는 창가에 앉아 바깥을 바라보았어. 창밖에는 눈이 내리고 있었다. 모든 것이 다르게 보였지. 눈송이들은 단지 눈송이들일 뿐인데 어째서 우리를 다른 세계로 이끄는 걸까. 눈송이들은 소담스럽게 내리다가 세차게 사선을 그리며 쏟아지다가 문득 사라지곤 했어. 밤하늘에 희끄무레하게 구름이 보였고. 구름 사이로 총총 별들이 빛나고 있었지. 눈이 내리는데도 별들이 보이는구나. 그럴 수도 있나.

해변의 유리문이 열렸어. 중년 남자가 들어오는 것이 보였어. 중년은 입구에 잠시 멈춰 서서 여기는 대체 뭐 하는 곳인가 하는 표정으로 천천히 실내를 둘러보더군.

그가 윤호연이라는 것은 한눈에 알아볼 수 있었지. 자정이 가까운 시간에, 윤기가 흐르는 검은색 양복과 고급 코트를 입은 차림으로, 대학가의 허름한 주점에 혼자 들어오는 중년 남자가 그 말고 또 있을 리 없으니까.

그래, 옷차림만으로도 윤호연은 다른 세계에 속한 사람으로 보였다. 태양의 해변에는 어울리지 않는 분위기. 후줄근한 변두리 술집에는 아무래도 어울리지 않는 분위기.

강남의 고급 바를 즐겨 찾는 사람이 허름한 동네 치킨집에 들어설 때의 느낌이 이럴까. 비서를 거느린 회장님이 실비집에 들어설 때의 느낌이라고 해도 좋겠지. 모두들 나와 같은 생각이었는지도 몰라. 실내의 손님들이 일제히 중년 쪽을 바라보았으니까. 무언가 다른 공기를 감지한 표정들.

중년은 자기에게 쏠리는 관심을 무시하고 실내를 둘러보았어. 창가에 앉아 있는 나와 눈이 마주치자마자 시선을 고정하더군. 자신을 기다리는 것이 바로 나라는 것을 감지한 표정.

그는 내가 앉아 있는 테이블을 향해 똑바로 걸어왔어. 확인 같은 건 필요 없다는 듯이.

중년이 테이블 앞에 멈추어 섰다. 나는 갑자기 흥미가 떨어진 표정으로 탁자 위의 소주잔을 들어 마셨어. 그는 코트를 벗어 옆 의자에 걸고는 자연스럽게 자리를 잡고 앉더군. 침묵이 그와 나 사이를 떠돌았어. 드라이아이스에서 피어오르는 흰 연기 같은. 냄새도 무게도 없는. 그런 침묵.

내가 먼저 입을 열었다. 나는 그런 종류의 침묵을 잘 견디지 못하지.

"제 이름은…… 도현도입니다."

"알고 있어요. 아까 얘기했잖소."

"아까요?"

"아까 전화로."

중년은 짧게 답했어.

그리고 다시 침묵. 침묵.

침묵은 허공을 떠돌다가 테이블 위에 무겁게 내려앉았어. 이번에도 내가 먼저 말했다.

"그쪽을…… 어디서 만난 것 같은 느낌이 듭니다."

나는 고개를 들어 중년을 바라보았다. 중년도 물끄러미 나를 마주 보다가, 무슨 말인지 알겠다는 듯 고개를 끄덕이며 입을 열었다.

"아마…… 내 얼굴이 흔해서 그렇겠지요. 어디서 본 것 같다는 얘기를 많이 듣는 편이니까."

자연스러운 어조. 불안감이라든가 망설임 같은 것이 없는.

어디, 더 말해보렴. 내게는 어떤 공격에도 적절하게 대응할 능력이 있으니까. 그렇게 말하는 듯 노련한 표정.

저런 표정을 만드는 얼굴 근육을 싫어해. 권력을 가진 자만이 지을 수 있는. 어떤 상황에서도 당황하지 않는. 하지만 한번 무너지면 걷잡을 수 없는.

저 표정을 한 올 한 올 풀어버리고 싶다. 엉망으로 뒤섞어버리고 싶다. 나는 조금씩 삐딱한 기분이 되었지. 보일 듯 말 듯 고개를 흔들었을 거야.

"그렇겠죠. 내가 그쪽을 본 적이 있을 리가."

내 말을 듣고 그는 눈살을 살짝 찌푸리더군. 그리고 카운터를 향해 손을 들었어. 카운터에 앉아 음악을 듣던 주인이 중년을 바라보았다. 그는 나에게 단골 주점 주인이자 학교 선배이기도 했어.

선배는 바쁠 것 없다는 듯 느긋한 자세로 헤드셋을 벗고는 테이블로 다가왔지. 그의 꽁지머리가 잠깐 허공에 떴다가 등으로 다시 툭, 떨어졌다. 중년은 거만하게 들리는 목소리로 선배에게 말하더군.

"위스키 있나? 제일 좋은 걸로 한 병. 그리고 맥주도."

꽁지머리 선배는 고개를 갸우뚱하면서 나를 바라보았어. 괜찮아? 그런 의미. 나는 고개를 끄덕였지. 선배는 살짝 미소를 짓더니 중년 쪽으로 시선을 돌렸어.

원래 우리 가게에서 위스키는 팔지 않지만, 손님이 원한다면 구해 올 수는 있으며, 그럴 경우 근처 다른 업소에서 받는 가격이 적용된다. 선배는 그런 말을 마치 안내 방송을 하듯이 빠르게 전했어.

"오케이, 그럼 그렇게 줘요."

중년은 흔쾌하게 대꾸하더군. 선배는 다시 중년과 나를 번갈아 바라본 뒤 카운터 뒤편 주방 쪽으로 사라졌다. 역시 느긋한 자세로.

꽁지머리를 한 그의 뒷모습에 시선을 둔 채 중년이 입을 열었어.

"사실 나는 드러머가 꿈이었어요. 공무원이 돼서 드러머를 하고 싶었지. 낮에는 넥타이를 매고 민원을 처리한 뒤에, 밤에는 지하 연습실에 가서 열정적으로 드럼을 치는 거야. 연습이 끝난 뒤에는 가볍게 한잔하고. 그런 삶이 로망이었달까."

중년은 내 앞에 놓여 있는 소주잔과 골뱅이무침 쪽으로 시선을 돌리며 말을 이었다.

"아니면, 은행원을 하면서 이종격투기 선수가 되는 것도 괜찮겠지. 평일에는 열심히 돈을 세고, 주말에는 격투기 도장에 나가 싸우는 거야. 대회가 있을 때마다 빠짐없이 출전해서 링에 오르고. 링에 올라가서는 처음 보는 사람을 있는 힘껏 패고. 처음 보는 사람한테 죽도록 얻어맞고. 링사이드에서는 코치가 파이팅, 파이팅, 파이팅을 외치고. 그런 인생도 나쁘지 않다고 생각했거든요."

파이팅, 파이팅, 파이팅이라고 말하면서 중년은 허공에 잽이라도 날릴 듯 어깨를 움찔거리더군. 어때, 당신은 그런 생각을 해본 적이 있나? 하고 반문하는 것처럼.

그가 물끄러미 나를 바라보았어.

물론, 나 역시 그런 생각을 해본 적이 있다. 하지만 정작 내 앞의 중년이 그런 말을 하자 급격히 흥미가 떨어지는 기분이었달까. 반감이 들었달까. 당신이 공무원을 하면서 드럼을 치든, 은행원을 하면서 이종격투기 선수가 되든 내 알 바 아니지 않은가. 만나자마자 자기 꿈이 어떻고 저떻고 떠들어대는 중년 남자에게 호감을 느낄 수는 없다. 왜 나이 든 남자들은 주위 사람들이 자기 얘기에 관심을 기울여야 한다고 생각하는 건가. 왜 주위 사람들이 다 자기처럼 느끼는 게 당연하다고 생각하는 건가. 자기가 주인공인 드라마에 너무 익숙해져 있는 건 아닌가. 그런 생각이 들었어. 그런데 이런 건 내 생각이 아니라…… 누가 나에게 해준 이야기 같은데…… 오래전에 어디서 주워들은 이야기…… 아니 미래인가.

"그래서…… 세계 챔피언은 언제 됩니까."

나는 그렇게 말하고 잔을 비운 뒤에 다시 그를 바라보았지.

중년은 무슨 소리냐는 듯 내 얼굴을 마주 보더군. 이윽고 과장된 손동작으로 허공을 휘휘 저었어. 무슨 얘긴지 포인트를 잡았다는 뜻이지.

"아아, 뭐 그렇게 비아냥거리실 건 아니고. 사람이라는 게, 원래 꿈이라든가 그런 것을 소비하면서 인생을 보내는 법이니까요. 어릴 때는 미래를 소비하고 나이가 들어서는 과거를 소비하고, 그런 거죠. 한쪽은 희망이고 한쪽은 회한이라고 하면 될까. 사실 희망이든 회한이든 별 차이는 없어요. 금방 그게 그거가 되니까. 똑같아지니까. 희망은 순식간에 회한이 되고 회한은 의외로 달콤하거든. 나는 아무래도 그런 생각을 합니다."

선배가 다가와 테이블에 잔과 위스키를 내려놓았어. 그리고 당신들이 마시든 말든 상관없다는 표정으로 멀어져 갔지. 중년은 그의 뒷모습을 물끄러미 바라보다가 잔에 얼음을 채워 넣었다. 위스키를 3분의 1 정도 부은 뒤 곧바로 입에 털어 넣더군.

희망은 순식간에 회한이 되고 회한은 의외로 달콤하다고? 웃기는군. 희망이든 회한이든, 그런 것은 아무래도 상관없다. 나는 당신의 설교를 들으러 온 것이 아니다. 나는 입을 열었어.

"희망이든 회한이든, 내가 알 바는 아닙니다. 그런 걸 말할 주제도 못 되고."

"주제라…… 그거 좋지요. 주제 파악은 언제나 사람한테 도움이 되거든."

중년이 마음에 든다는 듯 흔쾌한 표정을 지었다. 그를 똑바로 바라보면서 나는 다시 입을 열었다.

"그렇습니다. 나도 주제 파악 정도는 할 줄 아는 인간입니다. 내가 80억을 갚을 능력이 안 된다는 것쯤은 알고 있으니까요. 80억은커녕 8백만 원도 갚을 능력이 없어요. 아니, 실은 8만 원도 어려우니까."

중년은 고개를 갸우뚱하게 기울이고는 내 말을 들었다. 80억? 8백만 원? 8만 원? 이건 무슨 소린가? 그런 생각을 하는 듯 어리둥절한 표정이었어. 중년의 얼굴이 저절로 찌푸려지더군.

"아저씨."

나는 입을 열었다. 상대를 '아저씨'라고 부르자 갑자기 편한 마음이 되었다는 건 고백해야겠군. 내 입에서 폭포처럼 말이 쏟아져 나왔으니까.

"아저씨한테 80억짜리 채무가 있다던데. 채권추심인이 나한테 자세히 설명을 해줬거든요. 8억도 아니고 80억이니까 아저씨한테도 제법 큰 금액인지 모르겠다. 하지만 이상하잖아? 아저씨 때문에 왜 내가 파산을 해야 하는 거지? 채무자는 아저씨인데 왜 내가 채무 변제를 해야 하는 거지? 내가 80억을 빌린 적도 없는데? 왜? 왜 내가 심야에 전화를 받고 을지로에 가서 골목을 헤매야 하는 거야? 왜 내가 채권추심인 같은 사람한테 80억이 어떻고 8억이 어떻고 하는 설명을 들어야 하는 거지?"

중년은 인상을 찌푸린 채 나를 바라보았다. 지금 무슨 말을 들은 것인지 이해하지 못한 표정. 이 친구가 지금 나한테 항의를 하고 있는 건가? 심야에 전화를 걸어온 것은 네가 아닌가? 채권추심인이니 을지로니 골목이니 하는 건 대체 무슨 말인가? 그런 어리둥절한 표정.

그의 표정은 곧 이 친구 봐라, 하는 쪽으로 바뀌었다. 이 친구는 방금 전까지만 해도 인생에 대해 연애에 대해 카운슬링을 부탁하는 표정이었는데, 지금은 뭔가 격렬하게 항의를 하는 표정이 아닌가. 그의 얼굴에 그런 생각이 지나가는 것 같았어.

참 이상도 하지. 나는 편안한 마음이 되었어. 80억이건 8만 원이건 아무런 상관이 없다는 기분이랄까. 나는 어쩐지 내 앞에 앉아 있는 사람의 감정 변화를 다 알 것 같았다. 감정 변화뿐 아니라 생각의 변화까지도.

이제 평정을 유지하기 위해 숨을 천천히 내쉬겠지. 이윽고 생각할 거야. 뭐 좋다, 이 젊은 친구가 아내의 옛 연인이라는데 술

한잔 정도야 사줄 수 있지. 하지만 80억이라니? 이건 어디서 나온 숫자인가? 이런 어린 친구에게 80억이라니? 얼마 있으면 어음 만기가 돌아오긴 하지만 그건 아직 시간이 남아 있고 액수도 그리 크지 않다. 물론 박의 공장에 문제가 생긴다면 얘기가 다르다. 80억이라면 딱 그쪽과 관련이 있을 때 문제가 될 액수다…… 아니 그런데, 내가 지금 무슨 어이없는 생각을 하고 있는 거지?

그러다 빙긋, 미소를 흘리는 타이밍까지. 나는 그를 다 이해할 것 같은 기분이었다. 이건 뭔가. 이 사람은 대체 누군가. 아니 대체 무언가. 어째서 나와 이런 대화를 나누고 있는 건가. 나는 어째서 이 사람을 다 알 것 같은 기분이 되는 건가?

처음 보는 중년 남자와 대화를 나누는 일이 이상하거나 힘겹게 느껴지지는 않았어. 어떤 의미에서는 대화를 하는 것 같지도 않았어. 커뮤니케이션은 하고 있지만 뭐랄까, 이미 알고 있는 내용을 확인하는 기분이랄까. 값비싼 코트를 의자에 걸쳐둔 남자. 검은 양복 차림으로 의자에 등을 기댄 중년 남자. 그런데 낯설지 않은 느낌. 이럴 바에는 차라리 좀 놀려주어야겠다는 생각까지 들 정도.

"아저씨한테는 그편이 나을지도 모르겠다. 파산을 해버리는 거지. 인생 종 쳤다고 선언을 하는 거예요. 어쩌면 그게 새로운 삶을 시작할 수 있는 기회가 될지도 모르니까. 아니, 그러기에는 나이가 좀 많은가."

나는 내 입에서 '파산'이니 '새로운 삶'이니 하는 단어들이 술술 나오는 것에서 기묘한 쾌감을 느꼈다. 뭔가 더 강하고 자극적인 단어를 쓰고 싶은 기분까지 들었으니까. 어리둥절한 표정을 지을 거라고 생각했는데, 중년의 입에서는 뜻밖의 질문이 튀어나왔어.

"그런데 이상하군. 자네는 내 와이프보다 한참 어려 보이는데?"

"와이프라면, 선우를 말씀하시는 건가요?"

"그렇지. 와이프지. 내 와이프. 이름이 선우고."

"이름이 아니라 성 아닙니까? 어쨌든 선우와 나는 동갑입니다. 심지어 생일까지 같죠."

"그건 무슨 말인가. 선우와 자네가? 생일이?"

"네, 선우와 제가."

"이런 우연이 있나."

중년은 뭔가 흥미로워진다는 표정으로 나를 바라보았다. 나역시 중년을 물끄러미 마주 보았다.

"생일이 같군. 와이프와 자네가 말이야. 좋은 일이야. 평생서로의 생일을 잊을래야 잊을 수가 없을 테니 말이야. 그나저나……"

이제 농담은 집어치우고 본론으로 들어가자는 듯 중년은 팔꿈치를 테이블에 댔어. 그리고 천천히 양손을 깍지 끼고 턱에 받쳤지.

"그래서…… 나한테 하고 싶은 말이 뭔가? 전 남친인데 아직 그녀를 사랑하고 있다…… 비련의 상처 때문에 자살을 하려고 한다…… 그런 얘기를 하고 싶은 건가?"

나는 침묵을 지켰어. 드라이아이스 같은 침묵을. 그가 다시 입을 열었지.

"아, 이런 건 너무 상투적이지? 그럼 뭔가. 경고를 하고 싶은 건가? 선우가 당신과 결혼한 건 돈 때문이지 다른 이유는 없다, 선우는 언제든 당신을 떠날 것이다. 그런 말을 하고 싶은 건가?"

그는 이번에는 내 답변을 기다리지 않았어. 그런 이야기가 아니라는 것은 자신도 알고 있다는 듯이. 그는 창밖을 바라보다가 문득 미소를 지으며 나에게 시선을 돌렸어. 자네에게 이런 이야기를 하게 될 줄은 몰랐지만, 어떤가. 꽤 흥미로운 이야기 아닌가. 그렇게 말하는 듯한 표정.

"아쉬워서 어쩌나. 선우와 나는 사이가 좋은 편인데. 왜 결혼을 해야 하나, 왜 결혼을 했을까, 그런 생각은 졸업한 지가 꽤 됐거든."

그의 말이 끝나자마자 나는 반사적으로 입을 열었다.

"혹시, 선우가 잠꼬대를 한다는 걸 알고 있습니까?"

"잠꼬대?"

"네, 잠꼬대."

"잠꼬대라…… 글쎄. 모르겠군. 알 수 없는 말을 뭐라고 뭐라고 중얼거릴 때가 있지만, 그건 나도 마찬가지니까."

"아저씨는 알아들을 수 없겠지요. 외국어니까."

"외국어?"

"네. 외국어, 외국어 말입니다. 선우가 하는 말은 아저씨에게 외국어라는 얘깁니다. 비유가 아니라, 말 그대로 외국어."

"비유가 아니라······ 말 그대로 외국어······"

"어느 날은 러시아어로, 어느 날은 베트남어로, 어느 날은 중국어로 말하죠. 선우는."

"그래, 그렇군. 그런데 그게 러시아어, 베트남어, 중국어인 줄 자네는 어떻게 아나?"

"나도 확신하지는 못합니다. 베트남어가 아니라 인도네시아어일지도 모르고 태국어일지도 모르지요. 하지만 그게 한국어도 영어도 아니라는 것 정도는 압니다."

중년은 나를 물끄러미 바라보다가 피식, 웃음을 흘리면서 입을 열었다.

"그거, 농담인가? 농담이라고 해도 별로 재미가 없군. 어느 포인트에서 재미를 느껴야 할지 모르겠달까."

그의 말이 끝나자마자 나는 입을 열었다. 어쩐지 다급하게 해명을 하지 않으면 안 된다는 마음으로.

"제 말을 들어주십시오. 언젠가 선우는 자기가 꿈을 꾸지 않는다고 말했습니다. 물론 나는 반문했지요. 꿈을 꾸지 않는다고?"

∞

꿈을 꾸지 않는다고?

그녀는 고개를 끄덕이더군요. 나로서는 이렇게 말할 수밖에 없었습니다.

아, 좋겠다.

그건 진심이었어요. 꿈을 꾸지 않으면 좋겠다는 생각은 나도 자주 하던 것이었으니까요.

꿈을 꾸지 않으면 잠이 평화롭겠네. 괴로운 꿈도 없고. 가위에 눌리지도 않고.

사실 나는 꿈 때문에 깊이 잠들지 못하는 사람입니다. 매일 밤 꿈에 시달린다고 말하는 편이 나을지도 모릅니다. 무서운 꿈, 괴로운 꿈, 이상한 꿈, 기괴한 꿈 들입니다. 꿈속에서 행복하다고 느낀 기억이 없어요. 나는 꿈을 좋아하지 않는다. 그렇게 생각할 수밖에 없을 정도로. 그러니 꿈을 꾸지 않는 삶이라면…… 부러워할 수밖에요.

하지만 선우의 말을 다 믿은 건 아니었습니다. 꿈 없는 삶이라니 그게 가능한가. 정말 꿈을 꾸지 않는 게 아니라, 단지 꿈을 꾸지 않는다고 생각하는 건 아닌가. 꿈은 렘수면 때 나타난다고 하던데, 아니 꿈을 꾸기 때문에 렘수면이 나타나는 건가. 하루에 예닐곱 번이나 꿈을 꾸지만 보통은 마지막 꿈만 기억한다니까…… 아마도 마지막 렘수면에 뭔가 문제가 있는 건가. 선우는 간단명료하게 답하더군요.

아니. 문제는 그게 아니야.

꿈을 꾸지 않는다는 것만 중요한 게 아니었어요. 언젠가 선우는 나와 함께 밤을 보내다가 혼잣말인 듯 아닌 듯 중얼거린 적이 있습니다. 내가 잠들었다고 생각한 것 같았습니다. 나는 희미하게 코를 골고 있었거든요. 잠이 얕은 인간들의 특징이죠. 자기가 내는 숨소리라든가 코골이를 듣는 거죠. 자기가 내는 소리 때문에 놀라서 깨어날 때가 있을 정도니까요.

잠든 듯 아닌 듯 비몽사몽이었지만 생시라는 것은 확실히 느낄 수 있었습니다. 꿈이 아니라 생시인 게 확실한데, 아직 정신이 온전히 돌아오지 못한 상태랄까요. 기억합니다. 선우는 문득 어둠 속에서 이렇게 말했어요.

너는 잠을 자는구나. 그렇지. 너는 잠을 잔다. 확실하다. 너는 잠을 자는 사람이니까.

선우는 혼잣말을 시작했습니다.

너에게 말하지 않은 게 있어. 실은 나는 꿈만 꾸지 않는 게 아니다. 잠도 자지 않지. 잠이라는 걸 자본 적이 없어. 이상한가.

나는 곁에 누워서 쌔근쌔근 선우의 혼잣말을 들었습니다. 일부러 잠든 척한 것은 아닙니다. 여전히 몸과 뇌가 불일치 상태라서 작은 콧소리가 흘러나왔을 뿐입니다.

확실히 선우는 그렇게 말했습니다. 꿈을 꾸지 않을 뿐만 아니라 잠도 자지 않는다…… 잠이라는 걸 자본 적이 없다…… 그렇구나. 선우는 잠을 자지 않는다…… 나는 눈을 감고 누운 채 생각했습니다.

선우가 말을 이었습니다.

잠을 자고 싶은데 잠이 안 온다는 뜻이 아니야. 잠을 적게 잔다는 말도 아니고. 말 그대로 잠을 자본 적이 없다는 것일 뿐. 불면이 아니라 비면이라고 해야 하나. 태어나서 잠을 자보지 않은 인간은 나밖에 없겠지. 나는 왜 밤에 일어나는 일들을 알아야 하나. 모두가 보지 못하는 밤의 일들을 왜 보아야 하나. 모두가 잠든 밤에 일어나는 사건들을.

선우는 나지막한 어조로 그렇게 말했습니다. 조금은 슬픈 목소리였던 것으로 기억합니다. 방금 들은 이야기가 실제로 선우가 한 말인지 얕은 잠 속에서 내가 생각한 것인지 헷갈렸습니다. 머리는 깨어 있다고 생각하지만 실제로는 그렇지 않은 것 같다. 나는 아직 꿈을 꾸고 있는 모양이다. 대체 그게 가능한 말인가. 불면이 아니라 비면이다…… 태어나서 잠이라는 것을 자본 적이 없다…… 자신은 잠에 이끌리지 않는 사람이다……

하지만 시간이 지나면서 나는 그게 무슨 말인지 천천히 이해하게 되었습니다. 선우는 비면이라고 합니다만, 내가 느낀 것은 달랐으니까요. 선우는 새벽에 스르르 일어나서 방을 걸어 다닐 때가 있습니다. 새벽의 창가에 서서 희미하게 밝아오는 창밖을 가만히 내다보기도 하더군요. 나는 자다 깨어서 물어본 적이 있습니다. 멍하니 창밖을 내다보는 선우의 등 뒤에서, 이렇게 물었던 적이.

뭐 해?

라고.

뭐 해, 안 자고?

라고.

그렇게밖에 달리 물어볼 수가 없었습니다. 선우는 대꾸하지 않더군요. 그냥 창밖을 가만히 바라보고 있었습니다. 내 말 같은 것은 듣지 못했다는 듯이.

그러다 선우는 현관문을 열고 나갑니다. 팔은 흔들지 않습니다. 상체는 움직이지 않습니다. 다만 걷습니다. 계단참에 가만히 앉기도 하고 어두운 복도에 가만히 서 있기도 합니다.

그리고 천천히 걸어가지요. 시선은 전방을 향하고 있습니다만, 무언가를 바라보는 시선은 아닙니다. 선우가 속한 세계는 완전히 다른 차원에 존재하는 것 같았습니다. 내가 선우를 바라보는 시간과 선우가 살아가는 시간이 다른 것 같았습니다. 이 사람은 다른 세계에 살고 있다. 나는 그것을 직감으로 알았습니다.

선우의 어깨를 잡고 흔든다거나 하지는 않았습니다. 일단 아무런 문제가 없었으니까요. 장애물에 걸려 넘어지지도 않았고, 비명을 지르지도 않았으며, 이상한 행동을 하지도 않았습니다. 단지 가만히 서 있거나, 전방을 주시하거나, 조용히 걸어가다가 멈추었다가 다시 걸어갈 뿐이었습니다. 마치 산책을 하듯이 말입니다. 밤하늘을 관람하듯이 말입니다. 물속에서 유영을 하듯이 말입니다.

　왠지 걱정이 되지 않았습니다. 선우의 말이 맞을 거라는 생각이 들었습니다. 선우는 이렇게 말했으니까요. 나는 그냥…… 밤을 살아가는 사람이다……라고.

선우

나는 그냥…… 밤을 살아가는 사람이다.

나는 다른 세계에서 중얼거리는 사람이다. 다른 세계에서 이 세계를 바라보고 이 세계에서 또 다른 세계를 바라보는 사람이다. 나는 두 개의 세계를 동시에 살아가는 느낌으로…… 생활한다.

그런 시간에 내가 공기처럼 느끼는 언어는 한국어가 아니다. 한국어를 말하려고 입을 열면 한국어에 입력된 생각과 감각의 체계가 나를 지배하기 시작한다. 때때로 나는 그것을 견딜 수 없어.

나는 다른 언어로 도피하지. 다른 언어들 속에서 나를 느껴. 나는 내가 아닌 다른 나에 가까워진다. 아직 알 수 없는 나에게. 빈 곳을 많이 가지고 있는 나에게. 나는 나에게 근접해간다. 나는 나의 바깥으로 나가서, 살아가려고 한다.

그런 밤에 나는 멀리까지 나아가지. 밤의 그림자와 함께 멀리까지 나아가지. 저 멀리 앞쪽에는 밤고양이가 움직이고, 내 그림자는 길 위에 드리워져 나를 바라보고, 머리 위의 밤하늘에는 별들이 점점이 빛나고.

그렇게 걷다 보면 더 이상 산책이라고 할 수 없는 상태가 된다. 산책은 이 세계와 화합하고 조응하는 사람의 것, 주위의 길과 건물과 나무와 하늘빛에 감탄할 줄 아는 사람의 것. 바깥공기를 순순히 받아들이는 사람의 것. 마음과 감정과 영혼이 이 세계에 속해 있는 사람의 것.

나는 산책이 아니라 배회를 하는 사람. 나의 배회는 주위의 모든 것에 이질감을 느끼는 일. 내가 포함되어 있다고는 말할 수 없는 낯선 세계를 걷는 일. 나는 그 세계를 배회한다. 다른 세계에서 이제 막 이곳에 도착한 사람처럼. 오로지 밤과 어둠만이 나의 편.

0. 여기서부터 미래의 밤
— 윤호연, 2019

당신도 배회를 해보았나. 혼자 거리를 배회할 때가 있었나. 주위의 모든 것에 이질감을 느낀 적이 있었나. 있었겠지. 있었을 것이다. 없었을 리가.

가령 어느 겨울의 깊은 밤에 당신은 낯선 이의 전화를 받고 집을 나선다. 그 사람을 만나 술을 마신다. 그 사람을 해석하고 분석하고 그의 말을 주의 깊게 듣거나 무시하고…… 서서히 기분이 일그러진다. 대화는 어긋나고 모든 것이 견딜 수 없어진다.

결국 당신은 혼자 술집을 나온다. 술집 밖에는 여전히 눈이 쏟아지고 있다. 눈송이들이 당신을 밀어내는 것처럼 느껴진다. 당신은 등을 떠밀린 듯 배회를 시작한다.

거리를 걸으며 당신은 중얼거린다. 밤하늘이 별빛으로 가득한데 눈이 내리다니…… 참 이상한 일이군. 아니, 거꾸로인가. 눈이 내리는데 밤하늘이 별빛으로 가득하다니 참으로……

당신은 혼잣말을 한다. 오늘은 그냥 더 걸어보고 싶다…… 새벽의 거리는 오랜만이니까……

걷는 동안 당신은 다른 사람이 된 것처럼 느낀다. 다른 시간 속에 들어와 있는 것처럼 느낀다. 당신은 평소의 당신이 아니다. 아주 오래전의 당신, 옛 시절의 당신인 것처럼 느껴진다. 그것이 단지 기분일 뿐이라는 것을 당신은 알고 있다. 이곳은 대학가니까. 옛 시절이 생각나는 장소니까.

당신은 걸어가면서 주위를 둘러본다. 낯설지만 꼭 낯선 것만은 아닌. 다시 보면 기묘하게 낯익다는 느낌이 드는. 그런 풍경을. 당연하지. 오래전 한때 익숙했던 공간이니까. 많이 변한 것 같지만 실은 변하지 않은 곳. 이건 꼭, 전생 같네. 아득한 전생 같다. 전생의 연인은 어디로 갔나. 이런 기분은 참 오랜만인데……

당신은 조금 웃는다. 당신은 브리오니의 슈트를 입은 사람인데, 하루에도 수억, 수십억을 다루는 사람인데, 제법 전도가 유망한 회사를 운영하는 오너인데, 문득 이상한 시간과 공간에 떨어진 것 같다. 그렇게 느낀다. 모든 것이 무의미하고 부질없이 느껴지는 곳에 막 도착한 것이다. 익숙한 삶이 툭, 끊어지고, 모든 것이 전생처럼 느껴지는. 어쩌면 이미…… 죽은 뒤 같은.

주점에서 젊은 친구는 이상한 이야기를 했다.

그쪽은⋯⋯

잠시 말을 멈추었다가 숨을 내쉬며 그가 말을 이었다.

오늘 죽을지도 모릅니다.

응? 내가?

네, 그쪽이.

자네가 아니고 내가? 지금 위협하는 건가?

아니, 위협이 아닙니다. 나는 단지 사실을 말하고 있을 뿐입니다.

사실? 사실? 사실이라. 또 그 얘긴가? 죽네 사네, 사랑이네 자살이네 하는? 이 친구는 이렇게 해서 뭘 얻어내려는 건가? 돈인가 결국? 당신은 일그러진 미소를 띤 채 물었다.

죽는다고 한 건 내가 아니라 자네가 아닌가? 처음 전화할 때부터 자살 운운한 건 자네인 것 같은데?

몸속에서 취기가 급하게 피어올랐다. 대화는 점점 블랙코미디에 가까워지고 있었다. 아니, 그보다는 부조리극에 가깝겠군. 자, 창밖에는 연말의 폭설이 내리고 있다. 말 그대로 폭력적으로 쏟아지는 눈발이다. 눈발은 미친 듯이 쏟아지다가 문득 그쳐버리기도 한다. 마법의 손이 하늘을 슥, 쓸고 지나간 것처럼. 와이퍼가 밤하늘이라는 화면을 닦아내듯이. 와이퍼가 지나간 맑은 밤하늘에 별들이 보인다. 별들은 점점이 늘어나고 있다⋯⋯

당신은 주점 창밖을 바라보며 입을 열었다.

그래. 누구나 죽겠지. 그게 오늘일 수도 있겠지. 교통사고, 심장마비, 갑작스러운 자살 충동…… 옵션은 많다네. 자네는 자네의 죽음을 선택할 권리가 있고, 내게는 내 죽음을 선택할 권리가 있지. 그런데 어쩌나. 나로서는 당장 그런 선택을 할 생각이 없는데? 게다가 나는 건강 관리를 잘하고 있기 때문에……

거기까지 말하다가 당신은 입을 다물었다. 지금 하고 있는 말이 어딘지 맥락이 맞지 않는 것처럼 느껴졌다. 요즘에는 자주 그런 순간을 느꼈다. 당신의 입에서 나오는 말이 트랙을 벗어나 엉뚱한 곳을 떠돈다고 느끼는 순간을.

∞

당신은 만담을 끝내고 싶었다. 부조리극을 연출하고 싶지 않았다. 꽁지머리라든가 노인이라든가 정신 나간 청년에게 휘둘리고 싶지 않았다. 당신은 수표 몇 장을 탁자 위에 내려놓고 코트를 낚아채듯 집어 들고는 주점을 나왔다.

당신은 비틀거리며 거리를 걸었다. 거리는 일시 정지 버튼을 누른 영화 속 화면 같았다. 그 화면 속으로 눈이 내리다가 그쳤다가 다시 쏟아지기 시작했다.

취기 때문에 몸을 가누기 어려웠다. 역시 위스키는 무리인가. 맥주나 마셔야 했는데. 당신은 적막한 거리를 걸으며 중얼거렸다. 뒤를 돌아보지 않았다. 돌아보았더라면 누군가 당신의 뒤를 따라오고 있다는 것을 알았겠지. 당신은 앞만 바라보고 걸었다.

80억이라니, 어린놈의 새끼가, 80억이라니. 그게 말이 되는 액수냐고. 대체 80억 같은 단어를 어디서 주워듣고 와서는……

당신은 악의 섞인 어조로 중얼거렸다. 무심결에 욕설을 내뱉었다. 눈이 쏟아지는 길가에 멈춰 서서 택시를 잡기 위해 오른팔을 들어올렸다. 폭설 속에서 나타난 택시 한 대가 당신을 지나쳐 길 끝으로 사라졌다. 그리고 다시 적막.

저 택시는…… 택시가 아닌가.

당신은 멍하게 중얼거렸다. 눈 내리는 거리에는 더 이상 지나는 택시가 없었다.

그래. 눈 내리는 연말이지. 당연히 택시는 잡기 어려울 거야. 앱으로 불러볼까. 아니, 그냥 좀 걷지.

당신은 그런 생각을 하다가 손을 주머니에 넣었다. 하늘을 바라보았다. 그리고 다시 걷기 시작했다. 당신의 뒤를 누군가 소리 없이 따라오고 있었다.

∞

도는 중년의 뒤를 따라가고 있었다. 중년의 등을 바라보며 걷고 있었다. 어두운 욕구가 도를 지배하고 있었다. 욕망이 아니라 욕구인 것. 순수하게 물리적이고 생리적인 것. 판단하거나 자제할 수 없는 것. 혈관이 꿈틀거리는 느낌에 가까운.

아드레날린이 분비된다는 건가. 몸이 반응한다는 건가. 캄캄한 적의가. 감정의 움직임이. 피의 흐름이. 도의 몸을 서서히 감싸고 있었다.

지금 당장 저질러버리지 않으면 안 될 것 같은 기분. 앞뒤를 생각하지 말라는 속삭임. 밤하늘의 마음으로, 해파리들의 마음으로, 람페의 마음으로……

도는 주머니 속의 독일제 나이프가 제 몸을 끌고 간다고 생각했다. 좋은 나이프다. 과일이나 깎는 데 쓰는 것이 아니다. 빛나는 것이다. 날카로운 것이다.

도는 발소리가 나지 않도록 유의했다. 칼끝의 느낌에 충실하려고 노력했다. 칼끝이 인간의 살을 파고드는 느낌을 상상하려고 했다. 앞서 걷고 있는 중년의 등을 향해 도는 걸어갔다. 람페의 마음이, 밤하늘의 마음이, 해파리들의 마음이, 거부할 수 없는 명령을 하고 있는 것처럼 느껴졌다.

나는 지금 무언가에 끌려가는 노예에 불과한가…… 사로잡히고 지배되는 삶이란 이런 것인가…… 어두운 원한에 사로잡히고 부정적인 감정에 지배된다는 것인가…… 겨우 복수극에 불과한 삶이라니……

낯설지만 익숙한 감정이었다. 이미 알고 있는 감정이라고 해도 다른 것은 없다. 오래전부터 이런 고통을 연습해온 느낌이었다.

중년의 등이 점점 가까워졌다. 도는 옷깃에 고개를 묻은 채 걸었다. 중년은 취해 있다. 위스키 한 병을 다 비웠으니 당연한 일이다. 중년은 이제 겨우 서너 걸음 앞에서 걷고 있다. 도는 칼을 쥔 손에 힘을 주었다. 복수란 이렇게 쉬운 것인가. 그런데 이것은 복수인가, 복수가 아니라…… 자해인가.

비틀비틀 걸어가던 중년이 문득, 멈추어 섰다. 갑작스러운 정지였다. 도 역시 멈추어 섰다. 텅 빈 새벽의 거리. 무차별하게 눈이 내리고 있는.

중년은 한동안 그 자리에서 움직이지 않았다. 도 역시 움직이지 않았다. 중년이 제자리에 서서 양팔을 들어올렸다. 고개를 들어 하늘을 바라보면서였다. 내리는 눈을 맞이하는 사람의 자세였다. 하늘을 향해 기도하는 사람의 자세였다. 맑은 밤하늘에서 눈송이들이 쏟아지고 있었다.

이윽고 중년은 팔을 내리더니 천천히 뒤로 돌아섰다. 도는 주머니 속의 나이프를 쥔 채 고개를 숙였다. 땅을 바라보았다.

중년은 도를 바라보지 않았다. 중년의 시선은 도를 지나쳐 길 쪽을 향하고 있었다. 도는 마치 투명 인간이 된 것처럼 제자리에서 움직이지 않았다. 중년은 비틀거렸다. 여기가 대체 어딘가. 그런 생각을 하는 게 틀림없었다.

이윽고 중년은 차도 쪽으로 나가 오른손을 들어 올렸다. 택시를 잡으려는 것 같았지만 거리는 적막했다. 그의 오른손은 목표물을 잃고 허공에 떠 있었다.

도는 고개를 숙인 채 걸어갔다. 새벽 거리를 걷는 행인인 듯이.

중년은 텅 빈 도로변에 선 채 민망한 듯 오른손을 내렸다.

그 순간, 도는 나이프를 꺼내 높이 치켜들었다. 그 상태로 정지했다가, 있는 힘껏 자신의 배를 향해 내리꽂았다. 독일제 나이프는 날카롭고 단단하다. 파카의 앞섶은 채워져 있지 않았다. 칼은 곧바로 셔츠를 뚫었다. 그 순간 어디선가 목소리가 들려왔다. 탁한 목소리. 갈라진 목소리. 진지하면서도 어딘지 희극적인 목소리. 채권추심인의 목소리였다.

무한에 하나를 더하면 얼마지? 무한에 하나를 더하면?

도는 고개를 들고 하늘을 바라보았다. 무한에 하나를 더하면…… 무한에 하나를 더하면…… 도의 손끝에는 아무런 충격도 전해지지 않았다. 물컹한 느낌도 단단한 느낌도 전해지지 않았다. 마치 칼끝이 허공을 찌른 것 같았다. 그림자를 찌른 것 같았다. 도는 자신의 배에 칼을 꽂아 넣은 사람의 자세로, 눈 내리는 새벽의 거리에, 홀로, 그렇게 정지해 있었다.

택시가 없네. 택시가 없다. 택시가……

도와 겨우 2, 3미터 지척에 서서 도로 저편을 바라보던 중년이 중얼거렸다. 방금 무슨 일이 일어난 것인지 전혀 모르는 취객의 목소리였다.

몸을 차 안에 구겨 넣자마자 당신은 외쳤다.

"한남동!"

택시 기사는 아무런 대꾸도 하지 않았다. 말없이 액셀을 밟을 뿐이었다. 당신은 뒷자리에 앉아 기사의 뒤통수를 바라보았다. 야구 모자를 눌러쓰고 마스크까지 착용하고 있었지만 나이가 많다는 것을 숨길 수 없는 뒷모습이었다. 눈가가 퀭하고 귀밑머리가 하얗게 새어 있었다.

여든은 넘어 보였다. 이미 귀가 먹은 노인일지도 모른다. 다른 사람의 목소리가 희미하게 들릴지도 모른다. 신호등에 걸릴 때마다 기사는 룸미러로 당신을 게슴츠레하게 바라보았다. 기사의 시선이 어딘지 낯익다고 생각했지만, 오늘은 모든 게 이런 식이지. 당신은 고개를 절레절레 흔들었다. 참으로 이상한 날이군.

택시는 눈 내리는 거리를 달렸다. 빠른 속도로 달렸다. 과속이었다. 불 꺼진 상가 건물들이 눈앞을 획획 스쳐 갔다. 스노 체인을 감은 것도 아닌데…… 잘 달리는군. 연로한 기사님이…… 아주 화끈하신데. 죽는 것 따위는 두렵지 않다는 건가.

당신은 풀린 눈으로 차창 밖을 바라보며 중얼거렸다. 택시는 속도를 줄이지 않았다. 한번 속도를 올린 뒤로는 붉은 신호에 걸려도 멈추지 않았다. 이건 좀 위험한데……라든가, 속도를 좀 줄여야 할 텐데…… 하는 생각은 들지 않았다. 반대였다. 더 빨리 달려보는 것도 나쁘지 않을 거야. 미친 듯이 질주하는 거지.

젊은 친구 말대로 언제 종말이 올지 알 수 없으니까. 종말은 인간을 기다려주지 않는다. 그것은 급격하게 닥쳐온다. 뜻밖의 시간에 몰려온다. 불한당처럼 무뢰한처럼 쳐들어온다. 우리 세대는 괜찮을 거라고 생각하다가는…… 해수면이 올라가고 열대의 무더위가 오고 전염병이 창궐하고 수소폭탄이 터지고 테러가 일어나고 외계에서 거대 운석이 날아올지도 모른다. 모르는 것이다. 실은 그것이 오늘 밤일 수도…… 아, 그러고 보니 중국에서 무슨 바이러스가 나타났다던대. 우한이라는 곳이라던대. 사람들이 막 죽어간다던대. 도시 전체가 지옥이라던대.

그 순간, 당신은 복부 쪽에서 격렬한 통증을 느꼈다. 아랫배가 몹시 아팠다. 무언가 차고 단단한 것이 살을 뚫고 들어온 느낌이었다. 내장을 휘젓는 느낌이었다. 소리를 지르지 않기 위해 당신은 입을 앙다물었다. 또 시작인가. 요즘엔 자주 복통이 온단 말야. 역시 술 탓인가. 대장암에라도 걸린 건가. 건강검진을 받은 게…… 그러고 보니 벌써 꽤 됐군.

좌석에 몸을 묻은 채 당신은 입술을 깨물었다. 배 속 깊은 곳에서 올라온 통증은 사라지지 않았다. 못 견딜 정도는 아니었다. 하지만 간헐적으로 날카로운 것이 내장을 후비는 느낌이 들었다. 지나가겠지. 지나갈 거야. 이 또한 지나가리라. 이 또한 지나가리라. 그런데 이건 누구 말인가.

좋은 말이지만…… 거짓말이다. 한번 지나가면 아무것도 다시 오지 않는다. 한번 지나가면 그것으로 끝이다. 영원히 반복되는 것은 지나가는 일 자체뿐이다. 종말은 한번 닥치면 사라지지 않는다. 온전히 새로운 세계가 도래할 때까지.

당신은 머릿속을 지나가고 있는 생각들을 붙잡으려 노력했다. 그 생각이 그냥 당신에게 떠오른 것인지, 아니면 방금 젊은 친구가 한 말인지, 그도 아니면 아내가 한 말인지 헷갈렸다. 당신은 통증과 취기에 몸을 묻었다.

택시는 달렸다. 달리고 달렸다.

눈이 쏟아지는 밤의 도시를.

택시비를 계산하고 내릴 때까지 기사는 한마디도 하지 않았다. 당신이 통증 때문에 얼굴을 일그러뜨리고 있을 때도, 배를 부여잡고 있을 때도, 왜 그러시냐고, 어디 아프시냐고 묻지 않았다. 룸미러로 힐끗 당신의 얼굴을 살폈을 뿐이었다. 이상한 생물을 바라보는 눈빛이었다. 내릴 때 보니 기사의 눈이 검고 깊었다. 저 눈구멍 속에 눈알은 들어 있을까…… 이건 거의…… 죽은 사람의 얼굴 같군…… 이런 얼굴을 해골이라고 하나…… 그런 생각이 당신의 머릿속을 흘러갔다.

택시는 당신을 내려놓고 방향을 바꾸었다. 아주 느린 속도로, 이제 속도를 높일 아무런 이유가 없다는 듯이. 택시는 아파트 출구 쪽을 향해 천천히 움직였다.

택시가 완전히 보이지 않게 되자 당신은 카드를 지갑에 넣었다. 하늘을 올려다보았다. 어느새 눈발은 멈춰 있었다. 밤하늘에 별들이 보였다. 밀가루라도 뿌린 듯 하늘이 하얗게 빛나고 있었다. 당신은 고개를 쳐든 채 넋을 잃고 그것을 바라보았다. 방금까지도 눈이 쏟아졌는데…… 여기는 시골이 아니라 서울인데…… 별이 보이나. 별이 저렇게 많이 보이나. 밤이 아니라…… 대낮처럼.

아파트 현관을 향해 걷다가 당신은 지하 주차장 쪽으로 시선을 던졌다.

지하의 지하의 지하로 내려가야 차를 세울 수 있다는 것이지. 지하의 지하의 지하로 내려가서…… 내가 이상한 전화를 받았다는 것이지.

주차장이 지하 몇 층까지 있는지 내일 당장 알아봐야겠다. 이건 건축법 위반이 아닌가. 관리 사무소에 항의해볼까. 주차장을 그렇게 깊게 파놓으면 어떻게 하느냐고 따져볼까.

그런데 내가 무슨 멍청한 생각을 하고 있는 건가. 배는 대체 왜 아픈 건가. 이건 술 때문이 아니다. 뭔가가 딱딱한 것이 내장을 파고드는 느낌인데……

하루 동안 많은 일이 있었다. 이상한 전화를 받았다. 후미진 대학가 술집에서 어린 친구를 만났다. 되지도 않는 대화를 나누었다. 아니, 그런 건 아무것도 아니다. 박이 결국 일을 저질렀다. 외국인 노조위원장이 코마 상태에 빠졌다고 했다. 목격자가 있다고 했다. 곧 모든 것이 무너지리라는 것을, 당신은 직감하고 있었다. 오늘 밤의 희비극은, 오늘 밤의 블랙코미디는, 어쩌면 다 그 일 때문인지도 모른다. 박 때문인지도 모른다. 그런데 정말 그 때문인가.

당신은 엘리베이터를 타고 검은 유리에 비친 자신의 얼굴을 바라보았다. 유리가 미세하게 휘어 있었다. 캄캄한 얼굴이 일그러져서 마치 베이컨의 그림처럼 보였다.

선우

당신은 옷을 벗지도 않고 침실로 들어왔다. 침대에 걸터앉아 내 얼굴을 바라보았다. 당신은 아내의 얼굴을 바라본다고 생각했다. 하지만 당신이 바라보는 것은 아내의 얼굴이 아니다. 당신이 바라보는 것은…… 늙은 여자의 얼굴이다. 얼굴을 온통 뒤덮고 있는 잔주름들…… 검푸르고 침침한 피부색…… 퀭하게 살 속으로 파고들어간 두 눈…… 흐물흐물 늘어진 목덜미의 살갗……

당신은 눈을 비볐다. 해파리처럼 희고 꾸물거리는 이미지가 당신의 감은 눈 위로 떠올랐다.

당신은 눈을 떴다. 꿈인가. 아니다. 이 모든 것은 생생한 현실이다. 너무 생생해서 의심할 수 없는.

지금 바라보고 있는 사람이 바로 아내라는 것을 당신은 깨닫는다. 아내가 죽은 사람 같다는 것을 당신은 깨닫는다. 당신은 차라리 꿈으로 돌아가야겠다고 생각한다. 빨리 꿈으로 돌아가자. 도망간다고 해도 좋아. 일단은 그렇게 하자. 그리고 그다음에는……

코트와 양복을 되는대로 벗어두고 당신은 침대 속에 몸을 파묻었다. 와이셔츠를 입은 채 몸을 웅크리고 누웠다. 무덤 속 같은 기분이 들었다. 무덤 속은 편안했다.

당신은 세상의 모든 것이 당신과 어긋나고 있다고 생각한다. 모든 것이 당신과 불화한다고 생각한다. 모든 것이 기괴하게 웃고 있다고 생각한다. 몽롱한 머릿속으로 그런 느낌들이 지나갔다. 당신은 천천히 잠에 빠져들었다. 무덤 속의 무서운 힘이 당신을 끌어당기는 느낌이었다.

당신은 숨을 몰아쉬며 잠들어 있다. 나는 잠든 당신을 바라보고 있다. 노파의 얼굴로 바라보고 있다. 죽음에 가까운 표정으로 바라보고 있다. 사후의 얼굴로 바라보고 있다. 당신의 잠을. 당신의 깊은 잠을.

당신의 배에 핏자국이 보인다. 피는 흰 와이셔츠를 조금씩 물들이면서 검고 넓게 퍼져간다. 바지까지 흘러내린 모양이다. 조금씩, 끊이지 않고. 아마도 몸속의 피가 모두 새어 나올 때까지, 멈추지 않을 것 같다.

내일 아침에 당신은 땀을 흘리며 깨어날 것이다. 깨어나서 고개를 흔들 것이다. 어쩐지 몸속이 텅 빈 느낌일 것이다. 내장도 피도 다 사라진 느낌일 것이다. 배 속 깊은 곳의 무언가가 달라진 느낌일 것이다. 비유가 아니라 물리적으로, 그렇게 느낄 것이다.

당신은 지금까지의 삶이 낯설다는 것에 생각이 미친다. 지금 이 순간은 삶보다 죽음 이후에 가깝다는 기분이 된다. 죽음 이후의 또 다른 삶이라는 생각도 든다. 이제 다른 종류의 삶이 기다리고 있을까? 이상하고 신선한 세계가? 당신은 주위를 둘러본다. 그리고 중얼거리겠지.

이 사람은 또 어딜 간 건가. 이 시간에 아직도 글을 쓰고 있는 건가. 베란다에서 바깥을 바라보고 있는 건가. 아니, 옛 친구를 만나러 간다고 했던 것도 같은데. 아니 옛 애인이었나. 어제 얼핏 듣긴 했는데…… 그나저나…… 사람이 잠이 없어 잠이.

그렇다. 나는 잠이 없다. 지금은 새벽. 새로운 시간. 나는 조용히 노래를 부른다. 소녀의 목소리로 노래를 부른다. 소년의 목소리로 노래를 부른다. 실은 소녀도 아니고 소년도 아닌 목소리로. 아주 느리고, 부드럽고, 청아한,

늙은 아이의 목소리로.

노래를 부른다.

창밖을 보라 창밖을 보라
흰 눈이 내린다
창밖을 보라 창밖을 보라
찬 겨울이 왔다
썰매를 타는 어린애들은
해 가는 줄도 모르고
눈길 위에다 썰매를 깔고
즐겁게 달린다
긴긴 해가 다 가고 어둠이 오면
오색 빛이 찬란한 거리거리에 성탄 빛
추운 겨울이 다 가기 전에
마음껏 즐기자
맑고 흰 눈이 새봄 빛 속에
사라지기 전에

작가의 말

0.
사랑 없는 연애소설이 가능할까.
가능하다.
사랑 없는 삶이 가능한 것처럼.
단지 생존하는 삶도 삶인 것처럼.

1.
2014년 여름 한 문예지에 단편소설 「크리스마스 캐럴」을 게재했다. 이십대 청년이 중년 남자를 만나 대화를 나누는 게 전부인 소설이었다. 이 단편을 완성하고 나서, 여기서부터 긴 이야기가 시작되면 어떨까 하는 생각을 하게 되었다.

2.

끈기가 부족한 작가는 장편소설을 구상하고 작업을 시작했다가 얼마 안 가 포기하고 원고를 방치한 뒤에 시간이 흘러 처음부터 다시 작업을 시작하고 얼마 안 가 또 포기하는…… 그런 소모적인 일을 반복한다.

내가 그렇다. 나는 「크리스마스 캐럴」을 잇는 장편 작업을 시작했다가 곧 포기하고 원고를 창고에 넣어버렸다. 창고에는 출간된 소설보다 훨씬 많은 수의 좀비 원고들이 방치돼 있다. 아무도 찾지 않는 외로운 영혼들이 행간을 떠도는, 자못 살풍경한 곳이다.

몇 년이 지난 뒤에야 그곳에 버려둔 장편 원고를 다시 꺼내 숨을 불어넣고 문예지에 연재를 시작했다. 2017년 겨울에서 2018년 가을까지였고, 당시 제목은 "밤과 미래의 연인들"이었다.

3.

게으른 작가는 연재를 다 마친 뒤에도 수정 작업을 시작하지 않고 단행본 출간을 차일피일 미루는 경우가 있다.

내가 그렇다. 2018년 가을에 장편 연재를 끝낸 뒤에도 나는 원고를 손질하는 작업에 착수하지 않았다. 이 핑계 저 핑계, 참 핑계도 많았지. 그래도 세월은 잘 갔다. 행간을 떠도는 외로운 영혼의 울음소리를 듣고 다시 원고를 손에 잡은 게 2020년이었다.

4.

쓰는 속도가 느린 작가는 가령 근미래를 배경으로 하는 소설을 시작했는데 다 쓰고 나니 그 근미래가 어느새 과거가 돼버렸음을 깨닫는 경우가 있다.

내가 그렇다. 작업을 시작한 2014년과 2017년에 이 소설의 배경 중 하나인 2019년은 '근미래'였다. 작가의 말을 쓰고 있는 지금은 2021년이다. 소설을 쓸 때는 근미래였던 시간이 이제 과거가 되었다. 게다가 2019년은 팬데믹 이전인지라 아주 오랜 옛날처럼 느껴지기까지 한다. 작가라는 작자는 우스꽝스럽게도…… 아아, 그만두자.

5.

17세기 런던을 배경으로 하는 도입부의 짧은 이야기에는 사실과 픽션이 뒤섞여 있다. 무한 기호를 창안한 사람으로 수학자이자 성직자였으며 암호문 해독에 재능이 있었던 것은 17세기 영국인 존 월리스이다. 그는 산책 중 벽에 그려진 그림을 보고 무한 기호의 아이디어를 떠올린 것으로 알려져 있다. 밤하늘의 별들에 대한 수수께끼를 제시한 것은 19세기 독일의 천문학자 하인리히 올베르스이다. 별들은 무한한데 밤하늘은 어떻게 캄캄할 수 있을까? 이 질문은 오랫동안 천문학의 난제로 남아 있었다고 한다. 이 소설에 나오는 '존 홀리스'는 위의 두 실존 인물을 바탕으로 만들어진 허구의 캐릭터이다.

6.

소설에 부분적으로 나오는 칸트와 스피노자에 대한 내용들은 기존에 알려져 있는 정보들을 참고하였다. 칸트의 하인 람페에 대한 이야기도 이미 알려져 있는 단편적인 사실을 기초로 재구성한 것이다. 하지만 스피노자는 베니크라게라는 생물을 언급한 적이 없다.

7.

2014년에 쓴 단편소설의 제목은 "크리스마스 캐럴"이었고, 2017년 장편 연재 때의 제목은 "밤과 미래의 연인들"이었으며, 연재 후에는 "여기서부터 미래의 밤"이라는 제목으로 수정할 생각이었다. 이 소설이 부분적으로 의탁하고 있는 장르 코드를 염두에 둔 제목이었다. 하지만 돌고 돌아 그냥 "캐럴"이 되었

다. 단순하고 심심한 제목인데, 단순하고 심심하다는 것이 마음
에 든다.

8.

캐럴. 노래. 음악. 리듬…… 나는 음감이 발달한 사람이 아니
지만, 반복과 변주가 만들어내는 모종의 리듬에 오랫동안 매력
을 느껴온 것 같다. 반복과 변주 속에서 리듬이 태어나는 순간.
그 리듬 속에서 예기치 않은 단절과 비약이 일어나는 순간.

그런 순간은 시나 소설뿐 아니라 삶의 갈피들에서도 일어난
다. 우리가 느끼지 못하는 사이에 우리를 통과하는 미세한 리
듬, 단절, 비약 들. 알 수 없는 사이에 우리를 조금씩 다른 세계
에 접속하게 만드는 순간들. 희미하고 파편적으로 잠복해 있다
가 조용히, 때로는 갑작스럽게, 우리의 내부로 흘러드는 순간
들. 그런 순간들은 어디에나 있다. 아침에 깨어나서 출근하고
퇴근하는 우리의 일상에도, 우리의 삶을 가능하게 만드는 언어
와 자연과 사회에도, 그리고 마침내 역사에도.

9.

인간과 인간이 이루는 무수하고 구체적인 맥락의 리듬들. 그
것을 가령 파도에 비유할 수 있을지도 모른다. 파도가 밀려오고

부서지고 다시 밀려오는 그 장려한 리듬에.

리드미컬하게 밀려와서 격렬하게 부서지는 파도 속에 가만히 손을 넣는다. 거기서 한 줌의 노래가 손에 잡힌다. 또는 잡히지 않는다. 노래는 어디로 사라지고, 내 손은 이미 파도에 쓸려간 뒤이다. 나는 손을 잃어버린 채로 해변에 서 있다. 고개를 들어보면, 수평선은 아득히 먼 곳에 펼쳐져 있다.

10.

무한은 이해하기 쉬운 것. 무한에는 안도 바깥도 없고, 시작도 끝도 없고, 단절도 비약도 없다. 그것은 그냥 수긍하고 받아들이기만 하면 된다. 신이 그러하듯이. 기도하는 마음으로.

이해하기 어려운 것은 무한이 아니라 유한이다. 유한이 존재한다면 거기에는 바깥이 있다는 뜻이다. 바깥이 있어야 유한이 가능하기 때문이다. 그러면 사정이 복잡해진다. 바깥이란 유한과 다른 종류의 세계이고, 유한의 입장에서 바깥이란 언제나 미지의 세계이다. 가령 나라는 존재는 유한하고, 나라는 유한의 바깥에는 무수한 당신이 있다. 파도처럼 밀려오며, 무수한 당신은 있다.

0.

사랑 없는 삶이 가능할까.

가능하지 않다고 생각한다. 적어도 나에게는.

이 소설의 인물들에게도 그러하기를 바란다.

적어도 미래의 어느 날에는.

오늘은 이렇게 중얼거려본다.

여기서부터 미래의 밤⋯⋯이라고.

미래의 밤도 밤이므로 밤으로서 어두울 것이다.

하지만 잊지 않았으면 한다.

언제나 미래는 지금 여기서부터라는

아주 단순하고 심심한 사실을.

2021년 6월
이장욱